困境与救赎——伯纳德·马拉默德小说的伦理思想研究

DILEMMA AND SALVATION: THE ETHICAL IDEAS IN BERNARD MALAMUD'S FICTION

李莉莉/著

黑龙江人民出版社

图书在版编目(CIP)数据

困境与救赎:伯纳德·马拉默德小说的伦理思想研
究／李莉莉著. —哈尔滨:黑龙江人民出版社,2015.11(2021.8重印)
ISBN 978 - 7 - 207 - 10583 - 7

Ⅰ.①困… Ⅱ.①李… Ⅲ.①马拉默德,B.(1914~
1986)—长篇小说—小说研究 Ⅳ.①I172.074

中国版本图书馆 CIP 数据核字(2015)第 290139 号

责任编辑:杨子萱
封面设计:张 涛

困境与救赎——伯纳德·马拉默德小说的伦理思想研究
李莉莉 著

出版发行	黑龙江人民出版社
通信地址	哈尔滨市南岗区宣庆小区 1 号楼
邮 编	150008
网 址	www. longpress. com
电子邮箱	hljrmcbs@ yeah. net
印 刷	北京一鑫印务有限责任公司
开 本	880×1230 1/32
印 张	9.375
字 数	240 千字
版 次	2016 年 2 月第 1 版 2021 年 8 月第 2 次印刷
书 号	ISBN 978 - 7 - 207 - 10583 - 7
定 价	55.00 元

版权所有 侵权必究 举报电话:(0451)82308054
法律顾问:北京市大成律师事务所哈尔滨分所律师赵学利、赵景波

序

伯纳德·马拉默德是美国著名的犹太作家,曾被誉为美国犹太作家中的"四大支柱"之一。他一生共出版了八部长篇小说和六部短篇小说集。他虽然不像索尔·贝娄、艾萨克·巴舍维斯·辛格这两位"支柱"性的美国犹太作家那样获得诺贝尔文学奖,但是,他也曾获得一些等级很高的奖项,如他两次获得的国家图书奖(短篇小说集《魔桶》1959 年,《基辅怨》1967 年)、一次普利策小说奖(《基辅怨》1967 年),另外还获得一次欧·亨利奖(《抽屉里的人》1969 年)。这些奖项的获得其实也是对他创作的肯定。

同为"支柱"性的美国犹太作家菲利普·罗斯对马拉默德的为人做出了很精辟的评价。罗斯说,马拉默德是一位有着严格道德感的人。他受到一种不堪重负、过劳的良心所驱动,而且还常常被一种人类有增无减地对感伤的需求弄得惨痛。①罗斯的话点出了马拉默德做人的要害之处。其实,马拉默德的作品也像他的为人一样。他在作品中刻画了许多这种有着强烈道德感的人物,如《店员》中的莫里斯·鲍勃、《基辅怨》中的雅可夫·博克等。他即便不是从正面写这种有着严格道德感的人,也会从反面写与道德相关的人物,如《天生的运动员》中的罗依·豪博斯、《店员》

---

① 参见 Roth, Philip, "Pictures of Malamud", The New York Times, April 20, 1986.

中的弗兰克·阿尔平等。比如说，他会先让这些人物犯些错误，让他们在错误中吃些苦头，甚或承受一些苦难，然后再让他们在吃苦头或受苦难中醒悟过来，并在道德情操等方面得到升华。从某种意义上说，吃苦头或受苦难是马拉默德用来表达自己道德观念的一种"媒介"，成为他笔下人物进行道德追求和建立与完善自我必不可少的一个步骤。抑或说，对他笔下的人物而言，吃苦头或受苦难不但起着"赎救"的作用，而且还经常激起他们对美好未来的憧憬。

不过，在我看来，马拉默德道德观的核心内涵是他借《店员》中的人物莫里斯·鲍勃之口说出的"要有一副好心肠"①。"好心肠"其实是一种很朴素的道德表达。在马拉默德小说的语境中，"好心肠"指的就是宽容、慈爱和不贪婪、不欺骗。马拉默德将这种道德观视为做犹太人的一个基本标准或底线。李莉莉博士的专著正好抓住了这一点。她在书中围绕着马拉默德的六部小说，从人际伦理、犹太伦理、生存伦理三个方面，分别阐释了马拉默德这一朴素的道德观，为马拉默德研究开辟了一条新的路径。可喜，可贺！

李莉莉博士做学问无疑是细心周到的。她在这部专著中除了较为详尽地梳理了文献资料之外，还附录了参考文献和马拉默德的生平年表，给读者一个相对完整的研究体系。不过，略感不足的是，这部专著中没有讨论马拉默德的另外两部小说，即《费德尔曼的画像》和《杜宾的生活》。其实，马拉默德在这两部小说中，提出了一些新的问题，并借助这些问题从另一个侧面阐发了自己的道德观。要完整地研究马拉默德，这些道德观也是值得重视的。李莉莉博士没有讨论，或许是因为另有一个专门针对这两部

---

① Bernard Malamud, "The Assistant", New York: Dell, 1973, p. 149.

小说的研究计划吧。

借此机会,我还想特别提出的是,李莉莉博士在读书期间,学习十分刻苦努力,富有钻研精神,给我留下了深刻的印象。祝愿她在今后的学术道路上取得更大的成绩。

乔国强
2015 年 10 月于上海

目　　录

第一章　绪　论

伯纳德·马拉默德(Bernard Malamud,1914—1986)是美国当代最重要的犹太作家之一,他的创作在美国文学中占有非常重要的地位。马拉默德曾经两次获得美国国家图书奖,一次获得普利策奖。此外,他还多次获得欧·亨利小说奖、犹太遗产奖等奖项。马拉默德还是美国艺术与科学院院士,并且担任过美国笔会会长。

美国文学评论家杰弗里·海尔特曼曾经指出,"虽然马拉默德在知性方面比不上索尔·贝娄涉及范围广泛,在语言文字使用方面比不上菲利普·罗斯出色动人,可是在伦理道德的展望与憧憬上,他达到的深度远不是其他犹太作家所能企及的"①。在海尔特曼看来,马拉默德在作品中以其独特的表现方式,诉说了人类伦理生活的方方面面。他认为,评论家们看好马拉默德,就是因为他所选用的题材和其展现的主题。应该说,海尔特曼的评论是非常准确的。马拉默德在长达三十多年的创作历程中,的确在文本内完美地表达了自己别具一格的伦理观。追根溯源,马拉默德伦理思想的形成,与其成长和生活的经历有着密切的关联。

---

① Jeffrey Helterman, "Bernard Malamud", in Jeffrey Helterman and Richard Layman (eds.), *Dictionary of Literary Biography*: *American Novelists Since World War II*, Detroit: Gale Research Company, 1978, p. 291.

第一节　马拉默德生平与创作

1914 年 4 月 26 日,马拉默德出生在美国纽约市布鲁克林区的一个犹太移民家庭。父亲马克斯·马拉默德和母亲伯莎·菲德尔曼都是俄国犹太人,20 世纪初移民到美国。① 马拉默德的父母结婚后靠开杂货店维持生活,马拉默德童年和少年的许多时光都是在家里这个杂货店的柜台后面度过的。

马拉默德的父亲是一位典型的犹太人,勤勤恳恳,努力劳动养家。"他习惯每天清晨六点起床,一周工作七天,一直工作到晚上十点、甚至十一点。这好像是他习惯的一种生活方式,他敬重这种生活。"②他尽管没有雄心抱负,但是也承担起作为丈夫和父亲的责任,虽然有时有些固执,但对家人很好。马拉默德的父母像许多犹太人一样,对孩子富有爱心。马拉默德曾经指出,他的父母爱自己的孩子,这对他的创作力是极大的鼓舞。马拉默德从小就富有想象力。他喜欢编一些小故事,讲给同学听,或者写下来。他还擅长为小伙伴生动地复述在电影中看到的故事情节,有时也凭借想象力,讲得更夸张、更生动。他通过讲故事的方式,表达自己对人生和世界的感受,也因此得到了大家的关注和赞美。

马拉默德一家始终过着拮据的生活,但是他的父亲却表现出犹太人所特有的善良本质。他很容易被感动,总是向生病的人和遇到麻烦的人伸出援助之手。他一直资助一个贫困的医学院学

---

① 19 世纪末 20 世纪初,大量的东欧犹太移民涌入美国,其中大多数人居住在纽约市的布朗克斯(Bronx)和布鲁克林(Brooklyn)两个区。马拉默德的父母也随着这股移民大潮来到了美国,居住在布鲁克林。

② Philip Davis, *Bernard Malamud: A Writer's Life*, New York: Oxford University Press, 2007, p.12.

生,甚至还帮助他实现了成为医生的梦想。他为他出钱付房租,买那些昂贵的教科书。当他毕业时,协助他开了一家诊所。在马拉默德的记忆里,父亲为人和蔼、善良、值得信任和依靠。他受父亲的影响,在其代表作长篇小说《店员》(*The Assistant*, 1957)中就"刻画了他心目中当代美国犹太人的典范:莫里斯·鲍勃"①。

马拉默德在犹太氛围浓厚的家庭里长大,犹太文化传统对他产生了潜移默化和深远持久的影响。他的朋友回忆道,马拉默德曾经说起,他家里人只讲意第绪语,②他上幼儿园后才开始使用英语。他的父母只阅读犹太报纸《每日前进报》(*The Daily For-ward*)。在庆祝犹太节日时,他们全家人有时候会去曼哈顿的剧院观看肖洛姆·阿莱赫姆③等犹太剧作家的作品,这样他就比较早地接触了传统的犹太文学。马拉默德曾经跟随一位犹太小学教师学习希伯来文。13 岁时,他的父亲按照犹太传统的习俗,在家里为他举行了成人礼。④ 马拉默德的父母提供各种机会让他接触正统的犹太文化,同时,他们所注重的犹太伦理观念,对马拉默德创作观的形成也起到了至关重要的作用。正如马拉默德本人

---

① 乔国强:《美国犹太文学》,北京,商务印书馆,2008 年,第 387 页。
② 犹太人的基本语言是希伯来语。公元 10 世纪,大量犹太人生活在莱茵地区。他们一方面沿袭祖先的书写习惯,另一方面也学习和使用德语,逐渐发展成了现今的意第绪语。意第绪语属于日耳曼语族,全球大约有 300 万人在使用。意第绪语的语言基础是德国中部高地方言,后来逐渐吸纳众多欧洲语言的成分。
③ 肖洛姆·阿莱赫姆(Shalom Aleichem, 1859—1916)原名肖洛姆·诺胡莫维奇·拉比诺维奇。他 1859 年出生于乌克兰的一个贫穷的犹太家庭,是最受爱戴的犹太作家和幽默大师。
④ 成人礼是犹太男子 13 周岁时举行的一个庆典活动,是犹太教中一个非常重要的仪式。一般安排在安息日(犹太教的安息日是从每周星期五傍晚到第二天晚上星星最亮的时刻。犹太教徒把这当作完整的一天。就像上帝在创世的第七天休息一样,他们在这一天也停止一切工作,好好地休息)举行,由拉比进行特别布道,然后受礼人登上诵经坛,用希伯来语诵读《希伯来圣经》,发表讲演和誓言。所有的亲朋好友都会被邀请参加,仪式后还要设宴款待。他们向受礼人赠送礼物,父亲则会赠送犹太祈祷披巾。

曾经说过的："他们(父母)的世界教会我他们的价值观……那是以人为本的世界,看重的是为人的品质。当我想起父亲的时候,我的心里就充满了人性的甜美感觉。"①除此之外,他承认自己对犹太历史和文化的了解,还来自纽约的犹太移民:那些来他家里坐坐、聊天的客人;或者那些来他父亲店里兜售商品、闲聊的商贩;还有他在街上和乘电车时看到的路人。

作为在犹太传统中浸润成长并且取得成功的作家,马拉默德在文学创作中表达了自己对犹太文化的理解。犹太人的悲惨境遇,尤其是第二次世界大战中的"大屠杀"事件让他感到震惊,他开始钻研犹太人的历史和文化。1956年,马拉默德携家人前往意大利。他们一家人在罗马生活了将近一年。在此期间,马拉默德不仅游遍古城的历史文化遗迹,还经常到城里的"隔都"进行实地考察。他访问过遭受纳粹迫害的意大利犹太人,也参观过纳粹屠杀意大利人和犹太人的阿尔戴阿蒂纳墓穴。②之后,他认真地反思犹太人的历史命运。他说:"集权主义的兴起、第二次世界大战的爆发、欧洲犹太人的处境,这些让我开始考虑作为作家我应该说些什么。"③马拉默德对犹太人历史的真实感受就是在那时形成的。也就是说,犹太人的苦难命运对他日后的创作产生了重要影响。正因为马拉默德对犹太民族怀有这种深厚的感情,犹太因素才会在他的作品中留下印迹,他作品中的犹太性才会这么凸现。他在后期创作的小说中,更是凭借犹太主人公的经历,表达了自

---

① Thomas Lask, "Malamud's Lives", *New York Times Book Review*, 21 January 1979, p. 43.

② Bernard Malamud, "Long Work, Short Life", in Alan Cheuse and Nicholas Delbanco (eds.), *Talking Horse:Bernard Malamud on Life and Work*, New York:Columbia University Press, 1996, p. 31.

③ Helen Benedict, "Bernard Malamud:Morals and Surprises", *The Antioch Review*, Vol. 41 No. 1, Winter 1983, p. 34.

己对犹太民族、世界局势、甚至整个人类命运的关注。

马拉默德的文学创作也受到其他犹太作家的影响。正如西德尼·里奇曼所说:"在马拉默德最出色的短篇作品和小说中,他不仅再现了19世纪意第绪民间文学现实主义大师们笔下忧郁的、饥渴的世界;而且他也像这些作家一样,通过自己独特的力量,让作品充溢着精神上的启示。"①我们有充足的理由可以认为,马拉默德的创作在某些方面确实属于犹太文学传统。著名的美国犹太作家艾萨克·巴什维斯·辛格曾经指出,犹太作家的作品具有两个特点:一是"社会的",二是"感伤的"。② 马拉默德真正地从他们那里承袭了"社会性"和"感伤性"的特点。他的作品不仅通过回忆的方式描写自己最熟悉的犹太生活,在主题和内容上大多与犹太人的苦难命运相关,而且他也像其他犹太作家一样,在作品中刻画当今世界犹太人身上出现的令人震惊的改变,剖析他们家庭和社会生活发生变化的原因。除此之外,马拉默德还承认,他的创作受到卡夫卡③的影响。他说:"(卡夫卡)写得好。他感动了我。他使得我想要创作出好的作品,感动我的读者。"④他和卡夫卡同样都抒写与犹太文化紧密相连的两大主题,那就是生活的"苦难"和"神秘"。他们都确信,在这个神秘莫测的世界里,唯有"关爱"和"责任"能够让人类走出困境,继续生活发展下去。

犹太作家对马拉默德的影响还体现在创作技巧上。马拉默德遵循传统犹太作家的创作方式进行写作。"如果忽略时间和地

---

① Sidney Richman, Bernard Malamud, Boston: Twayne Publishers, 1966, p. 26.

② I. B. Singer, "The Yiddish Writer and His Audience", in *Creator and Disturbers: Reminiscences by Jewish Intellectuals of New York*, New York: Columbia University Press, 1982, p. 32.

③ 弗兰兹·卡夫卡(Franz Kafka,1883—1924)是著名的奥地利小说家。他出生于犹太商人家庭。

④ Robert Solotaroff, *Bernard Malamud: A Study of the Short Fiction*, Boston: G. K. Hall, 1989, p. 148.

点,马拉默德作品的喜剧模式与肖洛姆·阿莱赫姆的'流亡喜剧'属于同一类别。"[1]他们在处理现实生活中的苦难问题时,都采用乐观的态度去面对。马拉默德作品中的主人公,也表现出犹太民间故事中"傻瓜"人物的特点。他们的无助和可怜,让读者想起犹太人在历史上的尴尬处境。[2] 显然,马拉默德的作品在创作技巧上与犹太文学传统存在相似之处,而且他还形成了自己独特的文风,即融神话和现实于一体,被评论家称为"抒情现实主义"。欧文·豪在谈到马拉默德的创作时曾经说:"在他的优秀小说中,一种不容怀疑的、强烈的同情,即一种滑稽幽默的特性,远胜于笨拙的爱的表示,使他看起来像一位杰出意第绪作家的后继者。"[3]马拉默德在创作中融入了犹太文化和文学传统,表达了浓厚的犹太文化情感。

应该承认,马拉默德是最好的犹太作家之一。他在创作中再现父辈的历史,展示犹太主人公的经验历程,刻意突出其中的犹太文化因子。他在普及犹太性方面,比其他犹太作家做得更好一些。犹太文化、历史和宗教等要素与马拉默德的文学创作存在密切的关联,这些对于理解他的创作思想和作品的内容至关重要。

作为在美国长大的犹太移民的后代,马拉默德的人生经历也是他逐步美国化的过程。也就是说,他一方面从犹太文化和文学传统中获取丰富的营养,另一方面,美国的文化价值观念和文学文化传统显然也对他产生了影响。虽然犹太移民大多保持犹太伦理传统,但是他们也无法抵抗来自学校、街道等等异教世界的

---

① Sidney Richman, *Bernard Malamud*, p. 26.

② 虽然犹太人确信自己"上帝选民"的身份,但是现实的情况却与此形成了鲜明的对比。在日常生活中,他们常常遭受摆布和欺压。实际上,这种矛盾心理也反映了犹太人对自己民族的看法。

③ 欧文·豪:《父辈的世界》,王海良、赵立行译,上海,三联书店,1995年,第539页。

渗透,从而逐渐接受外来的价值标准。马拉默德就受到了美国教育的浸润。犹太人一向注重教育,"在犹太人中间,学问最受尊崇,超乎一切——学问不是'纯粹的'活动,不是知识分子的消遣,而是与上帝沟通的路径,有时则是离经叛道的途径。一个人的名望、权威及地位在很大程度上取决于他的学识"①。马拉默德的父母也是如此,尽管家境贫寒,但是他们尽量让孩子受到更多、更好的教育。

马拉默德之所以能在文学创作上取得辉煌的成就,全要归功于纽约完美的免费公共教育体系。他读小学时,就开始进行阅读,涉及面很广泛。正如他本人曾经所说:"阅读使我意识到自己的重要性。对文学的了解使我感觉到自己的重要价值,感受到生命的珍贵。书中的生活激动人心。"②1929 年,马拉默德进入伊拉斯莫斯中学学习。他在这里阅读了大量的文学经典作品,为以后的文学创作生涯打下了更加坚实可靠的基础。同时,他立志从事文学创作。他为学校的文学杂志③当过一段时间的编辑,逐渐显示出其文学创作的才华。他还在该杂志上发表短文《柜台后面的生活》,标志着其创作生涯的开始。④ 1936 年和 1942 年,他分别获得纽约城市学院的学士学位和哥伦比亚大学的硕士学位。马拉默德接受的美国教育,使他逐步走出布鲁克林家庭的禁锢,融入主流社会。从 1949 年开始,他一直在美国高校任教,一边从事教学工作,一边进行文学创作。马拉默德对美国的人文主义思想

① 欧文·豪:《父辈的世界》,王海良、赵立行译,上海,三联书店,1995 年,第 7 ~ 8 页。
② Philip Davis, *Bernard Malamud*:*A Writer's Life*, p.36.
③ 该杂志的英文名为 *The Erasmian*。
④ 这篇短文的英文名为"Life Behind the Counter"。后来,马拉默德还以这篇短文为基础,出版了短篇小说"杂货店"("The Grocery",1943)"生活费"("The Cost of Living",1950)以及小说《店员》。

和文学文化传统有着深刻的理解,逐渐成长为一名杰出的美国犹太作家。

在创作的过程中,马拉默德始终围绕美国社会的主要问题。刘洪一教授曾经指出:

> 美国犹太小说的主人公犹太身份感的弱化也表明了在现代美国生活情境下,犹太人也已走出传统的犹太圈子,他们不仅逐步汇入到美国的统一生活潮流中,也在更多的生存问题上与美国社会达成了新的契合和一致,更多地与西方人在社会语境、生存困惑等方面形成了认同和共识。①

其实,刘洪一教授的这段评价,同样可以套用在马拉默德这些美国犹太作家身上来。他们在美国文化价值观的影响之下,有意识地在作品中反映美国现代社会的生活状况。马拉默德的作品在内容和思想意识两个层面,都与美国现代社会出现的现象有着密切的联系。他的小说都是关于现代美国人生活的寓言,反思了现实生活中存在的各种伦理问题。一些意第绪同胞就注意到,马拉默德承袭了美国的文化价值观。他们认为,马拉默德的创作有美国化倾向,并且质疑他的犹太性。谢尔顿·J. 赫什诺就曾经指出,马拉默德有时还受到一些犹太刊物的批评,指责他的作品没有包括明确的犹太教内容。②

马拉默德的创作还受到存在主义的影响。存在主义者探讨的是个体在无意义的社会无序之中如何生活的问题。他们强调,

---

① 刘洪一:《走向文化诗学——美国犹太小说研究》,北京大学出版社,2002 年版,第48 页。

② Sheldon J. Hershinow, *Bernard Malamud*, New York:Frederick Ungar Publishing Co., 1980, p.8.

个体只有积极参与生活、与困难进行斗争，才能在混乱不堪的宇宙之中缔造个人存在的价值。在马拉默德的观念中，作家不应该逃避社会生活的阴暗面，而要深入探究生活的意义。他认为，现实社会的确存在许多令人无法承受的现象，但是人们不能贬低自身的重要性，而应该维护自己的尊严、承担道德责任、维持人类发展。在存在主义的影响下，马拉默德含蓄地展示了个体对自我的敬重。他的主人公即使处在困境和危机之中、即使受到伤害，仍然对个体、对人类以及整个世界持有永恒的信念。他们超越周围世界的无序，在爱与责任之中找到人生的目的和意义。

马拉默德在作品中致力于描写人类的伦理境遇。他创作的早期和中期，也就是"1958 年到 1966 年这一多产的创作时期，已经奠定了马拉默德作为美国最重要的伦理道德小说家的地位"①。马拉默德在作品中表达肯定的伦理思想，这主要源于以下两个因素：其一，马拉默德的创作理念受到犹太伦理观的深刻影响。犹太教的本质特征是对上帝和人的信仰。马拉默德的作品也许没有明显体现出对上帝热烈的信仰，但是却表达了对人的坚定信念。他认为，人具有一定潜在的能力，可以在痛苦的伦理经历中，对自己的尊严和价值进行重新塑造；其二，在欧美人文主义文学传统的作用下，马拉默德关注文学作品对人产生的感化作用。这样，他的作品便具有了更深刻的、更有共性的价值和意义。马拉默德让困苦伦理境遇中的人们得到慰藉、看到希望，从而引导他们不断完善自我、走向更加完美的人生之路。

从马拉默德的经历来看，犹太伦理传统的濡染、欧美文明的

---

① Jeffrey Helterman, *Understanding Bernard Malamud*, Columbia, S. C. : University of South Carolina Press, p. 2.

浸润,以及传统伦理观念的影响在他的创作历程中发挥了主导作用,这些也正是他小说创作的显著特点,贯穿于其创作的始终。1950 年 3 月,马拉默德在《哈泼市场》(Harper's Bazaar) ①上发表第一篇短篇小说《生活费》("Cost of Living")。此后,他出版了八部长篇小说,除了上面提到的《店员》外,还有《天生的运动员》(*The Natural*,1952)、《新生活》(*A New Life*,1961)、《基辅怨》(*The Fixer*,1966)、《费德尔曼的画像》(*Pictures of Fidelman:An Exhibition*,1969)、《房客》(*The Tenants*,1971)、《杜宾的生活》(*Dubin's Lives*,1979)和《上帝的恩赐》(*God's Grace*,1982)。此外,他还出版了三个短篇小说集:《魔桶》(*The Magic Barrel*,1958)、《白痴优先》(*Idiots First*,1963)和《伦勃朗的帽子》(*Rembrandt's Hat*,1973)。马拉默德连续创作出多部有影响力的作品。1958 年是马拉默德的一个丰收年,他因《店员》获得了国家艺术和文学研究院颁发的罗森萨尔奖和达罗夫纪念奖,这部小说也奠定了他在美国文学史上的地位。1959 年,他因出版《魔桶》第一次被授予国家图书奖。1964 年,他当选为国家艺术和文学研究院成员。1967 年是马拉默德的又一个丰收年,他第一次获得普利策奖,这一奖项是奖给他的长篇小说《基辅怨》的,同时他还因此书第二次获得国家图书奖,另外还因此成为美国艺术与科学院的院士。马拉默德还多次荣获其他一些奖项,例如 1967 年和 1973 年的欧·亨利小说奖、1976 年的犹太遗产奖等等。1979 年至 1981 年间,马拉默德担任美国笔会会长。在马拉默德去世之后,他的出版商宣布成立了伯纳德·马拉默德文学奖,以表达纪念之情。

---

① 美国著名杂志,创刊于 1867 年 11 月 2 日,以女性为主要读者,开创了时尚杂志的新纪元。

第二节 马拉默德研究综述

迄今为止,比较全面展示马拉默德研究成果的著作是由瑞塔·科索夫斯基编撰的《伯纳德·马拉默德研究书目全录》。① 书中收入马拉默德研究的书评条目 490 多项,评论条目约 446 项。另外,还列举了美国大学里撰写的有关马拉默德研究的 48 篇博士论文,其中有 25 篇专门探讨马拉默德。这部书从作家生平、作品回顾、作品的主题和创作技巧、马拉默德与文学传统的关系等多方面进行论述,反映了马拉默德研究的重要学术成就。此外,由乔尔·萨尔茨堡撰写的《马拉默德参考指南》②也比较全面地吸收了历年来马拉默德研究的成果。书中收入马拉默德研究相关条目约 882 项,内容丰富,涵盖了马拉默德的生平、作品评介以及社会文化背景和文学批评理论等视角对他的考察。这部著作反映了马拉默德研究的整体水平,是学者研究马拉默德不可缺少的参考资料。

国外文学评论界③主要从马拉默德的文化和社会性,作品的主题,以及叙事策略与创作技巧三个方面展开批评和讨论。

在这三个方面的评述中,国外评论界比较集中地谈论马拉默德的文化和社会性问题。评论家们主要从马拉默德的犹太性与犹太文化传统之间的关系、对美国文学传统的继承和对社会现实的关注等方面入手,考察他作品中的文化、历史和社会背景。

---

① Rita Nathalie Kosofsky, *Bernard Malamud*: *A Descriptive Bibliography*, New York: Greenwood Press, 1991.

② Joel Salzberg, *Bernard Malamud*: *A Reference Guide*, Boston: G. K. Hall, 1985.

③ 由于条件所限,笔者搜集到的国外马拉默德研究成果只限英文著作和论文。

一些评论家对马拉默德作品中的犹太性问题进行了辩护。辛西娅·奥兹克认为,马拉默德的创作展示了犹太文化传统的特征。她对此的表述是:"他描写遭受苦难的犹太人,那些贫穷的犹太人,他描写杂货商、修理工,他描写鸟、马、哈雷姆地区的天使,他描写媒人、销售员、拉比、房东、房客、作家和黑猩猩等等,他描写世界的丰富性和整体性。"①奥兹克捕捉到马拉默德对犹太民族命运和历史的关注,试图探讨他如何将受苦受难的犹太小人物作为主人公进行文学创作,展现他们的痛苦、挣扎和无奈。这样评价马拉默德的评论家并不止奥兹克一人,鲁斯·韦斯也认为马拉默德的作品与犹太文化传统是相容的。韦斯探讨了《费德尔曼的画像》中的"傻瓜"人物。她指出,费德尔曼的遭遇再现了犹太文化中"悖谬"的失败论,即费德尔曼用忍受痛苦的方式,完成了对艺术创作和人生的感悟。②

除此之外,马拉默德作品与《希伯来圣经》和犹太教之间的密切关系,也是评论家们关注的一个重要部分。哈罗德·菲什认为,《基辅怨》中主人公的名字暗含着犹太文化的意蕴。因此,他抓住雅柯夫·鲍克名字的隐含寓意,指出"鲍克"与"替罪羊"之间存在关联。③ 他随后的一系列遭遇,象征着反犹主义背景下犹太人的悲剧性命运。菲什接着分析了"雅柯夫"与《希伯来圣经》中"约伯"之间的相关性,④认为他扮演的就是原型人物"苦难的

---

① Cynthia Ozick, "Remembrances: Bernard Malamud", in Evelyn Avery (ed.), *The Magic World of Bernard Malamud*, Albany: State University of New York Press, 2001, p. 27.

② Ruth Wisse, "Requiem for the Schlemiel", in Harold Bloom (ed.), *Bernard Malamud*, New York: Chelsea House Publishers, 1986, pp. 159 – 166.

③ 这里指的是"鲍克"与"替罪羊"的英语单词"Bok"和"goat"发音相似。

④ 这里指的是"雅柯夫"与"约伯"的英语单词"Yakov"和"Jacob"发音相似。约伯是《希伯来圣经》中的人物,上帝的忠实仆人,以虔诚和忍受苦难而著称。

犹太人约伯"的角色。① 艾伦·沃伦·弗里德曼则从犹太教的角度出发,指出马拉默德对"塔木德"主题的娴熟运用,显示出他对犹太精神的完美理解。在弗里德曼看来,马拉默德关注的"不只是存在的痛苦,而且是《托拉》和《塔木德》②体现的传统犹太教教义和犹太精神所强调的特殊品质"③。弗里德曼认为,马拉默德传承了犹太文化的精髓,他的作品是对犹太传统价值观的坚守。

在这类论述中,评论家们认为马拉默德的文学作品异常关注犹太传统。也就是说,他们都强调马拉默德深受犹太文化氛围的熏陶,并且在作品中呈现出这种文化。这些评论家通过分析马拉默德作品中的犹太文化底蕴,断定马拉默德是"犹太作家"。应该说这种论断是令人信服的,但是,他们在论述中往往只关注"犹太性"问题本身,却忽略了马拉默德小说中伦理思想的价值和意义。他们没有将小说的社会背景纳入讨论的范围,没有认识到作者把遭受磨难的犹太人作为主要描写对象,是为了探讨犹太移民在异族文化氛围中的伦理境遇,以及如何才能摆脱伦理困境中的失落与迷失。

在评论家们对马拉默德展示出来的犹太文化传统纷纷表示认可的同时,也有一些评论家提出相反的论调,对马拉默德作品的犹太性感到困惑。西德尼·里奇曼曾经发表自己的看法:

经常有一种忧虑,[马拉默德小说的]题材不真的恰好是

---

① Harold Fisch, "Biblical Archetypes in 'The Fixer'", in *Bernard Malamud in Memoriam*: *Studies in Jewish American Literature*, Vol. 7 No. 2, Fall 1988, p. 162. Ohio: The Kent State University Press.

② 《托拉》(Torah)由《圣经·旧约》的前五章组成,或称《希伯来圣经》,是关于犹太人宗教和民事的法典。《塔木德》(Talmud)是犹太教口传律法的汇编,对犹太宗教和犹太人世俗生活进行规范,是仅次于《希伯来圣经》的典籍。

③ Alan Warren Friedman, "The Hero as Schnook", in Harold Bloom (ed.), *Bernard Malamud*, p. 288.

犹太人的作家的,而是恰好是作家的犹太人的。无论如何,
人们在一定程度上必须挽救马拉默德的声誉;在他的文学论
述更为广泛、对社会的关注更加不明确的时候,人们有责任
这样做。①

里奇曼结合马拉默德早期的作品,从"孤独的自我""寻根的努
力""文学传统"和"喜剧模式"等几个方面入手,认为把马拉默德
的创作归入传统的犹太文化是不明智的。巧合的是,哈罗德·布
鲁姆也指出,"从[创作的]一开始,马拉默德小说中的犹太性就是
一个谜。马拉默德的创作眼光是个人的、独特的,与最具特点的
或者标准的犹太思想和传统几乎完全不相关"②。布鲁姆认为,马
拉默德的创作偏离犹太传统,他的作品不具有典型的犹太文学的
特点。

评论家的这些观点是缺乏说服力的。他们把自己局限于探
讨马拉默德作品展示的部分特点,而不去论述"犹太性"所蕴含的
实际意义。换句话说,他们都没有具体探讨如何界定"犹太性"这
个概念的问题。如果考虑到"犹太性"的内涵和外延,他们就会意
识到马拉默德作品中的犹太性是十分突出的,也就不会感到有必
要挽救马拉默德的声誉了。纵观马拉默德的所有作品,我们可以
发现,他几乎没有具体地描写过任何非犹太人,不是犹太人的人
物也表现出相当的犹太品性(如罗依和弗兰克)。事实上,马拉默
德表现出的世界观、人生观、价值观和伦理观具有明显的犹太文
化色彩,他从未偏离犹太人命运这个创作核心。因此,可以说马
拉默德创作的目的是促使人们关注犹太人的命运。

---

① Sidney Richman, *Bernard Malamud*, p. 19.
② Harold Bloom (ed.), *Bernard Malamud*, p. 1.

　　马拉默德本人对自己"犹太作家"的身份持保留态度。他在接受采访时曾经指出:"我运用犹太人来象征人类悲剧性的经历。我尽力把犹太人当作是普通人。人人都是犹太人,只是他可能不知道而已。犹太人的戏剧性象征着人类生活斗争的经历,犹太人的历史是上帝戏剧性的礼物。"①马拉默德认为,他只是在作品中以自己熟悉的犹太人的生活为缩影,再现人类社会普遍存在的境况,强调了犹太人生活的广泛意义。后来,马拉默德的态度也没有改变,他对来访者丹尼尔·斯特恩说:"……有时我使用犹太主人公,因为我更理解他们,而不是我想要证明什么……我出生在美国,与犹太人的经历相比,我更强调展示美国的生活。我为阅读我作品的人而创作。"②马拉默德把犹太人的经历归为美国人、甚至全人类生活的一部分。事实上,他强调自己是"美国作家"旨在说明,他创作的目的是为了再现世界上大多数人的生活,他运用的犹太题材完全是为了达到这个目的所采用的方式,而不是创作目的本身。

　　许多评论家注意到,马拉默德不是单纯地运用犹太题材进行创作,而是另有深意。辛西娅·奥兹克在解释马拉默德的身份时指出,"犹太作家"这一称谓让他感到困扰,因为这种提法意味着一种"种族特性"、一种"地方观念"。"犹太精神与种族性和地方观念不一样……犹太精神无处不在。"③奥兹克强调,马拉默德在犹太人生活这一表面的背后,更加专注于展现作品中的犹太精神,这才是他将犹太人锁定为作品主人公的目的所在。罗伯

　　① Edward A. Abramson, "Bernard Malamud and the Jews: An Ambiguous Relationship", *The Yearbook of English Studies*, Vol. 24, 1994, p. 2.
　　② Daniel Stern, "The Writer at Work", in Alan Cheuse and Nicholas Delbanco (eds.), *Talking Horse: Bernard Malamud on Life and Work*, p. 20.
　　③ Cynthia Ozick, "Remembrances: Bernard Malamud", in Evelyn Avery (ed.), *The Magic World of Bernard Malamud*, p. 26.

特·奥尔特分析了马拉默德早期和中期的作品。他注意到,马拉默德创作的鲜明风格是以早期的移民环境作为背景,取材于犹太民间传说,把现实、幻想和民俗人物并置在一起;同时,他又说道,"虽然马拉默德大多数的主人公都被认定是犹太人,但是与其他美国犹太作家一样,他实际上从来没有仅仅限定于描写犹太人"①。奥尔特指出,马拉默德在文学想象力与犹太背景之间保持一种不同寻常的关系,他将"犹太性"视为一种"伦理象征",一种"伦理立场"。

以奥兹克和奥尔特为代表的评论家注意到,马拉默德的创作思绪来源于现实生活中犹太同胞的生活境遇。他们从犹太性的角度出发,将马拉默德的创作置于人类文化发展的历史中进行审视和考察,体现了马拉默德作品超越性的价值。但是,他们往往没有探讨马拉默德作品中的犹太性与伦理思想之间的关联等问题。奥尔特在文章中也只是简单地提及犹太性与伦理立场之间的关系,却没有对此详细地加以分析。

马拉默德文化和社会批评的另一重要观点是关于马拉默德与美国文学传统之间的关系问题。大卫·巴路士从历史、文学和神话原型三个方面出发,把《新生活》中莱文的追寻与爱默生的自立、梭罗和詹姆斯的人文理想进行了比照。他指出,马拉默德精心安排这些相似和关联之处,创作出一个"当代美国亚当"的形象。② 克里斯托夫·韦格林也认为,马拉默德与美国文学传统之间存在着密切的关系。他指出,马拉默德"国际文化主题"的灵感

---

① Robert Alter, "Jewishness as Metaphor", in Leslie A. Field & J. W. Field (eds.), *Bernard Malamud and the Critics*, New York: New York University Press, 1970, p. 30.

② David Burrows, "The American Past in Malamud's 'A New Life'", in *Private Dealings: Eight American Writers*, Stockholm: Almqvist & Wiksell, 1969, pp. 86~94.

来自于詹姆斯,他的意大利故事也探讨了欧洲人和美国人之间的差异。不过,韦格林也承认,马拉默德只是在题材上受到詹姆斯的启示。所以他得出结论,马拉默德与詹姆斯不同,他作品中的美国人不再是单纯的、超然的人物形象,而是与意大利人一样成为卡夫卡笔下的"变形人物"①。

马拉默德的作品与美国人文精神和浪漫主义文学传统有类似的表现。他本人在接受采访时曾经说:"霍桑、詹姆斯、马克·吐温、海明威对我的影响要远远超过肖洛姆·阿莱赫姆和 I. L. 佩雷斯。"②爱德华·A. 艾布拉姆森据此认为,可以把马拉默德归入美国文学传统。在著作中,艾布拉姆森分析了马拉默德的语言特色。他指出,马拉默德使用移民英语、黑人英语和俚语,采取幽默的方法加强对品行问题的阐释,这些都与马克·吐温的创作技巧存在相似之处。而且,他还从行为准则方面论证了马拉默德和霍桑的相似性。他认为,马拉默德的小说崇尚品行和做人的尊严,旨在"取悦读者的同时,给人以信仰和品行行为方面的启示,这一点可以追溯到霍桑的说教寓言"③。艾布拉姆森指的是马拉默德和霍桑拥有同样的理念,那就是只有诚实和无私才能有助于个体在品行方面的成长。不过,他也指出马拉默德没有像霍桑那样关注人类内心的邪恶。在他看来,马拉默德超越了霍桑的悲观主义,从而赋予自己的作品以积极的和抒情的人文关怀。

这些评论家认为,马拉默德小说的主题和技巧恰好与美国文学传统的状况相吻合。但是他们却忽略了马拉默德作品展示出

---

① Christof Wegelin, "The America Schlemiel Abroad: Malamud's Italian Stories and the End of American Innocence", *Twentieth Century Literature*, 19 April 1973, pp. 77～88.

② Daniel Stern, "The Writer at Work", in Alan Cheuse and Nicholas Delbanco (eds.), *Talking Horse: Bernard Malamud on Life and Work*, p. 20.

③ Edward A. Abramson, *Bernard Malamud Revisited*, New York: Twayne Publishers, 1993, p. 7.

来的犹太文化氛围,对其中的人文伦理关怀也没有给予足够的重视。

与这些证明马拉默德融入美国文学传统的观点相反,还有一些评论家对马拉默德作品中的"美国化"因素心存质疑,其中就包括菲利普·罗斯。尽管罗斯认为马拉默德在犹太文化和美国文化之间起到了纽带和桥梁的作用,但是他仍然指出,马拉默德刻画的美国总是像"萧条时代的纽约下东区";马拉默德塑造的人物也不像生活在纽约或者芝加哥的犹太人,他们是"一种创意""一种比喻","代表人类的潜力和希望"。① 因为马拉默德没有展示现代美国犹太人的忧虑、困境和堕落,鉴于此,罗斯把马拉默德创作的出发点归于他戏剧性地描述道德主题上,而没有能够从当代美国社会中提取创作素材。无独有偶,阿尔弗雷德·卡津也认为,《店员》是对"'象征性'的犹太人在冷漠的、令人困惑的、甚至是充满敌意的世界中的赞歌"②。他指出,小说中最精彩的部分是对苦难的描述,其中美国犹太人的形象太过于"笼统",非犹太人的形象又是"模糊的""不直观的",因而很容易让读者意识到他们的作用只是象征性的。

罗斯和卡津的这些论断是有失公正的,他们都不喜欢马拉默德作品中尚未完全同化的美国犹太人形象。但对他们来说看似可能的局限,正是马拉默德成就的独特之处,而且这一模式在马拉默德的小说中经常出现,使得他所有的作品紧密地联系起来,具有意蕴深刻的连贯性。应该说,罗斯和卡津在分析中都把握住了马拉默德作品表现出来的具有普遍象征意义的犹太性,他们也

---

① Philip Roth, "Writing American Fiction", in Marcus Klein (ed.), *The Novel Since World War II*, Greenwich: Fawcett Publications, Inc. , 1969, pp. 142~158.

② Alfred Kazin, "Fantasist of the Ordinary", in Joel Salzberg (ed.), *Critical Essays on Bernard Malamud*, Boston: G. K. Hall, 1987, p. 26.

都认为马拉默德的作品能够解释美国社会的场景。但是，他们却指出这样的描述并不能为美国人所理解。这是因为他们没有从文化、历史与社会的视角，从它们之间的相互关联以及因果互动关系的角度，客观地分析马拉默德的犹太性与美国文化和社会之间的联系。

评论家们对马拉默德作品的社会性表现出强烈的兴趣。马克斯·F. 舒尔茨和乔尔·萨尔茨堡对其中指涉的社会时事，进行了比较全面的论述。舒尔茨从神话原型批评和社会批评的角度出发，论证了马拉默德前期四部小说中人物发挥的两层功能：一是给荒原带来新生的神话英雄，二是为社会赢得正义的无产阶级英雄。他指出，他们是"神秘的救赎者和社会的替罪羊"[1]，从而在神话原型模式中探讨了马拉默德作品中潜在的马克思主义构想。舒尔茨认为，马拉默德使用象征手法和现实主义两种模式，构建了二元化的主题和结构。因此，他强调在注重神话原型批评理论的同时，要重视马拉默德对社会不合理之处的抨击，以及对社会时事的阐述。萨尔兹堡在对《基辅怨》和《房客》进行了一番阐释后指出，作品的表层意义下暗藏了"60 年代的种族和政治骚乱"[2]。他认为，马拉默德作品中有很多对政治压迫和社会不公的描写或者暗示：《基辅怨》象征二战中大屠杀受难者的苦难，也暗指美国黑人受到的压迫；《房客》阐释了 60 年代美国黑人和犹太人之间的紧张关系，表明马拉默德的创作直接涉及了有关时事的主题。

阿尔文·柯南和伊斯卡·奥尔特分析了马拉默德作品对社会现实的描述。柯南以《房客》为例指出，小说至少在两个层面上

[1] Max F. Schulz, "Mythic Proletarians", in Leslie A. Field & J. W. Field (eds.), Bernard Malamud and the Critics, p.194.

[2] Joel Salzberg, Bernard Malamud: A Reference Guide, xvi.

是一幅精心构建的现实社会的画面:"破旧不堪的公寓不仅是纽约随处可见的现象,而且还是 20 世纪后半叶西方现代文明社会荒原景象的真实写照。"①在柯南看来,之所以说马拉默德的作品具有社会性,是因为他小说中与主题相关的内容都来自于现实生活。伊斯卡·奥尔特以从《天生的运动员》到《房客》的五部小说为例指出,评论家们对马拉默德多样化的评价是恰如其分的,但是他们往往忽视了社会批评方面。事实上,马拉默德后期的作品更加强调现代社会中美国犹太人生活发生的变化及其起到的关键作用,但是却没有受到评论界足够的重视。奥尔特在著作中认为,社会背景是马拉默德作品的一个重要组成部分,"不仅描述社会结构和支撑社会结构的人们之间的关系,也强调构建社会的决定性的和戏剧性的潜在力量"②。此外,奥尔特在书中集中讨论了,在冷漠的、腐化的现代社会,"美国梦"的追寻如何演变成了一场噩梦。他指出,诚实、关爱与责任是拯救人们的力量源泉。

这些评论家的出发点是正确的。他们指出,马拉默德对社会问题的刻画具有深刻的含义。不过,他们没有把马拉默德对社会状况的感悟,与小说中主人公品行行为的变化联系起来,也就无法看出马拉默德借描写社会场景,表达其伦理思想的叙事目的。

在主题研究方面,有的评论家侧重研究马拉默德作品展现的道德主题,有的强调作品中的存在主义主题,还有的关注二战大屠杀事件在马拉默德表达主题时起到的重要作用。

马拉默德把道德主题置于创作计划的核心位置,他的作品是对 20 世纪人类基本道德规范的关注。在 1974 年接受《巴黎评

---

① Alvin B Kernan, "'The Tenants': 'Battering the Object'", in Harold Bloom (ed.), *Bernard Malamud*, p.198.

② Iska Alter, *The Good Man's Dilemma: Social Criticism in the Fiction of Bernard Malamud*, New York: AMS Press, Inc., 1981, p.3.

论》的采访中，马拉默德曾经表明自己对艺术创作和道德之间关系的看法。他说：

> 艺术往往为道德服务。艺术尊重生活。即使它没有，它往往也趋向……道德首先关注人生命的神圣性，因此，人的生活，甚至希特勒的生活，在这神奇的宇宙中也有纯粹的存在的权利。道德试图分析其中的原因。在本质上，艺术歌颂生活，并且给予我们权衡生活的标准。[①]

在马拉默德看来，作家应该再现人类的自由和希望，小说应该描写生活中的关爱与美好的事物。但是美国小说中却充满了病态、同性恋、人格分裂等等丑恶现象。[②] 这些小说把现代世界刻画成丑陋、恐怖的荒原景象，从而增长了世人悲观痛苦的情绪。在马拉默德的观念中，创作的目的是为了"挽救人类文明"。他的这种创作观，源自于其肯定的伦理信仰。他认为，即使是在科技占主导地位、原子武器威胁人类生存的时代背景中，人们仍然需要精神慰藉和道德表率。

许多评论家注意到，马拉默德运用文学手段，探讨个体内心世界的道德冲突。乔纳森·鲍姆巴赫从《天生的运动员》、《店员》和《新生活》中神话场景的角度出发，阐释了个体生活的道德价值。鲍姆巴赫指出，马拉默德不仅描写了自然和社会景观，而且还探讨了"人的意识底层（心灵的黑暗）"等问题，图解了个体在承担道德责任时的矛盾心理。他强调，在马拉默德的道德世界

---

① Daniel Stern, "The Art of Fiction: Bernard Malamud", *Paris Review*, No. 61, Spring 1975, p. 51.

② Joseph Wershba, "Not Horror but Sadness", *New York Post*, 14 September 1958, M2.

中,爱心和责任是战胜邪恶、实现道德救赎的一个主要途径。① 持同样观点的还有路易斯·哈拉普。他以《基辅怨》为例,分析了主人公的矛盾心理,指出马拉默德抵制道德虚无主义。哈拉普认为,雅柯夫不仅仅是简单的、纯粹的受难者。他"从被捕的那一刻起,一直在做出选择,而且还是复杂社会政治形势下的道德抉择"②。继哈拉普之后海伦·本尼迪克特进一步指出:马拉默德小说的重要主题之一就是"与破坏性力量进行道德斗争"③。她分析了马拉默德后期的作品,认为马拉默德试图重新确认世人对道德的需求,并以此来确立社会的道德基础。

通过上述资料的梳理,我们发现,评论家们往往从社会、历史和心理分析等不同方面,论述马拉默德小说中的道德问题,为我们从整体上探究马拉默德小说的道德主题奠定了基础。但是,评论家们在选择文本时,往往只涉及了马拉默德的两到三部作品,似乎表明,马拉默德的小说是其不同创作时期的不同艺术表现形式,好像没有一条清晰的脉络贯穿各个创作阶段,小说之间也仿佛缺少明显的联系,存在一定的局限性。而且,已有研究很少将道德问题与主人公所处的伦理境遇联系起来。实际上,马拉默德在每一部小说中,都试图将主人公在道德上的成长历程置于特定的伦理困境之中。他常常利用人物的遭遇,挖掘复杂多样的伦理思想,论述伦理境遇对人物道德成长起到的关键作用。

马拉默德研究极具影响力的两位评论家谢尔顿·J. 赫什诺和杰弗里·海尔特曼,极其推崇马拉默德小说的道德力量。国外

---

① Jonathan Baumbach, "The Economy of Love", *The Kenyon Review*, Vol. 25 No. 3, Summer 1963, pp. 438–457.

② Louis Harap, *In the Mainstream: The Jewish Presence in Twentieth – Century American Literature 1950s – 1980s*, New York: Greenwood Press, 1987, p. 131.

③ Helen Benedict, "Bernard Malamud: Morals and Surprises", *The Antioch Review*, p. 28.

有关马拉默德研究的著作中,我们发现很少有像赫什诺那样,比较系统地剖析马拉默德作品中道德主题的专著。赫什诺在其著作中认为,"虽然马拉默德作品的题材和背景各不相同,但是他始终坚持道德方面的教育意义"①。他指出,马拉默德更是一位道德小说家,"高尚的人性"是他创作的基础,倘若要理解小说的真正内涵,就要领会其道德信念的精髓。但是,由于赫什诺将马拉默德道德意义的应用,仅仅局限在"高尚的人性"的基础上,他没有看到或者揭示引起马拉默德关注道德现象的伦理原因。确切地说,他没有将马拉默德作品中的道德主题置于一定文化和历史背景下的伦理境遇之中来考察,或者说,他没有从特定的伦理境遇的角度阐明为什么马拉默德对道德主题感兴趣,而同时期其他的作家则不然。只有考虑马拉默德的个人经历、他的创作观、世界观和伦理观等方面,才能清楚地说明这一点。

海尔特曼通过细读马拉默德所有作品的方式,专门从道德主题的角度来研究马拉默德的作品。他指出,马拉默德倡导的犹太哲学家马丁·布伯②提出的"我——你关系"道德模式具有重要意义,而且他还论述了这种道德模式在马拉默德作品中发挥的作用。海尔特曼认为,马拉默德将道德关注从犹太人扩展到人类,归纳了人类应该承担的两种道德责任:"我为你受苦"和"我为你负责"。③ 他论证了这些道德品质在马拉默德艺术创作中的重要性。值得注意的是,海尔特曼意识到,马拉默德往往注重道德导向对人物产生的强大力量。不过,他在分析中过度关注故事情节,没有解释伦理思想如何引导产生这种道德导向,它的效果又

---

① Sheldon J. Hershinow, *Bernard Malamud*, p.1.

② 马丁·布伯(Martin Buber 1878—1965)是德国存在主义哲学家,是宗教存在主义哲学的代表。

③ Jeffrey Helterman, *Understanding Bernard Malamud*, p.21.

是如何构建的。因此,关于马拉默德作品中伦理思想对人物成长影响的论述尚待进一步挖掘。

马拉默德是最受存在主义问题困扰的现代作家之一。阿维德拉·桑特探讨了马拉默德作品中的存在主义主题,并且强调了"苦难"在阐释这一主题时起到的重要作用。桑特从身体、心理和情感三个方面分析了《基辅怨》中主人公的苦难境遇,从而展现马拉默德"悖谬"的存在主义理念,即只有通过某种束缚才能实现内心的自由。桑特认为,马拉默德通过幻想与现实的融合,实现了主人公心理上的强化,从而增添了超现实主义叙事的色彩。① 马拉默德在谈到"困境"问题时曾经说:"可能我用此比喻所有人的窘境……社会上存在不公平、漠然以及无知等现象……每个人都必须构建、创造自己的自由。"②他指出,在苦难的生活境遇中,作家的任务就是通过艺术创造自由,并且保持自由。

菲利普·科德把马拉默德小说的主题与存在主义紧密地联系在一起。他从两个方面分析了《店员》和《基辅怨》中主人公的境遇:其一,在冷漠的、物欲的社会中,他们每时每刻都感到孤独地生活在一个没有意义的世界里;其二,他们对行为可能具有的潜在价值充满信心,认为现实可以因为人的行动而改变,因此,他们注重个人潜能。正如伊斯雷尔·申克所说,马拉默德的主人公总是"担心自己的命运,被卷入命运的浪潮之中,然而总能设法逃脱命运的牢笼"③。科德把这种加缪式的反叛者和对抗社会不公的心理,定义为存在主义的范式,从而建立了马拉默德小说的主

---

① Arvindra Sant, "Surrealism and the Struggle for Identity in 'The Fixer'", in *Bernard Malamud in Memoriam*: *Studies in Jewish American Literature*, pp. 177 – 187.

② Daniel Stern, "The Writer at Work", in Alan Cheuse and Nicholas Delbanco (eds.), *Talking Horse*: *Bernard Malamud on Life and Work*, p. 18.

③ Israel Shenker, "For Malamud It's Story", *New York Times Book Review*, Vol. 76 No. 3, October 1971, p. 20.

题与存在主义之间的关联。科德指出，马拉默德的小说一方面
关注了苦难、自由、道德选择、犹太人的身份、上帝之死，以及人
的责任等存在主义问题；另一方面也为现代社会的生活绝望提
供了一种出路。"他的小说至少完成了马拉默德提出的当今作
家的另一个主要任务，那就是提醒人类，通过努力获得自由最为
可贵。"①

　　评论家们强调了马拉默德小说的主题与存在主义之间的紧
密联系，但是他们往往没有考虑生活境遇中的伦理困境等问题，
忽略了作者通过存在主义主题，考察伦理境遇的目的。他们在分
析中，虽然涉及了主人公在生活困境中承担的责任，但是并没有
对此进行详细的论述，这是不足的。而且，他们的论述主要围绕
《基辅怨》这一部小说，很少涉及马拉默德的其他作品。因此，他
们对马拉默德小说中存在主义主题和伦理境遇之间关系的表述
还有一定的局限性。

　　评论家们还探讨了马拉默德作品中的"大屠杀"主题，并且论
述了这一主题与犹太人、甚至人类命运之间的关联。S. 莉莲·克
雷默通过考察索尔·贝娄、艾萨克·巴舍维斯·辛格、辛西
娅·奥兹克、哈依姆·波托克、伯纳德·马拉默德等十位美国犹
太作家的作品，探究了二战大屠杀事件、犹太历史和美国社会对
战后美国犹太作家创作和美国犹太文学发展的影响。在谈到马
拉默德时，克雷默分析了《基辅怨》。她充分论证了沙皇俄国和纳
粹德国在社会结构和政治方面的相似之处，指出这部作品真实地
再现了大屠杀的历史史实。鲍克被捕的原因就是因为他是犹太
人，他的境况象征着二战期间数百万犹太人的命运。克雷默认

---

① Philippe Codde, The Jewish American Novel, Indiana: Purdue University Press, 2007, p. 192.

为,"《基辅怨》是马拉默德与大屠杀联系最为紧密的小说"①。马拉默德的其他作品,则通过描写犹太人遭受的苦难,间接地喻指了大屠杀事件。迈克尔·布朗同意克雷默的观点。他分析了"最后一个马希坎人"、《店员》和《基辅怨》,认为马拉默德没有直接论述"大屠杀"主题,而是利用想象,通过象征和比喻,间接地探究了大屠杀事件对犹太人产生的重要影响。布朗强调,马拉默德将这一事件的意义扩大了,将其视为残暴的象征。② 劳伦斯·兰格扩展了布朗的观点,指出马拉默德大多数人物的生活空间及其构建,与二战大屠杀的场所是有差异的。他认为,马拉默德将苦难和尊严紧密联系在一起,属于悲剧文学的范畴。因此,马拉默德的作品超出大屠杀灾难的维度,将大屠杀事件的意义广义化。③

评论家们注意到了马拉默德作品中二战"大屠杀"主题的重要性,不过他们基本上只关注事件本身,或者注意到这一事件与人类生活状态的关联,但是没有把它们置于伦理境遇中进行考察,忽略了作者通过大屠杀事件中的苦难,阐释主人公如何摆脱伦理困境的叙事目的。

马拉默德研究的另一重要方面是关于马拉默德作品中的叙事策略与创作技巧问题。评论家们主要从追寻的叙事策略、神话原型叙事,以及幽默的创作技巧三个方面展开论述。

托尼·唐纳以马拉默德的六部小说为例,对其中的追寻叙事进行了较为系统的分析。他指出,小说中的主人公在"追寻渴望"

---

① S. Lillian Kremer, "Seekers and Survivors: The Holocaust – Haunted Literature of Bernard Malamud", in *Witness Through the Imagination*: *Jewish American Holocaust Literature*, Detroit: Wayne State University Press, 1989, p.95.

② Michael Brown, "Metaphor for Holocaust and Holocaust for Metaphor: 'The Assistant' and 'The Fixer' of Bernard Malamud Reexamined", *Judaism*, Vol. 29 No. 4, Fall 1980, pp.479 –488.

③ Lawrence L. Langer, "Malamud's Jews and the Holocaust Experience", in Joel Salzberg (ed.), *Critical Essays on Bernard Malamud*, pp.115 –125.

的驱动下,步入到探索的历程中,之后在挫折和困境中对追寻的理解会发生改变,最后在承担责任的同时重新塑造自我。① 唐纳认为,他们都热衷于某种形式的"新生活","像赫佐格和波特诺一样渴望追寻"②。另一位评论家詹姆斯·拜尔扩展了唐纳的研究。拜尔通过探讨《杜宾的生活》之前的作品在主题、人物塑造和叙事模式三个方面的联系,指出马拉默德的创作具有连续性。他认为,"要理解马拉默德的文学成就,就要认识到他在有限的语境中对追寻模式的运用"③。

凯瑟琳·奥克肖恩全面分析了马拉默德作品中的追寻模式,指出这种模式具有一定的复杂性和深刻性。奥克肖恩不仅运用心理分析、社会、文化和哲学等相关理论,分析了马拉默德小说中主人公追寻的含义,还探究了犹太苦难观与追寻的结合、成长历程在追寻模式中的运用,以及追寻过程中责任与情感对人格重建的影响等几方面的内容。她聚焦马拉默德的所有作品,进行了详细的文本分析。她认为,追寻中的人物不是"简单的、模式化的'傻瓜'",或者是"让人同情的、愤世嫉俗的小丑",他们的追寻是物质和精神两个层面的自我追寻。④

这些评论家分析了马拉默德小说中的追寻叙事策略,但是他们在论述中,没有把这种叙事策略与主人公的伦理境遇联系起来。他们只是简单地分析了追寻模式,却没有指出其原因所在,

① Tony Tanner, "A New Life", in Harold Bloom (ed.), *Bernard Malamud*, p. 129.

② 赫佐格是索尔·贝娄的小说《赫佐格》(Herzog,1964)中的主人公。波特诺是菲利普·罗斯的小说《波特诺的抱怨》(Portnoy's Complaint,1969)中的主人公。

③ James Beyer, "A Repetition He was Part Of: Bernard Malamud 'A New Life' and 'Dubin's Lives'", in *Bernard Malamud in Memoriam*: *Studies in Jewish American Literature*, p.203.

④ Kathleen G. Ochshorn, *The Heart's Essential Landscape*: *Bernard Malamud's Hero*, New York: Peter Lang Publishing, Inc., 1990, pp.3~9.

忽视了马拉默德刻画人物焦虑、渴望的心态,是为了体现他们在追寻过程中摆脱伦理困境的意图。评论家们过分热衷于情节和叙事策略的价值,忽略了明显地隐藏在背后的叙事目的。他们没有认识到,马拉默德实际上更注重揭示作品中深厚复杂的伦理思想。

马拉默德作品中的神话原型叙事手法也受到了评论家们的关注。哈维·库德勒在博士论文中,利用俄狄浦斯情结分析了《天生的运动员》。库德勒指出,马拉默德是第一位注意到棒球运动中蕴含俄狄浦斯情结内容的美国小说家。他通过分析小说中的父子关系、两性关系等因素,断定其中的人物原型来自索福克勒斯的《俄狄浦斯王》。他得出结论,马拉默德将父子冲突与棒球运动戏剧性地联系在一起,而且这一叙事模式也出现在马拉默德后来的作品中。[1]

厄尔·沃瑟曼和詹姆斯·梅拉德利用神话原型叙事手法,对马拉默德的作品进行了系统的分析。沃瑟曼以棒球运动、圣杯传奇和荣格的原型意象为基础,试图在心理、道德和社会需求三个方面,探讨《天生的运动员》如何将历史事件和棒球仪式结合起来,使之成为衡量个体心理和道德行为的史诗。沃瑟曼认为,神话原型是马拉默德创作的源泉,而且这一模式与创作题材密切相关,即马拉默德通过象征模式、创作题材以及两者之间的关系,表达了自己对世界的清晰构想。他指出,马拉默德对圣杯传奇原型的使用,突破了荣格原型意象的局限。"《天生的运动员》除了具有自身的艺术完整性,还为阅读马拉默德后来的小说提供了必要

---

① Harvey Kudler, *Bernard Malamud's Natural and Other Oedipal Analogs in Baseball Fiction*, New York: St. John's University, 1976, p.305.

的参考。"①

梅拉德扩展了沃瑟曼的观点。他通过分析马拉默德前期四部小说中的圣杯传奇、植被神话、季节和牧灵的轮回、繁殖神话等原型模式,指出小说中的牧灵模式是一种叙事结构的四种不同表现方式。在梅拉德看来,马拉默德作品中的牧灵模式发挥了四种作用:"灵活的叙事结构、一致的人物塑造风格、连贯的意象和象征方式,以及清晰有力的文风和修辞策略。"②梅拉德进一步指出,这种叙事模式与"美国梦"追寻和犹太精神之间存在关联之处。他认为,很少有评论家注意到马拉默德"美国梦"的追寻往往以彻底失败而结束;更少有评论家认识到犹太精神是推动人物转变的神奇力量,而神话模式只是嵌入创作题材中的一个因素。

在这类评述中,评论家们专注于马拉默德小说的原型叙事与经典文学作品中神话原型之间的关联,但是他们在论述中缺少对其他因素的考察,没有将弥漫在作品中的对伦理问题的思考纳入讨论的范围。例如,圣杯传奇与伦理责任之间的关系等问题就没有得到评论家们应有的关注。沃瑟曼虽然简单地提及神话原型与主人公行为之间的关联,但是他没有对此进行详细阐述。梅拉德阐明犹太教伦理倡导的品质是促使人物转变的动力,但是他没有从伦理的角度去探讨主人公追寻失败的原因。

还有一些评论家注意到马拉默德在作品中运用幽默和喜剧技巧来描绘人物、构建文学世界。厄尔·罗维特评价道:"马拉默德虽然抓住传统意第绪民间故事中令人难以捉摸的基调和晦涩

---

① Earl R. Wasserman, "The Natural: Malamud's World Ceres", in Harold Bloom (ed.), *Bernard Malamud*, p. 64.

② James M. Mellard, "Four Versions of Pastoral", in Harold Bloom (ed.), *Bernard Malamud*, p. 101.

之处,但是他叙述故事的手段不完全是传统的意第绪方式。"①他认为,马拉默德继承了犹太文化传统,以犹太人特有的幽默方法描写了生活的不确定性和模糊性。不过,他接着指出,马拉默德超越了犹太传统的局限,他作品中的技巧模式是"诗意的、象征性的",以故意的含混解决了看似无法处理的冲突。在罗维特看来,马拉默德小说艺术美学的成功所在,就是他对幽默技巧的把握。谢尔顿·诺曼·格雷布斯坦强调,马拉默德在文学创作中把幽默手法和严肃主题融会在一起。格雷布斯坦认为,马拉默德找到了恰当的创作技巧,而且这一技巧使得马拉默德有别于美国犹太文学运动中的其他犹太作家。他指出,在《费德尔曼的画像》中,马拉默德偏爱的是一种荒诞不经的喜剧手法。马拉默德采取不同方式的幽默,并借此来表达作品的严肃主题。②

　　从创作技巧的角度分析马拉默德作品的评论家,大多过分关注马拉默德在作品中运用的形式,忽略了他运用形式表现的内容和意义。他们虽然也简单地论述小说中的犹太文化背景,但是往往没有探讨犹太移民作为少数族裔,在以基督教为主流文化的伦理境遇中,表现出来的信仰危机。他们没有分析犹太人在伦理困境中遭遇的失落与无奈,忽略作者通过形式和技巧刻画人类伦理状况的目的。

　　国内评论界对马拉默德的研究集中在犹太性问题上,这方面的研究非常详尽,挖掘也比较深入。乔国强教授指出,"他马拉默德提出的弘扬'犹太性'等主张成为当代美国犹太文学运动的一

---

① Earl H. Rovit, "The Jewish Literary Tradition", in Leslie A. Field & J. W. Field (eds.), *Bernard Malamud and the Critics*, p. 6.

② Sheldon Norman Grebstein, "Bernard Malamud and the Jewish Movement", in Irving Malin (ed.), *Contemporary American Jewish Literature*: *Critical Essays*, Bloomington: Indiana University Press, 1973, pp. 175 –212.

个基调"①。乔教授认为,马拉默德的作品进一步完善和发展了犹太文化中的"苦难"问题,"有意义的苦难"意味着"道德追求"以及"建立并完善自我"。魏啸飞借鉴了布伯的对话哲学的观点,探讨了《店员》中犹太精神的价值,指出其实质就是"为人类赎罪而受苦,生活的目标是在尘世间建立起一个公正、和平与繁荣的人类社会"②。持有相同观点的还有邹智勇和傅勇。他们指出,马拉默德小说中的犹太性"超越种族""超越国界",显示出"形而上的普遍意义",表现"人类生存的多元化意义"。③ 申劲松从马拉默德作品中"大屠杀"主题的角度出发,分析"大屠杀"记忆的影响。他认为,这种影响"不仅仅对于犹太人身份的坚守与维系意义重大,对于整个人类的道德操守也是一个衡量的标杆"④。

当然,众多学者在探讨马拉默德创作中犹太文化重要性的同时,没有忽视他的艺术追求。曾艳钰从自然主义创作技巧的特征出发,对《店员》和《装配工》进行了解读。她认为,马拉默德作品中"实验的方法"和"环境的影响"是自然主义的重要表现。马拉默德通过自然主义的创作手法,不仅再现了犹太人的真实境遇,而且有力地阐释了犹太人民的生存状况。⑤ 刘洪一、周南翼和傅勇从"父与子"原型母题的角度出发,论述马拉默德小说中主人公的精神历程。他们认为,马拉默德受到犹太文化传统的影响。他

① 乔国强:《论伯纳德·马拉默德与当代美国犹太文学运动》,载《天津外国语学院学报》,1999年第3期,第48页。
② 魏啸飞:《〈伙计〉中的"相遇"哲学》,载《外国文学》,2002年第5期,第58页。
③ 邹智勇:《论当代美国犹太文学的犹太性及其形而上性》,载《外国文学研究》,2001年第4期,第37～40页。傅勇:《移民的境遇——马拉默德小说中的种族抒写》,载《当代外国文学》,2009年第2期,第145～154页。
④ 申劲松:《从马拉默德短篇小说〈湖畔淑女〉看"大屠杀"与犹太身份的构建》,载《国外文学》,2010年第2期,第111页。
⑤ 曾艳钰:《论马拉默德小说创作中的自然主义倾向》,载《外国文学研究》,2003年第4期,第45～46页。

的作品隐含着对"父子"母题的重构,并且对这一母题进行了"独特的运用和生发"①。倪冰总结出《店员》的基本情节模式,即"寻求改变→进程受阻→暂时的转机→希望破灭→理想的部分实现"②。他指出,"受苦与求新两个层面不断更替的情节模式贯穿作品的始终,以一系列因果联系推动情节层层递进,具有情节建构功能"③。

另外,马拉默德作品中人物形象的研究也非常多。乔国强教授、杨广宇和邹智勇分析了马拉默德小说中遭受苦难的犹太人形象,指出他们试图在困境中保全做人的尊严,同时也具有"普遍象征意义的世界化品性"④。傅勇从角色转变、母性文化和女权主义等角度出发,解读马拉默德多部作品中"反抗男权文化、寻求自我意识的女性形象",提出要"以公正的态度"评价这些人物。他认为,马拉默德"不仅着重刻画男性角色,而且擅长塑造女性形象"⑤。

最后,还有少数学者论及马拉默德作品中的民族和信仰问题,例如乔国强教授分析了《房客》中的民族间的矛盾和冲突主题。他通过解读历史上美国黑人作家与犹太作家之间的文学争

---

① 刘洪一:《父与子:文化母题与文学子题——论美国犹太文学的一种主题模式》,载《外国文学评论》,1992 年第 3 期,第 38～44 页。周南翼:《犹太小说中的父亲形象》,载《外国文学研究》,2000 年第 3 期,第 66～70 页。傅勇:《在父辈的世界里——对马拉默德小说中"父与子"母题的文化解读》,载《当代外国文学》,2008 年第 2 期,第 62～71。

② 倪冰:《论〈伙计〉的情节模式》,载《外国文学研究》,2002 年第 1 期,第 87 页。

③ 同上书,第 89 页。

④ 乔国强:《美国犹太小说中的两种基本人物类型》,载《英美文学研究论丛》,2007 年第 1 期,第 185～195 页。杨广宇:《试论马拉默德的小说〈信〉》,载《外国文学研究》,1998 年第 5 期,第 43～45 页。邹智勇:《马拉默德笔下的受难形象》,载《武汉理工大学学报》,2001 年第 1 期,第 69～72 页。

⑤ 傅勇:《寻求自我意识——论马拉默德小说中的女性形象》,载《当代外国文学》,2007 年第 2 期,第 140 页。

论,从历史、文化等方面,揭示了民族间仇视、对立心理形成的原因。乔教授指出,马拉默德"没有简单地开出让他们团结合作或者分裂对抗的药方,而是祈求他们看在上帝的份上,彼此理解与宽容"①。乔国强教授还从情节和人物刻画两个方面入手,探讨了《上帝的恩赐》揭示的宗教主题。他认为,这是一部"有着明显宗教意味的小说,很难用简单、明确的字句概述出主题思想"②。这些研究说明,学者们已经开始注意到了马拉默德研究成果扎堆、重复的现象,而且他们正在有意识地拓宽、拓深自己的研究。

我国的马拉默德研究工作取得了一定的成绩。乔国强教授和刘洪一教授关于美国犹太文学的著作中③都专门论述了马拉默德。傅勇出版了研究马拉默德的专著,④该书以神话式追寻、父权体系、文化关系和女性主义等为切入点,彰显马拉默德所独具的犹太性。截止到目前,共有四篇博士论文在专门章节中论述马拉默德,⑤有两篇专门以马拉默德的作品为研究对象的博士论文。⑥通过检索可以发现,我国虽然有百余篇期刊论文、硕士论文论述马拉默德,但绝大部分只是对某一作品或某一方面做了研究,或

---

① 乔国强:《美国黑人作家与犹太作家的生死对话——析伯纳德·马拉默德的〈房客〉》,载《外国文学评论》,2004 年第 1 期,第 29 页。

② 乔国强:《一部寓言犹太民族历史的启示录——论马拉默德的长篇小说〈上帝的恩赐〉》,载《当代外国文学》,2007 年第 2 期,第 133 页。

③ 这两部著作分别是乔国强:《美国犹太文学》,北京,商务印书馆 2008 年;刘洪一:《走向文化诗学——美国犹太小说研究》,北京大学出版社,2002 年。

④ 这部著作是傅勇:《伯纳德·马拉默德——一位独特的美国犹太作家》,北京,外语教学与研究出版社,2010 年。

⑤ 这四篇博士论文分别是周南翼:《追寻一个新的理想国:索尔·贝娄、伯纳德·马拉默德与辛西娅·奥芝克小说研究》,厦门大学,2001 年;魏啸飞:《美国犹太小说中的犹太精神》,中国社会科学院研究生院,2001 年;朴玉:《于流散中书写身份认同》,吉林大学,2008 年;敬南菲:《出路,还是幻象:从〈应许之地〉、〈店员〉、〈美国牧歌〉看犹太人的美国梦寻》,上海外国语大学,2010 年。

⑥ 这两篇博士论文分别是李莉莉:《困境与救赎——伯纳德·马拉默德小说的伦理主题研究》,上海外国语大学,2013 年;裴浩星:《伯纳德·马拉默德小说的苦难主题研究》,东北师范大学,2013 年。

只对其创作做宏观介绍。

与国外研究相比,我国的马拉默德研究还缺乏系统性和理论深度,我们还存在一定的差距。首先,国内的马拉默德研究基本上集中在对《店员》和《基辅怨》这两部小说的分析上,相对马拉默德八部长篇小说的创作数量来说,我们对马拉默德作品研究的广度还有待进一步扩展。其次,国内的评论者们较为集中地谈论马拉默德的犹太性问题,所使用的评论方法和评论视角也有大量的重复现象,主要是对主题和创作技巧的研究,而叙事理论、后殖民理论和文化批评等在国内才刚刚起步,我们对马拉默德研究的深度还远远不够。最后,从已经发表的论文来看,国内对马拉默德小说伦理思想的研究,大多局限在对《店员》和《基辅怨》中的犹太伦理思想的探讨,缺乏从伦理批评角度对马拉默德其他小说的研究,更缺乏系统、全面地考察马拉默德小说中伦理问题的论述,尤其缺少对马拉默德伦理思想的深入研究,我们的研究范围还显得过于狭窄。因此,国内的马拉默德研究还有待进一步的发展。

第三节　本书的研究方法、研究目的及主要观点

一般说来,对任何文学作品进行伦理解读,都应该厘清"伦理"和"道德"这两个概念。从西方词源学来说,"伦理"(ethics)起源于希腊语的"ethos",指的是"某种现象的稳定性质",其中就包括"人的特殊气质",例如性格、性情、秉性等。亚里士多德后来则用它来指"人的德行"(即与人的性格和气质密切相关的德性)。[①] "道德"(morality)一词的词源出自于拉丁语的"moralis",

_____

① 古谢伊诺夫、伊尔利特茨:《西方伦理学简史》,刘献洲等译,北京,中国人民大学出版社,1992年,第119页。

有"风俗""习惯"的意思,后来又逐渐演变出"特点""品质"等含义。① 西方有学者对这两个词语进行比较,认为"ethics"的意思是"文化风俗和习惯","morality"也意指"习俗"。② 因此,从词源含义来看,这两个词语原来没有本质上的不同,只是一个来源于希腊语,一个来源于拉丁语。后来,两者在应用的过程中逐渐产生区别:在指道德的理论时,多用"ethics",而道德的实践行为多用"morality"。也就是说,"伦理"(ethics)更多地表征客观存在的社会关系,具有一定的社会倾向;"道德"(morality)则具有个人倾向,表达个人的内心世界。

汉语中,"伦理"中的"伦"本义为"类""辈分",通常指顺序、秩序,引申出人与人相处时的关系。"理"是指"纹理""条理",引申为规律的意思,就是要处理好人与人之间的关系,应该遵从的道理和准则。"'伦理'一词的本义就是人与人之间应该有的关系和道理,并指出有关系就有要求,又有应该如何的价值取向……因此,伦理是人与人之间应该有的关系、要求及其理由。"③"道德"中的"道"指"道路""道理",引申为"规律""规则",表达人类对原则和规范的信仰。"德"本义为"行",指的是"行为",原义是由行为表现出来的内心所得,引申为"品性""品德",就是指一个人应该按照何种规范行事,才能得到的品德。因此,道德指的就是社会中人们的行为规范,被定义为"人'立身','处世'的现实的应该"④。

---

① Jacques P. Thiroux, Ethics: Theory and Practice, Beijing: Peking University Press, 2005, p. 3.

② Judith A. Boss, *Ethic for Life*, New York: McGraw – Hill Companies, Inc., 2004, p. 5.

③ 王小锡:《道德,伦理,应该及其相互关系》,载《江海学刊》,2002 年第 2 期,第198 页。

④ 同上书,第197 页。

伦理与道德是有着密切联系,同时又有所区别的两个范畴。在日常生活中,两者可以互换使用,不做严格区分,但实际上它们却是两个不可以混淆的概念。"伦理"是指人与人之间、事物之间、人与事物之间,以及事物内部天然形成的关系、结构和秩序。"道德"是指参照一定的伦理关系,人们在看待事物、做事时遵循的规则、规范和持有的价值观念。相应地,伦理观和道德观这两个概念也具有不同的内涵,前者是针对这些关系(例如主辅、先后、中心——边缘等等)给出的一种总的评说;而后者则是在伦理观的参照下,对善与恶、好与坏、对与错等做出的判断。

伦理是在一定的文化、历史、社会背景下产生的,不同的文化、历史、社会条件,会形成相应的迥然不同的伦理。不同的伦理会呈现出明显的时代印迹,展示出独特的本质特点和意义内涵。因为人与人之间、事物之间、人与事物之间,以及事物内部的关系是复杂多样的,所以反映这些关系的伦理也就衍生出多种与之相呼应的概念。就如刘小枫所说,"伦理就是以某种价值观念为经脉的生命感觉,反过来说,一种生命感觉就是一种伦理;有多少种生命感觉,就有多少种伦理"①。我们可以把一种关系就视为一种伦理,人或事物之间的关系错综复杂,因此伦理也就多种多样。

"人际伦理"是人们在日常的社会生活中,与他人交往时形成的关系。这其中可以包括人们在职业发展中结成的同事关系,与领导结成的上下级关系、在生活中结成的邻里关系、朋友关系,以及与异性结成的两性关系等等。

"犹太伦理"也可以称为犹太教伦理,指的是犹太教信仰中传统的伦理价值观。这些价值观包括犹太伦理传统的苦难观、犹太

---

① 刘小枫:《沉重的肉身——现代性伦理的叙事纬语》,北京,华夏出版社,2004年,第7页。

伦理传统中"爱邻如己和行善"思想、犹太责任伦理、伦理乐观主义、犹太家庭伦理、犹太自由观等等。它们渗透在犹太人生活的各个方面,指导和约束犹太人的思想观念和行为举止。

"生存伦理"指的是人类基于生存发展的需要,在人与人之间或者人与其他事物之间形成的错综复杂的关系,包括不同民族主体之间的关系以及人类与生存环境之间的关系等等。

伦理研究关注的重点是人或事物之间关系的变化;道德研究注重分析的是这种关系变化是否合乎现时的规范,也就是判断这种关系变化是否合理。对文学作品进行伦理研究,就是对其中内含的特定时代的现象进行客观地再现,主要指向历史;而文学的道德研究是对现象进行主观的评价,主要指向现在。广义的文学伦理研究融合道德研究,因为在反映特定时代现象的同时,必然会对其进行评价,因此也就涵盖了道德研究。

对文学作品进行伦理研究具有一定的理论基础。学者们认为,伦理学作为一种研究方法,可以应用到文学批评领域,因为两者在研究对象上存在相通之处。正如聂珍钊所说:

> 伦理学研究的是现实社会中各种道德现象,以及在社会活动基础上形成的人与人之间的伦理道德关系和道德原则、规范,并用这些原则规范去指导人的行动。而文学却借助艺术想象和艺术描写,把现实世界转化为艺术世界,把真实的人类社会转化为虚构和艺术社会,把现实中的各种道德现象转化为艺术中各种道德矛盾与冲突。①

---

① 聂珍钊:《文学伦理学批评:文学批评方法新探索》,载《外国文学研究》,2004年第5期,第18页。

换句话说：

> 伦理学主要解决的是"关系"及与这些关系相关的"法则"等问题。文学则是关于人与人、人与社会、人与自然，甚至人自身的灵魂与肉体等之间关系的一门学问……文学作品中反映出来的"关系"（伦理）及其存在的"法则"（道德）实际上与伦理学所研究的对象是一致的。①

文学伦理研究的核心是在对作品中"自我"与"他者"之间的关系进行辩证理解的基础上，通过分析人物的伦理困惑和道德抉择，正确地把握和理解关系的发展演变，从而推论出如何才能达成"自我"与"他者"之间关系的和谐发展。这就要求既要对小说中"自我"的封闭趋向进行分析，还要在其中找到潜在的解决方法与对策。

本书主要立足于马拉默德小说的伦理思想研究。马拉默德成长和生活的时代，正是世界格局发生巨大变化的历史时期。他亲身经历过或者间接地体会到了一些重大的历史事件，例如持续数年之久的全球性经济大萧条、第二次世界大战的爆发、法西斯主义对犹太人的迫害和屠杀、广岛的核爆炸、声势浩大的争取民主权利的运动、美苏之间长期的冷战对峙等等。同时，科学技术迅猛发展，经济持续增长，这些都给美国人民以及全人类的生活带来巨大的变化。在这样的时代背景之下，作为著名的美国犹太作家，马拉默德一直置身于犹太文化与美国文化相融合的宏观文化背景中。他的作品深入探究了犹太文化传统的精神价值，同时

---

① 乔国强：《"文学伦理学批评"之管见》，载《外国文学研究》，2005 年第 1 期，第 26 页。

也对美国社会的价值观进行了深邃的思考,反映了他对社会生活中的个体与他者、个体与集体、民族之间、甚至人类与生存环境之间伦理问题的深刻反思。

本书选取马拉默德的六部长篇小说《天生的运动员》(1952)、《新生活》(1961)、《店员》(1957)、《基辅怨》(1966)、《房客》(1971)和《上帝的恩赐》(1982)进行分析。这六部小说代表马拉默德三种不同的创作思想和创作风格,同时也是马拉默德最具有代表性的作品。从人际伦理、犹太伦理、生存伦理三个方面进行阐释,可以全面分析马拉默德小说中蕴含深刻的伦理内涵,深入地探索和认识其中的意蕴和人文主义精神。本书将结合宏观的伦理批评的视角和微观的文本细读的方法,吸纳相关的文学和文化理论以及其他学者的观点,着重分析文本中主人公面临的伦理困境,探讨他们走出危机、实现救赎的途径,从而展现马拉默德小说蕴藏的伦理思想,以及这种伦理思想对美国当今社会、甚至全人类的启示和指引作用。困境与救赎是马拉默德小说反映的重要问题,而其创作的核心主题折射的是对伦理思想的思考。

本书第二章探讨了人际伦理思想。在马拉默德出版的第一部长篇小说《天生的运动员》(1952)中,周围人的个人主义价值观对主人公棒球运动员罗依产生了巨大的影响。在这些人价值观的作用下,罗依形成了如洪水猛兽般的欲望。他为了实现个人梦想,满足自己的渴求,接受贿赂的钱财,同意在赛场上打假球。造成这一切的根本原因,就是他在人际交往过程中受到他人的影响,信奉并且实践了个人主义的价值观。马拉默德通过罗依身边人的作用,解释了这些人的价值观对罗依造成的困扰。他与周围几乎所有人都失去了直接对话和信任的基础,彼此间形成了疏远和冷淡的关系,从而在与他人交往的过程中陷入了困惑和危机之中。马拉默德在认识到伦理困境的同时,没有放弃寻找出路,摆脱困境的可能。在小说的结尾,罗依最终抛弃了个人主义的追求,承担起道德责任。马拉默德借罗依的转变指出,只有在关爱与责任的引领下,个体才能走出"以自我为中心"的个人主义的困扰,建立与他人之间的良好关系,实现救赎。

在《天生的运动员》之后,马拉默德又出版了一部以人际伦理思想为主的小说《新生活》(1961),探寻了在实用主义价值观占主导地位的情况下,美国知识分子的困境与救赎之路。小说的主人公莱文渴望在西部实现自己的人文主义理想,但他在工作和生活中接触的大多数都是实用主义者。这些人的一切行为活动都以讲求实际功效为出发点,莱文的创新精神和人文主义理想与他们的信念形成了巨大的反差。学院和英文系的教学和学术活动以实用主义作为标准,莱文无法处理好与领导和同事之间的关系;周围的女性持有实用主义的爱情观,莱文在与她们交往的过程中也总是陷入尴尬的境地。同时,马拉默德在小说中还阐释了莱文走出困境,寻求救赎的可能。大自然的拯救力量使得莱文得以在复杂的人际关系中,寻求心情的平和与宁静。与鲍琳之间的恋情更让莱文理解了爱的内涵,勇敢地面对生活中的痛苦与磨难。小说的最后,莱文带着已经怀孕的鲍琳离开了西部。他承担起对他人应尽的责任与义务,开始寻求真正意义上的新生活。马拉默德借此指出,只有爱与责任的承担,才能在与他人交往的过程中摆脱实用主义的困扰,实现精神上的救赎。

本书第三章分析了犹太伦理思想。在1957年出版的小说《店员》中,马拉默德完美地阐释了犹太伦理传统对生活在困境中的犹太人以及非犹太人的救赎作用。在物质主义占主导地位的现代社会中,小说的主人公犹太人莫里斯的生活苦不堪言。但是,他对犹太伦理传统持有一种依依不舍的情怀,在日常生活中将犹太伦理的精神付诸实践。莫里斯既是圣经文学中"约伯"原型的再现,同时也展现出在苦难的生活境遇中,犹太伦理传统对人的救赎意义。犹太伦理意识让莫里斯以顽强的意志承受生活中的苦难,而且他愿意为他人承担苦难,勇敢地担当起做人的责任。马拉默德没有放弃从现实生活中寻求希望的可能,这种可能表现在莫里斯实践犹太伦理传统的过程之中。莫里斯在小杂货店的经营中始终坚持犹太伦理传统,信守犹太伦理价值观。同时小说的另一位主人公弗兰克在杂货店里,逐渐理解了莫里斯身上的犹太伦理意识,最后悔过自新,弃恶从善,皈依犹太教。马拉默德通过主人公的经历,阐释了犹太伦理传统在犹太人摆脱困境、实现救赎过程中发挥的重要作用。同时马拉默德也指出,更为重要的是犹太人还应该以其特有的坚定犹太伦理信仰去救赎非犹太人。

在《店员》之后,马拉默德又发表了一部以犹太伦理思想为主的作品《基辅怨》(1966),阐释了犹太伦理传统对于犹太民族的繁衍和发展所具有的重要意义。在《基辅怨》中,马拉默德通过历史上的真实事件,再现了反犹主义背景下犹太人恶劣的生活环境。小说的主人公犹太人雅柯夫在经历生活的艰辛、婚姻的失败后,对犹太教信仰产生了动摇。他试图抛弃犹太人身份,冒充俄国人融入主流社会。雅柯夫在背离犹太伦理传统的过程中,被诬陷犯了谋杀罪,身体和精神上遭受了更加痛苦的折磨,他也因此陷入困惑与迷惘之中。经历了种种苦难之后,雅柯夫最终走出了虚幻的世界。他开始在生活中实践犹太伦理,为了犹太民族的利益与反犹主义进行斗争。马拉默德以此说明,犹太人只有坚守文化身份,承担对集体和民族的责任,才能在异域的文化环境中走出生活困境,获得救赎。

本书第四章讨论了生存伦理思想。在创作的中后期,马拉默德开始关注现代社会中人类在生存进程中面临的伦理问题。

1971年出版的《房客》涉及了不同民族文化在生存中如何处理彼此间关系的问题。在这部小说中，主人公犹太白人作家莱瑟和黑人作家威利都迷恋创作，也都因为沉溺于创作而陷入困境之中。由于不同文化背景的差异，他们在共同生活和创作的过程中产生矛盾，而且创作思想和创作方式的分歧致使他们之间的冲突不断升级，甚至发展到"生死搏斗"、威胁彼此生存的地步。同时，马拉默德还论述了实现民族文化和解的可能性。在小说中，这一可能表现在两位作家之间的"兄弟情谊"上。他们曾经在生活和创作中相互关照、相互欣赏。马拉默德甚至还虚构了两个民族之间通婚的情节，来实现民族相容的局面。小说的结尾，房东喊出"发发慈悲吧"。这句话表明了马拉默德的态度，他认为，不同民族文化在交往的过程中，只有保持相互的宽容和体谅，保证彼此的平等和信任，才能摆脱"自我中心主义"的单一民族视野带来的困扰，实现人类社会的和谐发展。

《上帝的恩赐》(1982)是马拉默德出版的最后一部长篇小说，探讨了人类在生存进程中如何处理与周围环境之间关系的问题。在这部寓言小说中，马拉默德虚构了一个热带小岛。他借助主人公科恩与动物之间错综复杂的关系，探讨了小岛上生存伦理的构建过程。科恩把小岛视为自己的"领地"，对岛上的一切生命体实施控制。他愚妄荒谬的行为严重地违反了生存伦理法则，激起动物的怨恨和反抗。岛上的生活被搅得支离破碎，导致最终毁灭性的后果。同时，马拉默德也表明还存在建立人与周围环境之间和谐关系的可能性。在小说中，这种可能性通过小岛上最初稳定与和谐的生存环境表现出来。马拉默德借此阐明自己的生存伦理思想。他主张，人类应该承担生存伦理责任，遵循生存伦理法则，这样才能走出"人类中心主义"产生的困扰。在科恩弥留之际，大猩猩乔治唱起赞美诗，为他祈祷。这样，马拉默德在悲剧的氛围中呈现了对生活和未来的期望。他指出还存在摆脱困境,实现再生的可能。

　　简而言之,马拉默德的这六部小说探讨的共同主题是伦理思想问题,它们之间存在内在的、紧密的联系,展现了作家对个体与他者、个体与集体、民族之间甚至人类与生存环境之间伦理关系的思考:"人际伦理"小说关注的是个体在社会生活和职业发展中面临的人际交往困境与救赎途径;"犹太伦理"小说探讨在犹太人乃至整个犹太民族摆脱困境的过程中,犹太伦理传统发挥的重要作用;"生存伦理"小说则解读在人类生存发展进程中,如何摆脱民族之间的矛盾、生态危机等尴尬境遇。总之,马拉默德笔下的人物都会陷入痛苦与磨难的困境之中,但是马拉默德始终以乐观的态度来看待人生和未来,确信人类最终可以摆脱困境,获得救赎。

第二章　人际伦理困境与救赎

　　马拉默德的作品大多展现人们在现实生活中遭遇的困境以及实现救赎的过程。在《天生的运动员》和《新生活》中,这一点体现得最为突出。个人主义和实用主义致使罗依和莱文在人际交往过程中产生精神困惑,引发持续不断的心理焦虑,给他们带来了巨大的痛苦。这两部小说也许不是马拉默德最好的作品,但是在小说的结尾,罗依和莱文"心理和道德上的回归"却体现了伦理思想力量所具有的效力。显然,马拉默德关注的重点是主人公的成长历程,这在后来的小说中也有所显示。但是,"后来的小说却没有如此直接地表明主人公要与之斗争的势力的本质"①。同时马拉默德也指出,人们只有摆脱这两种价值观的羁绊,只有在关爱与责任的承担中,才能走出伦理困境,最终走向与他人建立正常关系的和谐之路。

第一节　《天生的运动员》中的
人际伦理困境与救赎

　　《天生的运动员》(1952)是马拉默德出版的第一部长篇小说。② 小说问世后,得到了一些评论家的好评。菲利普·戴维斯

---

① Sidney Richman, *Bernard Malamud*, p.41.
② 马拉默德将自己第一部小说 *The Light Sleeper* 的手稿付之一炬,《天生的运动员》是他创作的第二部小说。

认为,《天生的运动员》是一部出色的小说,是"美国最伟大的棒球小说"①。哈维·斯瓦多称赞该部小说,指出它迎合"从粗俗之人到专业人士"不同层次读者的需求。② 哈里·西尔威斯特认为,从这部小说的创作中,可以看出马拉默德是一位"有责任感的原创作家"③。索尔·贝娄则声称,《天生的运动员》的每一页都确定无疑地体现了"一位真正作家的智慧和手笔"④。当然,也有一些评论家抱怨《天生的运动员》中有些内容晦涩难懂,让人难以理解。格兰维尔·希克斯认为,这部小说无法被看作是一个整体。他还指出,小说与马拉默德以后的创作没有关联。在希克斯看来,这部小说是一个让人难以理解的开端,因为小说的背景是美国棒球大联盟,而马拉默德后来的小说没有与体育运动相关的。另外,小说中没有犹太人物,而马拉默德后来小说中的主人公都是犹太人。⑤ 西德尼·里奇曼认为,"《天生的运动员》是20世纪50年代最令人困惑的小说之一。如果试图把它看作是承袭'意第绪文学传统的伟大现实主义作家'的作品,就更会心存疑惑"⑥。读者之所以会感到很难理解,是因为马拉默德在小说中使用象征和神话原型等创作技巧,有时很难分辨他的真实意图。在马拉默德的所有作品中,对这部小说研究得不多,尤其是在国内学术界。

　　《天生的运动员》讲述了主人公棒球运动员罗依·豪博斯19岁到35岁期间人生的起起伏伏。罗依是一名有着惊人运动天赋

---

① Philip Davis, *Bernard Malamud: A Writer's Life*, p.101.

② Harvey Swados, "Baseball a la Wagner", *The American Mercury*, Vol. 75 No. 346, October 1952, p.105.

③ Philip Davis, *Bernard Malamud: A Writer's Life*, p.111.

④ Ibid., p.111.

⑤ Granville Hicks, "Generations of the Fifties: Malamud, Gold and Updike", in Nona Balakian and Charles Simmons (eds.), *The Creative Present: Notes on Contemporary American Fiction*, New York: Doubleday & Co., 1963, p.219.

⑥ Sidney Richman, *Bernard Malamud*, p.28.

的棒球运动员。他 19 岁时,从美国西部的偏远农村来到东部大城市芝加哥,目的是想要成为出色的棒球运动员,实现自己的梦想。但是,他经不住一位名叫哈利埃特·波德的黑衣女子的诱惑,走进她的房间,结果被她开枪击中腹部。十五年后,罗依来到纽约"骑士"队,带领球队接连不断地赢得比赛的胜利。球队走出了失败的阴影,他也成为公认的棒球英雄。然而,处于事业巅峰的罗依却在他人的诱惑和个人主义的驱使下,沉溺于追求名利的欲望之中,在与他人交往的过程中陷入伦理抉择的两难困境。最终,罗依抛弃了对名誉和金钱的渴望,认识到做人的良知更为重要,在人生之路上开始走向自我完善。

一、欲望之累

美国文化传统的核心强调个人主义,一切"以自我为中心",其目标就是追求个人利益。个人主义价值观最早源自殖民地时期的英国清教徒。这些人历尽千辛万苦,不远万里来美洲大陆安家落户。他们"自认为是上帝的'特殊子民',感到有一种不可推卸的责任和义务"①,梦想在这片尚未开垦的凄凉荒芜的土地上,建立一个"山巅之城"②。为了成为一个榜样民族,一个让世人仰慕和仿效的民族,他们在险恶的生活环境中,凭借坚忍不拔的意志和不屈不挠的精神,辛勤劳作、严于律己。这种为了实现梦想而努力、讲究创造性和实际性的个人主义精神,成为美利坚民族

---

① 王萍、王卫平:《"美国梦"释译》,载《武汉理工大学学报》,2001 年第 2 期,第 164 页。
② "山巅之城"这种提法来自于《圣经·新约》中主耶稣的教导:"城造在山上,是不能隐藏的。人点灯,不要放在斗底下,要放在高处,照亮一家人。你们的光也要这样照在人前,叫他们看到你们的好行为,便将荣耀归于你们在天上的父。"参见《圣经》和合本(中英文对照本),南京:中国基督教三自爱国运动委员会 2008 年版,《圣经·马太福音》(5:14−16),第 7 页。

具有的独特品质。

个人主义价值观对个体和美国社会的发展做出了巨大的贡献。每个美国人,不管他属于哪个阶级和民族,都希望依靠努力和勤奋,使自身潜在的能力得到发展,实现自己的理想。他们相信美国是一个民主的国度,这里没有阻止个人进步的障碍,只要努力、勤奋、有志向、有信念,任何人都可以获得成功。在他们的观念中,勇敢和进取的精神以及抓住机遇的能力是值得欣赏和赞美的,也是取得成就的主要途径。

但是,个人主义思想同时也带来了负面的影响。两次世界大战之后,美国的国家实力大大增强,进入了经济发展和物质生活的繁荣时期。美国文化中的个人主义内涵也发生了变化。人们对美好生活的向往,一步步地演变成为对成功和财富的渴求。在这种价值观的影响下,一切都成为商品价值交换的环节,都可以用金钱来衡量。美国人对事业、财富和爱情的欲望被激发起来,进而陷入了被欲望诱惑的焦虑之中,引发传统的道德观念发生了变化。同时,极端的个人主义过分强调个人的重要性,为了达到成功的目的可以采取一切必要的手段,并常常以损害他人的利益为结局,这样就妨碍了人们之间关系的发展。《天生的运动员》中的罗依就受到个人主义价值观的影响。他在事业和生活中渴望获得成功,获取名誉、财富和爱情。这种价值观给他造成了巨大的心理压力,致使他在与周围人接触时常常处于矛盾、困惑和纠结之中。

罗依对事业和生活持有永不满足的欲望,这是他陷入人际伦理困境的一个主要原因。在《天生的运动员》中,马拉默德详细地刻画了罗依的欲望从开始出现,到极度膨胀,再到一度无法控制的过程。19岁的罗依是一个出身贫寒的乡间男孩。他童年时的家庭生活很不幸福:父亲虽然爱他,引导他从事棒球运动,但是父亲却沉迷于酗酒,对生活感到绝望;母亲则只关心自己,她"不爱任何人"。在美国文化价值观的影响下,罗依成为个人主义的忠实信奉者。他决心与过去的一切断绝联系,开始自己新的事业和生活。他深深地热爱自己从事的棒球运动,而且还把这一运动视为实现理想和追寻幸福生活的一种途径。他相信凭借天分,再加上努力和奋斗,可以逐渐地接近自己的梦想。罗依的命运同棒球运动紧密地联系起来,他与这种运动之间存在着某种特殊的精神上的关联,因此具有更深刻的意蕴。

十五年后,34 岁的罗依签约纽约"骑士"队,决心开始新的生活。他第一次参加比赛,就有着出色的表现。他在赛场上重重地击球,"球拍在阳光下闪耀……(被击中的)棒球呼啸着冲向对方球队的投手,好像突然间就落在他的脚下"[1]。之后,罗依取代邦普[2]上场参加比赛,他的表现更加完美。他依靠超人的棒球技术、无可比拟的体力,再凭借自己制作的棒球拍[3],取得一场场比赛的胜利。球队在他的带领下走出失败的阴霾,在联赛中的排名不断上升,甚至有希望争夺冠军。球迷们都注意到赛场上的这张新面孔,罗依也不再默默无闻。他摆脱年龄等不利条件的束缚,以惊人的速度接连打破纪录,很快就成了最有名气的棒球运动员。

罗依的棒球事业进行得顺风顺水。他获得初步的成功,看似赢得人生的辉煌。但是,随着名气的迅速上升,他的欲望也急剧膨胀。个人主义催生的这种欲望,具有向外的超越性,其特点是外在性、陌生性、他性。[4] 罗依就被这种欲望完全俘获。他在虚荣

---

① 　Bernard Malamud, *The Natural*, New York: The Noonday Press, 1991, p. 80.
②　小说中"骑士"队的核心队员。
③　根据罗依的述说,这个棒球拍是他从河边被雷电击过的树上截取木材,自己制作的。
④　孙向晨:《面对他者——莱维纳斯哲学思想研究》,上海三联书店,2008 年,第125 页。

心的驱使下,不断地追求个人的梦想,完全没有考虑对波普、①对球队、对球迷应该承担的道德责任。这一点从罗依的言谈举止中就可以看出来。由于他在赛场上的出色表现,球迷们举行了"罗依·豪博斯纪念日"。他发言时表态说,自己会拼命地打比赛。"我会竭尽全力——豁出命去——成为棒球运动中有史以来最伟大的球员。"②罗依拥有棒球天赋,但是在个人主义的影响下,他的理想太具局限性:19 岁时,他的梦想是做最好的棒球运动员;34 岁时,他的追求也只是成为最伟大的棒球运动员。罗依身处于复杂的社会文化环境,无法理解人生的真正意义。他没能将世俗的欲望化为精神诉求,在与他人交往时陷入困境之中,导致最后在赛场上的失败。

现代棒球运动起源于美国,是美国人民最喜爱的运动之一。棒球比赛不仅给观众视觉上的享受,而且还寄寓着美利坚民族所独有的文化理念,展现了个人主义的追寻这一独特的文化价值观。③ 罗依确实是一个具有超级天赋的棒球运动员。他去芝加哥试训,在与惠莫④的对抗中获得胜利。之后,他就开始了自己的棒球运动生涯。这一情节具有一定的象征意义,比赛中的对抗实际上指涉罗依在道德战场上经受的考验,意味着他从此以后,陷入了是与非、善与恶的漩涡中。对于此时的罗依来说,人生的航程才只是开了一个头,但是他的欲望已经呈现初步的萌芽。在他的观念中,一切都"以自我为中心"。他想出人头地、功成名就,其中也包含有满足享乐的欲求。在个人主义的驱使下,罗依只想利用

---

① 小说中棒球队的经理。

② Bernard Malamud, *The Natural*, p.114.

③ George Gretta, "Baseball and the American Dream", *Massachusetts Review*, No. 16, 1975, p.552.

④ 小说中的人物。他是美国棒球大联盟比赛中最出色的击球手,三次获得最有价值球员称号。

棒球运动得到属于个人的名利,只把注意力都放在如何满足自己的欲望上。父亲和死去的萨姆①对他寄予厚望,然而他却从来没有替他们着想。他不理解人生追求的本质,领悟不到想要成为棒球英雄,只具备天分是不够的,还必须拥有崇高的人生理想,承担应该担负的道德责任。他虽然在比赛中获得胜利,但是却没有经受起道德的考验,被哈利埃特诱惑,使得自己身受重伤。欲望让罗依没有很好地利用自己的天赋,毁掉了美好的前程。芝加哥是他梦想的起点,也成为他梦想的终结点。

在马拉默德笔下,罗依周围的人信奉极端的个人主义。罗依在这些人的诱惑下,逐渐接受他们的价值观,这是他陷入人际伦理困境的一个重要原因。在美国现代社会,个人主义已经从注重精神内涵转变为强调物质主义。人们受到金钱和物质财富的奴役和驱使,正如格奥尔格·西美尔所说:"金钱越来越成为有价值的绝对充分的表现形式和等价物,它超越客观事物的多样性达到一个完全抽象的高度。"②此时,金钱和物质财富的占有量,成为确认个体价值的重要标志,也是衡量个体成功与否及其社会地位高低的主要标准。这样,生产力就不再是人们引以为豪的事情,金钱消费成为推动社会发展的主要动力。在这种社会氛围中,对于小说中的许多人来说,人生的目的就是拥有大量金钱、满足物质生活的需求。他们认为,为了获得金钱与物质财富,可以采取任何手段。罗依不仅受到梦想和欲望的诱惑,还陷入周围人为他所设的圈套中,金钱和名利成为他与这些人发生联系的主要媒介。他也认识到自己的生活状态出现了问题,但是此时他还无法找到解决的办法,他也因此感到困惑和迷茫。

---

① 小说中的人物。他是一名星探,发现了罗依的棒球天赋。
② 格奥尔格·西美尔:《金钱、性别、现代生活风格》,顾仁明译,上海,学林出版社,2000 年,第 8 页。

球队老板法官班纳对罗依产生了重要影响。班纳是极端个人主义的绝对拥护者。他原来是一个贫困潦倒、手段卑鄙的律师，后来成为法官，运气就好起来了。班纳本能地意识到这个社会不仅重视个人主义，而且它的物质主义将人"物化"，把人视为可以控制的物品。他深悉社会上盛行的这种价值观，为了获取物质财富，不择手段，甚至无视做人的准则，违背正义和良知。班纳拥有球队股份的百分之六十，操控球队和赛场上的一切。但是，他的目的只是为了追求个人利益，而不是获取比赛的胜利：在他的观念中，来赛场观看比赛的观众只是"货币"；当波普成为他谋求财富的障碍时，他就要采取一切手段将其驱逐；球队队员也只是他获取更多财富的工具而已。最具讽刺意味的是，他为了节省开支，与一家妇产医院签约，让他们负责诊察队员的伤病。他甚至参与赌球，为了赢得赌金，想方设法让球队输掉比赛。罗依在球队的薪金无法满足自己的生活需求。尽管他在比赛中表现出色，帮助球队接连获胜，但是班纳还是按照合同的规定，拒绝给予他更多的薪水。在班纳看来，"货币经济与理性操控一切被内在地联结在一起，在对人对事的态度上，它们都显得务实，而且这种务实把一种形式上的公正与冷酷无情相结合"①。他还给出许多理由，为自己辩解。他对罗依说："对金钱的贪欲是一切邪恶的根源……一个人如果沉溺于欲望之中，就相当于将刀架在喉咙上。"②他指出，要抵制一切邪恶的念头。班纳在与罗依交往的过程中，斤斤计较，考虑的是能够给自己带来多少利益价值。

赌球经纪人伽斯对罗依产生了一定的影响。伽斯也是一个典型的极端个人主义者。美国现代社会充满竞争和冒险，获取钱

① 格奥尔格·西美尔：《货币哲学》，陈戎女、耿开君、文聘元泽，北京，华夏出版社，2007年，第187~188页。

② Bernard Malamud, *The Natural*, pp. 99 – 101.

财不仅要靠努力和节俭,还需要心肠凶狠,手段毒辣。在这个社会里,人们看重的是个人主义,盛行的是利己主义和拜金主义,少数人的成功通常是以损害他人利益、毁灭异己为结局。伽斯利用人的弱点和贪欲来发财致富。他热衷于投机买卖,把人看作是用来牟利的商品。他的欲望就是变得更加富有,无论利用何种方式。他在夜总会中曾经对罗依说过这样一番话:"(我们)在任何人或者任何事物上(都可以下赌注)。我们可以赌投掷的好球、投掷的坏球、安打、跑垒,以及每局和整场比赛的情况。"①他告诉罗依,生活的目的就是为了金钱,为了实现这一意图,他可以在一切事物上下赌注。伽斯采用美国商业运营中惯用的恶毒手段,目的是减少意外的发生,从而掌控自己的运气,赚取更多的钱财。他早已经成为"财富和金钱的奴隶,追求富裕意志的奴隶"②。他甚至如同"伊甸园的蛇"一样,③诱惑、欺骗和贿赂罗依。

罗依追求的女友迈莫·帕里斯对他产生了至关重要的影响。迈莫实际上也是极端个人主义的信奉者。她曾经参加选美比赛,获得冠军。后来,她到好莱坞发展,因为上镜的效果不是很好,没有被录用。迈莫信奉个人主义和拜金主义,缺少真挚的情感和正直的品质。她倡导享乐的生活,不仅仅是不受贫困威胁,而是现代社会普遍认可的安逸生活。在她的观念中,"文化正当性已经由享乐主义取代,即以快乐为生活方式"④。而且,她认为婚姻是一种有价格可谈的商品,可以作为筹码,让她过上幸福的生活。

---

① Bernard Malamud, *The Natural*, p.108.
② 尼古拉·别尔嘉耶夫:《别尔嘉耶夫集》,汪建钊编选,上海远东出版社,2004年,第183页。
③ 罗依在小说中把他称作"wormy"。
④ 丹尼尔·贝尔:《〈资本主义文化矛盾〉:领域的断裂》,赵一凡译,汪民安、陈永国、张云鹏主编:《现代性基本读本》(下),开封,河南大学出版社,2005年,第859页。

她希望通过婚姻的方式，能够把自己卖个好价钱，换取那些让她过上奢侈生活的东西。她期望将来的丈夫可以让自己过上梦想的生活。她对罗依说：

> 我害怕过贫穷的生活……我是那种需要别人资助，过上像样生活的人。我不想像个奴隶似的生活。我要有自己的房子，一个帮我干活的女仆，一辆不错的汽车供我购物使用，冬天冷时能穿上毛皮大衣……我决心要拥有这些东西。①

对迈莫而言，她需要这些东西。这不仅因为它们是现代社会女人生活中的必需品，能够满足本能的生理需求，更主要的原因是使用这些东西、占有它们，可以满足她对虚荣和名利的欲望。迈莫认为，在解决了如何生活这一问题之后，要过上时髦和安逸的生活，财富是必需的。

在迈莫的观念中，理所当然的、唯一可行的生活方式就是把占有看作是生活的目标。这种占有取向是"西方工业社会的人的特征。在这个社会里，生活的中心就是对金钱、荣誉和权力的追求"②。迈莫所追求的不是需求而是欲求，这种欲求"超过了生理本能，进入心理层次，它因而是无限的要求。社会也不再被看作是人的自然组合……而成了单独的个人各自追寻自我满足的场所"③。对迈莫来说，现有的生活已经满足了基本的需要，可是无法实现她的欲望。她认为，凭借自己的能力买不起奢侈的东西，

---

① Bernard Malamud, *The Natural*, pp. 199 – 200.
② 埃里希·弗罗姆：《占有还是生存——一个新社会的精神基础》，关山译，上海，生活·读书·新知三联书店，1988 年，第 2 页。
③ 丹尼尔·贝尔：《〈资本主义文化矛盾〉：领域的断裂》，赵一凡译，汪民安、陈永国、张云鹏主编：《现代性基本读本》（下），第 858 页。

但是可以通过婚姻的媒介获得。她同意和罗依结婚,不过前提是,他要拥有足够的金钱。她不想和罗依过那种穷日子,她担心将来的生活,因为运动员的职业生涯非常短暂。为了确保能够过上豪华的生活,迈莫要求罗依弄到足够的金钱,购买一家公司的股份。这样,他退役后就可以当上老板,而不只是开一家饭店。①小说的结尾,迈莫狂怒地斥责罗依,不许他伤害伽斯。她说,这是因为"他(伽斯)的身价是你(罗依)的一百万倍"②。马拉默德借人物之口,批评迈莫这类人的价值观。她追求世俗的奢华生活,仰慕名利和财富的魅力,以享乐的生活为荣,甚至爱情和婚姻也受到金钱和财富的制约。

　　周围人信奉的个人主义和物质主义给罗依带来了巨大的压力和伤害,导致他后来产生了拜物主义的思想。他开始认同金钱和财富的主导作用,这种变化是一种无奈的沉沦,同时也使得他在与周围人交往的过程中陷入困境。罗依本来是一个极具棒球天赋的人,这种天生的能力使得他能够在比赛中挖掘自身的潜力。但是后来,在他的观念中,对事业的喜爱与追求物质主义是互不冲突的,导致"他为荣誉打棒球,而不是为了娱乐"③。罗依想成为棒球英雄,这既是他的事业理想,也是他的谋生方式。他希望依靠在比赛中的出色表现,肯定自己的能力,获得成就感。同时,他也想通过这种方式赚取足够的钱财,满足自己对物质主义生活的欲望。罗依认为,这种运动天分既能够帮助自己在棒球领域中获得成功,也可以使自己过上那种渴望的生活。

　　罗依原来看重精神追求和理想主义,可是在现实世界物质至上的理念面前,他变得举步维艰。他想送给迈莫像样的礼物,请

---

① 在美国,棒球运动员退役后,经营饭店是一种传统的谋生方式。
② Bernard Malamud, *The Natural*, p. 235.
③ 乔国强:《美国犹太文学》,第386页。

她去夜总会,去听音乐会,但这些都需要足够的金钱保证才能实现。此刻,罗依就已经表现出对物质财富的强烈欲望,他渴望物质主义的生活方式,拥有漂亮的衣服、豪华的汽车和美丽的女人。追求物质主义的欲望促使罗依想尽办法赚钱,享受财富已经成为他的生活目标。同时,这种对物质主义的狂热追求也给罗依带来了巨大的困扰。他没有坚守自己的道德立场,没有捍卫自己的做人原则。他向奢靡的社会现实屈服低头,接受了贿赂他的金钱。正如伊斯卡·奥尔特所说:"对金钱的渴望是(罗依)堕落的主要原因,毒害了作为'国球'的体育运动中纯净的理想主义。"①罗依在事业理想与金钱财富之间选择了后者。结果,他的运动天分荡然无存,运动生命就此画上了句号。罗依无法成为真正的棒球英雄,因为"他从个人主义的角度,之后又从物质主义的视角,阐释自己对英雄的理解"②。

强烈的爱欲的诱惑是罗依在与女性交往时陷入困境的一个主要原因。罗依渴望与女性建立亲密的关系,满足自己情感的欲望。荷兰哲学家巴鲁赫·斯宾诺莎③曾论述情感和欲望对人的影响。他认为,人一旦受到自己情感和欲望的控制和支配,就极容易处于情感的奴役之下。他说:"我把人在控制和克制情感上的软弱无力称为奴役,因为如果一个人为情感所支配,行为便没有自主权,他便只能任凭命运的宰割。在命运的控制之下,有时他虽明知什么是善,但往往被迫去做恶事。"④为了进一步说明人沦

---

① Iska Alter, *The Good Man's Dilemma:Social Criticism in the Fiction of Bernard Malamud*, p.4.

② Ibid, p.86.

③ 巴鲁赫·斯宾诺莎(Baruch Spinoza,1632—1677)是西方近代哲学史上重要的理性主义哲学家。他出生于阿姆斯特丹一个富裕的犹太家庭。他的祖先从西班牙来到荷兰。

④ 斯宾诺莎:《伦理学》,贺麟译,北京,商务印书馆,1997年,第166页。

为感情和欲望的奴隶之后的状态,他还引用了罗马诗人阿维德①的诗句,"目望正道兮,心知其善;择恶而行兮,无以自辩"②。斯宾诺莎指出,强烈的情感和欲望会产生一定的危害,使人背离道德原则。在某些情况下,明确知道一些行为可以带来善良和美好的结果,但是却不能去做。另一方面,身处于邪恶之中,却不能自拔。

马拉默德的创作受到斯宾诺莎思想的影响。他在小说中两次刻画了罗依受到强烈的情感和爱欲的诱惑。第一次是神秘的女子哈利埃特·波德。对于罗依与哈利埃特的第一次见面,马拉默德给予了生动细致的描述。这是一个让人兴奋的晴朗的早晨,火车停靠在一个凄凉的车站。尽管清晨还很寒冷,哈利埃特在等车时却将外衣搭在胳膊上。"她容貌出众,脸色疲惫,有些苍白。哈利埃特登上火车,罗依看到她穿着尼龙长袜的美腿,心跳的速度加快了。"③哈利埃特衣服上的一朵白色玫瑰花掉在地上,罗依把花拾起来递给她,她极有兴趣地睁大眼睛看了罗依一眼。罗依觉得这种相互对视对他来说特别重要,并且感觉到"生命中的巨大渴望"。这种眼神交流表明,他们之间已经产生好感和暧昧之情,象征着罗依对爱欲的妥协,也预示着他们之间必将会发生复杂的情感纠葛。

罗依被哈利埃特吸引,一方面因为哈利埃特的诱惑。正如马拉默德所说,她就如同"扭曲的树"一样,象征着邪恶的欲望。另一方面也源于罗依自身心理方面的原因。罗依在竞争中打败惠莫,赢得哈利埃特的关注。这种爱欲的接纳,让他感到非常兴奋,

---

① 细节参见罗马诗人阿维德"Matamorphoses"(变态)的第七章,第二十节以下的内容。

② 斯宾诺莎:《伦理学》,贺麟译,第182页。

③ Bernard Malamud, *The Natural*, p.14.

充分增强了他的自尊心。他明显感觉到哈利埃特对自己的爱慕，认为自己对她有着足够的吸引力。在这种极不正常的欲望的控制下，罗依很快就丧失了应有的理智，变得昏头昏脑。正如俄国哲学家尼古拉·别尔嘉耶夫所说，"爱欲的诱惑是影响最大的诱惑"①，是一种极大的祸害。罗依不顾萨姆"提防陌生人"的警告，好像被爱欲驱动一样，不停地偷偷观察哈利埃特。在与哈利埃特认识的当天，当火车通过隧道时，他就用胳膊搂住她的肩膀。他甚至在颠簸的行进中，随意地将手放在她丰满的胸上。霎时间，一股控制不住的冲动溢满他的全身。这些行为使得罗依魂不守舍，心神激荡，无法控制自己的理智和情感。

但是，"'爱欲'的本质不是结合，而是一种分离，一种永无可能完全融合的结合。即便是在爱欲最为亲密的关系中，'他者'的'相异性'也不会消失"②。在罗依的生活中，哈利埃特发挥的就是消极的'他者'作用。罗依到达芝加哥后，接到哈利埃特的电话。他迫不及待地前往她的房间，但是等待他的却是一把闪闪发亮的手枪。小说的第一部分以哈利埃特扣动扳机，击中罗依的腹部结束。哈利埃特想要毁掉罗依，原因是她厌恶罗依只想成为最出色棒球运动员的个人主义理想。于是，她利用罗依最脆弱的一面，激起他对爱与性的欲望，趁机向他开枪。同时，罗依也暴露了自己性格的缺陷。他有能力，却没有崇高的人生理想。他只想满足个人的虚荣和欲望，屈从于爱欲的诱惑，无法成为真正的英雄。罗依被爱欲迷惑，失去了辨别和判断的能力。他陷入欲望的沟壑之中，毁掉了自己的事业前程。

罗依签约纽约"骑士"队后，在与另一位女性迈莫交往时，也

---

① 尼古拉·别尔嘉耶夫：《别尔嘉耶夫集》，汪建钊编选，第188页。
② 孙向晨：《面对他者——莱维纳斯哲学思想研究》，第102～103页。

陷入困境之中。迈莫名字①的字面意思是"记忆"和"特洛伊王",②显而易见,她在小说里指代的是性感、极具诱惑力的女性。在马拉默德笔下,迈莫是一种爱欲的象征,具有很大的迷惑性。罗依将她看作是"真正漂亮的洋娃娃",受到她的致命诱惑。由于邦普的故意安排,罗依与迈莫有了一夜情。之后,罗依深深留念这次短暂的亲密接触。他在此后的生活中,不断经历着爱欲和性欲的折磨,成了爱与性的奴隶。他曾经梦见自己在

> 金色的水中,游过浪头,找寻这条"美人鱼"或者说"海妖"……他到处寻找她那闪着红色的身形,直到海水变得越来越浓、越来越黑,一切都变得黑漆漆的,他自己也不知道是在哪儿……他四处猛冲,虽然有时看见她绿色的尾巴在闪光,但是到处都是漆黑一片。③

罗依满脑子想的都是迈莫。他认为,自己就是闭上眼睛,也能找到她。她就在他的脑海里。

迈莫在罗依的生活中,自始至终都扮演着"他者"的角色。她深深地怀念死去的邦普,认为自己只属于邦普。她暗自发誓,要毁掉罗依,为邦普报仇。④ 罗依对迈莫的欲望非常强烈,这一点从他的食欲上就可以体现出来。罗依无法得到满足的爱欲,导致他变得非常幼稚,对食物产生了一种渴求。在关键比赛的前夕,迈

---

① 她名字的英文是 Memo Paris。
② 斯巴达的王后海伦是传说中的古希腊美女,她被特洛伊国王 Paris 偷走了。斯巴达王十分愤怒,发誓要夺回海伦,双方濒临战争的边缘。这件事直接导致特洛伊战争的爆发。
③ Bernard Malamud, *The Natural*, p.73.
④ 虽然罗依不是导致邦普死亡的直接原因,但是邦普是为了迎击他发出的球,发生意外而死亡。

莫举办了一场盛大的宴会,邀请罗依和其他队员参加。她引诱罗依吃了大量的食物。但是,罗依却有一种奇怪的感觉。他吃的食物越多,就越觉得饥饿,好像在寻找无法找到的东西。他知道不应该再多吃了,可是却无法控制自己。别尔嘉耶夫曾经说过:"性折磨人,催生了许多人生的不幸。"①罗依就为此遭受了身体上的痛苦。宴会结束后,当他在迈莫的房间接近她时,突然感到一阵腹痛袭来。他感觉腹部好像裂开一样,就如同一道让人战栗的闪电。罗依无法继续参加比赛,他也因此陷入困境之中,前途渺茫。正如鲍姆巴赫所说,"罗依被错误的爱欲摧毁了。他屈从于欲望,不得不舍弃自己的事业前途。"②

在马拉默德笔下,迈莫被刻画成"绿眼睛海妖"。海尔特曼曾经指出,迈莫和哈利埃特一样,都是"诱惑男人的女子"。她们利用自己的魅力,勾引罗依,对他施加影响,使他"失去男人的气质"③。罗依完全被迈莫的花言巧语迷惑,丝毫不顾及波普的警告——"她会削减你的力量"。当他发现迈莫与班纳法官和伽斯相互勾结之后,对她的爱欲也没有丝毫减少。但是,罗依对迈莫的欲望是不会得到满足的,他们之间的距离不可能消除,很难达到和谐统一的状态。这是因为,"欲望主体和欲望对象之间的关系本质上是不知足的,其间的距离不能消除,这种分离使融合和统一成为不可能"④。罗依很清楚,自己与迈莫的爱情不会有美满的结局,但是他却执迷不悟。他在迈莫的摆布下,接受贿赂,同意在比赛中打假球。罗依无法克制自己的欲望,消耗尽了自己的力量,他的事业和人生也就此毁掉了。

---

① 尼古拉·别尔嘉耶夫:《别尔嘉耶夫集》,汪建钊编选,第194页。

② Jonathan Baumbach, "The Economy of Love", *The Kenyon Review*, p.443.

③ Jeffrey Helterman, *Understanding Bernard Malamud*, p.28.

④ 孙向晨:《面对他者——莱维纳斯哲学思想研究》,第126页。

　　罗依不间断的流动的生活状态是他身处困境的一种重要表现。美国文化有一种崇尚"流动性"的特点,历史上的美利坚民族总是处在不停地移动中,被称为"迁移中的民族"。美国人一向反对长期固守在一个地方,因为这样的社会是"由一群性质相同,几乎毫无个性的人们构成,这些人有着一样的价值观,一样的行为标准,生活死板稳定"①。他们认为,这样的生活意味着保守、落后、停滞不前,会妨碍社会的发展。如果人们生活在这样的环境中,就会失去自己的个性。在罗依的观念中,流动的生活能够带来更多的机遇,带来成功的希望。他可以在流动的过程中,寻找到更适合自己发展的环境。因此,他从西部来到东部,从家乡的农村小镇来到了大城市芝加哥。罗依前往东部的旅程,可以被看作是一种命运的象征。他对此充满敬畏和渴望,却又无法把握,就如同通过火车车窗看到的快速掠过的风景一般。罗依受伤之后,无法从事棒球运动,过着居无定所、到处漂泊、靠打零工来维持的生活。不停地迁移和追寻成为罗依主要的生活方式。

　　在某种程度上,流动的生活使得罗依产生强烈的欲望和情感,这在两个方面有所体现:一方面,新的历程让罗依对未来充满希望和梦想;另一方面,他在冒险和居无定所的生活经历中,感觉到自己是大无畏的英雄,不会轻易向命运低头认输。罗依努力实现成为伟大运动员的梦想,改变自己的生活状况。他终于在34岁时,签约纽约"骑士"队,成为一名击球手。第一次与波普见面时,罗依就给他留下这样的印象,"虽然他(罗依)坐在这儿,在这个台阶上,但是他却仍在移动之中。他在行进之中(在从未停止的列车上)。他的自我和头脑始终在奔跑之中,他觉得自己无论

---

　　① 詹姆士·罗伯逊:《美国神话美国现实》,贾秀东等译,北京,中国社会科学出版社,1990年,第284页。

去哪都未停下来过,因为他还未曾到达"①。之后,罗依大部分时间都花费在赶路、去打比赛的行程之中。正如戴维斯所说:"他(罗依)总是身处于飞速行驶的火车上,总是不停地吃东西。他是行动之人,没有精神上的言语表达、缺少内在的涵养,来取代速度和需求,他处于自我消耗之中。"②只有当罗依想起家乡时,才会有一种安全感,才会在漂泊之中产生一种轻松的感觉,使得流动中那种由雄心抱负产生的震撼身体的撞击有所缓解。但是,他已经永远离开了那里。罗依处在不停的流动之中,他像马拉默德其他作品的主人公一样,都沿袭一种模式,即"从最熟悉的环境迁移到陌生的境遇中"。③ 这种流动的生活模式与梦想和欲望有着密切的关联,使得罗依在人际交往中,始终无法摆脱困窘的状态。

罗依身陷困境的原因,一方面在于周围人的社会价值观对他产生的影响;另一方面也在于他自身的性格缺陷。罗依有着无限的欲望,对财富和名利等抱有贪婪的、永不满足的追求,导致他必将一步步地走向道德沦丧的地步。马拉默德指出,罗依的性格缺陷是他痛苦和困境的原因所在,而他人的社会价值观则加剧了这种苦难。罗依生活的时代,美国已经是发达的工业化国家。社会财富急剧增长,城市化进程已经完成,贫富差距越来越大。在这样的社会文化环境中,人们的幸福观指向是以满足无限的欲望为标准。罗依周围的人渴求拥有大量的金钱和财富,例如迈莫就认为,他们需要至少5万美元,将来的生活才有保障。幸福观本应该是以"主体性的实现与发展以及自然本性的合理满足"④为核

---

① Bernard Malamud, *The Natural*, p. 47.
② Philip Davis, *Bernard Malamud: A Writer's Life*, p. 105.
③ Jeffrey Helterman, *Understanding Bernard Malamud*, p. 24.
④ 王江松:《悲剧人性与悲剧人生》,北京,中国社会科学出版社,1994年,第142页。

心,现在却演变成为满足人们的无限欲望。罗依已经被这些人的社会价值观侵蚀,被欲望驱动,没有了责任意识。他本应该拥有更高层次的精神追求,现在却被生理欲望和物质主义需求所取代。在社会文化大环境的影响下,罗依在与他人交往的过程中,选择了欲望、金钱、背叛和不负责任,没有发挥一个真正棒球英雄的作用。

二、困境中的抉择

罗依为了寻求梦想,来到大城市。他试图凭借棒球天赋,过上自己渴望的生活。可是,他却在事业和爱情上都陷入了他人布下的阴谋中,成为被利用的对象。罗依处于复杂的人际交往中,无法与他人建立亲密的关系,沦入困境之中:他想要成为最伟大的棒球运动员,而班纳的目的是通过比赛获得最大的收益,他们没有共同的事业理想;他想要的是稳定的家庭婚姻生活,而迈莫追求的是虚荣和享受,他们没有共同的人生观、价值观和道德观。罗依为了适应城市的生活,为了得到爱情、温暖和关爱,没有洁身自爱。他出卖自己的良心,背叛自己的人格,与班纳和迈莫之流同流合污。

当然,这种现象的背后存在着深刻的社会和文化方面的原因,并且在不同程度上映射了美国社会生活中的个人主义和物质主义思想。25世纪50年代的美国,两次世界大战的爆发导致广大民众的心灵受到了严重的伤害,人们传统的道德准则和价值观念遭遇到了极大的冲击。同时,对个人主义和物质主义的过分追求,导致精神力量迅速削弱,对心灵世界造成了巨大的压力。人们的价值观和情感生活被置于个人主义的影响之中,彼此之间不是推心置腹、真心待人,而是彼此欺骗、互相利用。个体与他人之间失去了直接对话和信任的基础,加大了彼此间的陌生感和疏远感。

海尔特曼曾经指出,"马拉默德小说表达的主题强调人生的意义,这种意义建立在马丁·布伯的'我——你'关系基础之上。"①布伯在其名著《我与你》中,提出了相遇哲学的观点。他把人与人之间的关系分为两种:其一,"我——它"关系是一种主客体之间的关系。在这种关系中,一切以"我"为中心,与"我"产生关联的他人都被物化,是"我"所利用的对象,成为一种工具,为满足"我"的利益、需要和欲望而服务。这样,"我"与他人之间便不可能建立真正平等、互利、直接、对话的关系;其二,"我——你"关系是一种以尊重所有人的价值为基础的正常关系。在这种关系中,双方都是主体。"我"和"你"相互平等,两者相遇,没有其他的目的、企图或欲望、渴求,而是彼此相互信任、以至诚之心待人。马拉默德的创作受到布伯思想的影响,他在小说中展示的观点,与布伯的相遇哲学的见解不谋而合。事实上,罗依在纽约的生活将他分裂成了两个"自我":一个是在班纳和迈莫的影响下,产生出来的"自我"。这个"自我"世俗而实际、对生活抱有个人主义的态度;另一个是在艾丽斯②的帮助下,成长起来的"自我"。这个"自我"信仰传统的伦理道德、富于自我牺牲、敢于承担道德责任。罗依经历了从前一个"自我"到后一个"自我"的变化过程,也就是从"我——它"关系到"我——你"关系的转变。

在小说中人物的身上,极端的个人主义思想表现为自私、陌生、冷酷的形象和性格特征。马拉默德通过这些表象,展示罗依遭遇的压力、困境,以及他与周围世界的对立和冲突。年轻时的罗依想要实现个人价值。他不顾一切,独自去芝加哥闯荡。罗依

---

① Jeffrey Helterman, *Understanding Bernard Malamud*, p. 8.
② 小说中罗依的另一名女友。

初次遇到哈利埃特的时候,曾经口口声声说,自己就想成为一个伟大的职业棒球运动员。由于梦想和欲望的驱使,他无法与他人建立亲密的人际关系。后来,罗依加入"骑士"队。在班纳和迈莫的操控下,这种极不融洽的、冷漠的人际关系很快便得到了进一步发展。

个人主义价值观致使罗依与周围人之间,形成了冷漠的人际关系,球队老板班纳在这其中扮演着非常重要的角色。事实上,班纳的思想和行为深刻地体现了现代美国社会的价值观,反映了个人主义和物质主义的重要影响。对他来说,无论做什么事情,都是以取得利益和效果为最终目的。班纳不可能与他人建立良好的关系。他是一个"油滑的奸商",每个人都是他利用的对象。波普的两个兄弟共同经营一家涂料厂,这家工厂的运营出现了资金上的困难。波普此时恰好生病,为了治病在医院花掉了大笔的医疗费用。他在银行已经透支,从那里不会再借到一分钱,因此陷入了财政上的危机。班纳得知此事后,便决定趁火打劫。他通过劝说,仅用一点点资金,便从波普那里获取百分之十的股份。而且,精明的班纳并没有直截了当地说明自己的意图。他故意装出一副肝胆侠义的模样,让波普认为,他救了自己的命,帮了自己的大忙。

班纳不可能为任何人提供真正的帮助。当罗依向他寻求金钱上的资助时,遭到了冷酷无情的拒绝。他对整个球队也表现出冷漠和残酷的一面。实际上,他从最开始,就设计圈套从波普那里夺走了球队管理的决定权。他早就计划好,把球队和赛场作为自己追求物质财富的手段和途径。他借口出售比赛门票的收入,无法维持球队运营,说服波普同意将队中的出色球员和核心球员转让到其他球队,以此来赚钱。他与波普签订协议,准许他将比赛场地对外出租,举办汽车比赛、会议、赛狗比赛等等来赚钱,而他只给波普百分之五的收益。班纳利用种种手段赚钱,根本不考虑球队运营等必要的事情,导致整个球队人心涣散。在他的观念中,最重要的事情就是要坚决维护自己的利益。至于波普有多么渴望带领队伍获得冠军(为了能够实现这一梦想,波普将毕生的心血都投入到球队之中)、他的所作所为对球队的伤害,这些都不在他考虑的范围之列。

罗依在赛场上表现出色,球队取得连续胜利。班纳感到非常不安,因为球队有希望夺得冠军。那么,他企图让波普放弃球队的经营权,自己完全掌控的计划就可能落空。于是,他决定与伽斯和迈莫勾结,利用罗依赌球,这样他可以获得更大的好处和利益。班纳劝说罗依打假球,并且说明自己是在尽力帮助他,是从将来的角度出发为他做打算。班纳甚至还为自己找出几个理由,他指出:首先罗依现在的身体状况,无法承受激烈的比赛。至于要带领"骑士"队取得胜利,也只是心有余而力不足;其次,他给罗依的这些钱,足以让罗依和迈莫过上他们想要的生活,满足迈莫的奢华欲求;最后,他义正词严地向罗依表示,他的出发点是好的。他是为了给那些赌球的人一个教训,可以借此机会,让他们再也不敢从事赌球活动,从而将他们彻底铲除。他对罗依说:"符合道德准则的状况,也许会导致完全相反的结局……而看上去邪恶的事件,却可能会开出纯净美丽之花"。①班纳的表现非常自私和冷酷。在他眼里,如果一件事情对自己有益,就不能加以拒绝。这就是个人主义者持有的伦理准则。班纳的所作所为表明,在他的观念中,"人与人内在情感的维系被人与金钱物质的抽象的关系取代,人与钱更亲近了,人跟人反倒疏远了"②。在他的影响下,

---

① Bernard Malamud, *The Natural*, pp. 205 – 206.
② 格奥尔格·西美尔:《货币哲学》,第 7 页。

罗依一直处于犹豫不决的两难处境:他想赢得比赛,承担对球队的道德责任;同时,他也期望获得物质财富,过上奢华享乐的生活。罗依因此陷入精神上的痛苦境地。

罗依与女友迈莫之间的冷漠关系,也表明了他困窘的生活状况。迈莫靓丽迷人、才智出众,但同时也是一个自私自利、安于享乐的女人。她并不是真心爱罗依,心里一直想念着死去的邦普。她认为,罗依无法与邦普相提并论。"他(邦普)细心谨慎,充满活力。你(罗依)把棒球当作工作——有时甚至看起来孤注一掷,可是对于他来说,棒球是娱乐性的运动。"①开始,因为迈莫的冷漠和拒绝,对罗依来说,她简直不可企及。邦普去世后,罗依带领"骑士"队在比赛中连续获胜。他的事业有所发展,迈莫也逐渐对他产生好感。他们之间的关系存在潜在的可能,可以进一步发展成为亲密的恋人。罗依对爱情的渴求清晰而且强烈,期望能够与迈莫有密切的交往。因此,当迈莫答应与他一起游玩时,他那喜不自禁的心情显而易见。迈莫也回应罗依的情感,她的亲吻让罗依兴奋不已。然而,这种兴奋更多的是肉体欲望的贪婪,而不是精神渴望的愉悦;是他征服爱恋目标后的狂喜,而不是彼此间情深似海的爱情;是个人自我满足的陶醉,而不是与爱人的纯真分享。迈莫最终也以胸部的疾病为借口,拒绝进一步发展与罗依的关系。与此同时,迈莫还与伽斯关系暧昧。伽斯很富有,可以让她过上寻欢恣乐的生活。伽斯在她心里的位置可能比罗依更重要。罗依与迈莫之间的感情基础是不平衡的,只能算作是罗依对迈莫的单恋。他对迈莫的倾慕和追求,不可能给他带来幸福,只会使他更加痛苦。

罗依对稳定的家庭生活有着深切的渴望,可是他的这种愿望

---

① Bernard Malamud, *The Natural*, p.118.

在迈莫身上难以实现。罗依期望在充满爱与和谐的家庭中,与妻子和孩子生活在一起。有时他想象自己会有个家,有个孩子,迈莫是他的妻子,孩子的母亲。每天傍晚,她会做好晚饭,和孩子一起等他回家。这是他理想中的家庭模式。然而,迈莫不是这样的女人。她出身于信仰传统伦理思想的家庭,亲眼见到了自己的母亲,在贫困的生活中如何奉献自己、牺牲自己。但是她不准备效仿母亲,因为她目睹了母亲的生活,知道这种生活让她备受折磨。迈莫想过一种全新的生活,她不打算遵从传统的伦理原则。她不会全身心投入到与罗依的恋爱中,也不可能尽妻子和母亲的职责,在家庭中承担自己的道德责任。她并非真心地爱罗依,对罗依只是逢场作戏而已。她更不可能跟罗依进入婚姻的殿堂,因为他无法满足她对奢华生活的需求。小说的结尾,她对罗依说,"你这下流的人渣,从你害了邦普的那一天起,我就对你恨之入骨"①。说到底,迈莫的所作所为只是一种诱惑罗依的策略。她施展自己高明的迷惑人的手段,与罗依保持亲密联系,其目的是为了让罗依分心,无法在赛场上打好比赛。她对罗依可以说是阴险虚伪,让他在事业和爱情生活中都感到痛苦和困惑。

罗依始终无法摆脱对过去的依赖,但是迈莫却无法帮助他正确地理解自己以往的经历。对罗依来说,他之所以留恋往昔、迷恋年轻的时代,是因为他渴望保持那时的天真无邪、简单质朴和纯洁善良。他年轻时的生活让人感到踏实,他希望自己少年时代的生活能够持续更长的时间。在小说的开始,罗依在火车上就看见车窗外有一个男孩在打棒球。其实,那只不过是他对自己童年的一个幻象而已。来到纽约之后,在比赛之余,他期望能够在"儿时生活的小镇长时间的休息。在那儿,他可以和毛茸茸的猎犬一

---

① Bernard Malamud, *The Natural*, p. 236.

起欢快地跑过树林。他能够走到森林最深幽寂静之处。那里绝对安静,甚至投一颗石子,都可能打破这种寂静。他可以沉浸在宁静之中,直到狗叫声唤醒他"①。他还希望自己的爱情也发生在过去生活的乡间。他甚至期望时间能够停止,②这样他可以追溯过去,回忆和祖母一起生活的日子,或者在孤儿院度过的岁月。那时,他生活在希望之中。像马拉默德大多数的主人公一样,对罗依来说,"只有理解过去的影响,才能更好地领会现在"③。迈莫开车与罗依一起前往海边游玩,他们在没有灯光的乡村路上快速行驶。④ 罗依确信,迈莫撞上了一个男孩和一只狗。但是迈莫却坚决否认,她认为那只是路上的某个东西,或者"就是你"。马拉默德借助这一情节说明,迈莫毁掉了罗依对过去和纯真的梦想。罗依始终没有真正地忘记自己的童年,没有忘记他魂牵梦绕的在西部乡村的故乡。他也没有非常确定地接受个人主义的价值观,因为这些与他在乡村所接受的教育是不同的。罗依和迈莫在一起,自己的精神追求和情感寄托都无法实现。他始终无法摆脱困惑和迷茫的状态。

　　迈莫还与班纳和伽斯勾结,诱惑并且利用罗依,使得罗依陷入更加困苦的境遇之中。罗依逐渐成为"骑士"队的核心球员。在他的带领下,球队现在成为夺冠的大热门。他在"骑士"队也拥有一定的地位和声望,这些正是他可以被利用的价值所在。迈莫在社会上混事多年,她当然不会像初恋的少女那样,不顾后果地爱上罗依,和他结婚。她发展与罗依关系,实际上就是看到了罗

---

① Bernard Malamud, *The Natural*, p. 52.
② 小说的开篇就告诉读者,罗依没有手表。后来,他打球时,还击碎了比赛场地的时钟。
③ Edward A. Abramson, *Bernard Malamud Revisited*, p. 17.
④ 这是球迷们送给罗依的一辆奔驰车。

依具有可以被利用的价值。从他们一开始交往,迈莫就考虑如何利用罗依,帮助班纳和伽斯获得更大的利益。罗依的比赛状态决定了他们之间关系的亲密程度。当罗依处于低潮时期,他击不到球,或者大多数运球都没有威胁力,这时迈莫就会疏远他。罗依本人和波普都曾经怀疑,迈莫是否就是导致他们失败的人。迈莫与班纳和伽斯设下圈套,由伽斯出钱,在球队即将获得冠军的前夕,提前举办一个庆功会。迈莫负责引诱罗依吃下大量的食物,这样他就可能患上胃肠疾病无法上场打球。"骑士"队失去了罗依,就很难赢得比赛的胜利。这样,班纳和伽斯就可以通过操纵比赛的结果,在赌球中大赚一笔。如果罗依可以继续参加比赛,迈莫还可以诱劝他,让他接受贿赂,同意在关键比赛中不发挥自己的实力,他们也可以提前确定比赛的结果,利用赌球赚取钱财。实事求是地说,罗依需要的并不是迈莫这样的女友,而是一个遵守传统伦理,能够平等地同他进行沟通和交流的女子来做他未来的妻子。迈莫显然不属于这一类型,她在方方面面都无法与罗依达成一致。她只是把罗依看成她要报复的一个对象,她图谋利用的一件工具而已。在迈莫的劝导和诱惑下,罗依最终向物质主义屈服。罗依与迈莫交往失败的原因在于,他们始终无法逾越个人主义和物质主义的局限,自然很难达成亲密和谐的关系。

罗依始终无法理解父亲(包括精神之父),不能处理好与父亲的关系,这也是他生活在困境之中的一个重要标志。罗依对自己的亲生父亲持有复杂的态度。首先,他对父亲有着一种崇拜的心态。正如西格蒙德·弗洛伊德所说:大多数人"都有崇尚权威的强烈需要,他们需要一种能够崇拜、能够归顺的权威,以便受他统治,甚至受他虐待……那种人们自幼就具有的对父亲的渴望,也是对传说中鼓吹的已被英雄们打败的父亲的渴望"①。罗依对棒球的热爱,在很大程度上源于父亲的启蒙和指导。父亲确实常常在夏天带他出去,教他如何抛球。同时,罗依与父亲之间也存在矛盾和冲突。赫伯特·马尔库塞曾经指出,对于许多人来说,"个人与社会之间命中注定的冲突首先是通过对抗父亲而展开的"②。罗依承认,有时他确实想"敲父亲的脑壳",因为祖母去世之后,父亲在工作时,常常把他扔在一个又一个儿童福利院。

从某种意义上说,星探萨姆是罗依的精神之父。他原来的工作是职业棒球运动员。退役后,他到处挖掘有棒球运动潜质的人。后来,他发现了罗依。萨姆对待罗依如同己出,对他特别关爱。他们一起乘火车,去芝加哥试训。萨姆坚持自己坐硬座车厢,而让罗依睡在卧铺车厢。他还特别关照列车乘务员,不要打扰罗依休息,因为他到芝加哥后就要开始打球,需要保持良好的体力。萨姆宁可自己吃苦,也不想让罗依受太多的委屈。不过,更为重要的是他对罗依在棒球运动方面的支持、帮助和指导。他自己已经不能实现夺取冠军的梦想,便把希望都寄托在罗依身上。然而,事与愿违,他们之间的亲密关系没能持续多久。在与惠莫的比赛中,罗依打出的球意外击中萨姆,导致萨姆受到致命的伤害而死亡。

罗依与自己最重要的精神之父波普之间,也无法建立亲密的关系。波普本人对棒球队有着深厚的感情。他花掉多年的积蓄,购买球队的股份,渴望能够带领球队,夺得棒球大联盟比赛的冠军。但是,球队面临的却是一个成绩糟糕的赛季。正如波普本人

---

① 西格蒙德·弗洛伊德:《摩西与一神教》,李展开译,北京三联书店,1989年,第98页。

② 赫伯特·马尔库塞:《现代文明与人的困境——马尔库塞文集》,李小兵等译,上海三联书店,1989年,第53页。

所指出的:"这是一个该死的干旱的季节。一点儿雨也没下。长在外场的草枯萎了,而内场(的土地)也都裂开了。我的心情就如同尘灰一样枯竭。我在赛场上度过这么多年,却没有什么值得展示的。"①马拉默德在小说中运用了圣杯②传说的典故。波普如同传说中的渔王,因为生病,使其王国国土干旱,变成荒原。③ 罗依就相当于骑士,历经坎坷寻找圣杯,目的是救治渔王,使大地恢复生机。④ 如果没有罗依加入"骑士"队,这支球队恐怕永远无法走出困境,更不会有希望夺取冠军。当罗依在比赛中发挥自己实力时,他就仿佛成了那个寻找圣杯的骑士。他把整个球队团结在自己周围,取得一场场比赛的胜利,在精神上给予波普必要的支持。

波普把罗依看成自己的孩子,关注他的事业和爱情生活,给他提出切实有效的建议。他对罗依说,"你打球起步比较晚——在你这个年纪,我作为主力球员已经有十五年了。如果你想好好和大家相处,就要约束自己,并且尽全力打好球"⑤。他还劝说罗依,要他离开迈莫。他指出,迈莫总是不知足。如果一不小心,她就会让罗依纠结于她的麻烦之中,那会分散他的精力,使他的力量受到削弱。波普人生阅历丰富,他的话对罗依来说,的确是切实可行的忠告。但是,罗依却不顾波普的劝告,继续与迈莫交往。罗依的行为使刚刚有起色的球队又陷入困境之中,波普已经伤痕累累的心灵也再次受到了极大的伤害。这从马拉默德对波普外貌的描述就可以看出来,"他没有刮脸,脸上现出灰白色的胡茬,

---

① Bernard Malamud, *The Natural*, p.45.
② 圣杯指的是耶稣受难时,用来盛放耶稣鲜血的圣餐杯。
③ 波普名字的英文 Fisher 与渔王一致。
④ 在传说中,渔王因为没有遵守上帝的旨意,所以上帝降罪于他,让他患了阳痿(sexual impotency)。整个王国也成了一片荒原,庄稼颗粒无收,人民流离失所。只有找到圣杯,渔王才能恢复健康,大地才能重新肥沃起来,人民才能获得拯救。所以一批骑士冒险去寻找圣杯。
⑤ Bernard Malamud, *The Natural*, p.59.

使他看起来有八十岁的年纪。他瘦削的身形蜷缩成一团,左眼由于疲倦微微闭拢"①。波普就像父亲一样对待罗依,但是罗依却用残酷的现实,伤害了波普。

为了让罗依能够摆脱人际交往中的困境,马拉默德在小说中还塑造了一位与迈莫对立的女性人物艾丽斯。在某种程度上,这也是为了弥补罗依在迈莫那里遭受到的情感挫折。艾丽斯遵循传统的伦理准则。她有责任感,对家庭生活抱有挚爱的情感。她是一位合格的母亲,也是一位性格坚强的女性。她 17 岁时,就成了未婚的单身母亲。但是,她不因为孩子带来的麻烦而怨天尤人。她宁可自己吃苦,也要让女儿快乐成长。为了实现这一目标,她辛苦工作、日夜操劳,承担了作为母亲的责任。女儿对她来说,既是精神支柱,也是生活乐趣的来源。正如她对罗依所说的,孩子对她来说意味着一切,孩子让她感到幸福。罗依在艾丽斯的影响下,逐渐转变自己的价值观,努力建立与他人之间的和谐关系。

艾丽斯帮助罗依重建信心,努力走出事业的低谷。艾丽斯在小说中第一次出现,罗依就注意到了看台上的艾丽斯:她穿着红裙子,胸前带着一朵白色玫瑰花。罗依在比赛中发挥不好,他击球时,艾丽斯好几次站起来,为他加油,展示对他的支持。罗依感觉她在对自己微笑,"她好像想说些什么。之后,他有个想法一闪而过。她站在那里,为的是表达对他的信心"②。罗依认为,她对自己的支持表明了对自己的信任。能有人为他做这样的事情,这令他很感动。罗依在她的呐喊和助威下,打出了本垒板。棒球穿过对方守垒员的手指,"像一颗白色的星星,飞向一个古老的星

---

① Bernard Malamud, *The Natural*, p.214.
② Ibid. , p.145.

座"①。

艾丽斯的做法明显与迈莫不同:罗依状态不好时,迈莫总是躲着不见他;艾丽斯虽然是一个陌生人,却为罗依做了旁人无法做到的事情。艾丽斯表达了对罗依的信任,她让罗依知道,还有人相信他。她对罗依说:

> 我觉得,如果你意识到还有人相信你,你就会重新获得力量。那就是我为什么站在看台上的原因。我在来之前,从来没想过这么做。这是很自然发生的事情。当然,我也感到有些尴尬,但是我认为,只有放弃自己的某些东西,才能为他人做些事情。②

她关注罗依,认为他有能力,可以为他人做些事情。对于罗依来说,艾丽斯是唯一能够给他带来幸福和快乐的女性。她发挥的是教导和拯救的作用,在关键的考验中挽救了他。正如奥克肖恩所说:"艾丽斯是马拉默德小说中的第一个女性人物,她与主人公的情感成长相联系。在某些方面,她是最完美的女性,是大地之母。她无私地奉献自己,好像了解主人公的一生。"③罗依在艾丽斯的帮助下,逐渐恢复了信心,承担起对球队应尽的道德职责。

罗依和艾丽斯可以谈得拢,他跟艾丽斯讲起自己过去犯下的过错。他们一起开车出游,前往密苏里湖边。"新月在蓝色的天

---

① Bernard Malamud, *The Natural*, p. 147.

② Ibid. , p. 155.

③ Kathleen G. Ochshorn, *The Heart's Essential Landscape:Bernard Malamud's Hero*, p. 22.

空上越升越高,洒下的月光如同雨水一样……微风徐徐,湖水荡漾。"①恬静怡人的景色中,②罗依第一次向他人诉说自己过去的隐私。他发现,说出来不像他认为的那样困难。艾丽斯聆听他的苦难遭遇,慰藉他心灵上的创伤。她指出,许多人都有两个人生。从儿童时期到青年时代的成长历程中,由于某些原因,人们常常会做出一些错事。遭遇失败之后,就会进入第二个人生。在苦难之中形成成熟的价值观,渐渐长大成人。艾丽斯与罗依有着类似的苦难经历,所以能够充分地理解罗依。她与罗依又有所不同,她把自己的青春年华都花费在照顾女儿身上,而罗依却荒废了自己的年轻岁月。艾丽斯用自己的经历说明,在现代社会的生活环境中,人们可以发挥自己的潜能,能够在苦难中实现更有意义的人生。罗依和艾丽斯向彼此敞开心怀,两个人之间交流的屏障消除了,这样有助于形成亲密无间的关系。

艾丽斯认为,罗依是一个英雄。她期望,罗依能够把最完美的部分呈现出来,为此,她甚至可以奉献自己。她对罗依说,"我不想看到英雄失败,英雄太少了……没有英雄,我们都是平常人,不知道能做些什么事"③。艾丽斯的目的是要让罗依认识到,英雄不仅仅要打破纪录,还必须利用自己的能力,为他人做出榜样。但是,此时的罗依还无法理解她话语中的深层含义,无法懂得其中蕴含的道德内涵。他还不具备成为英雄所必须具备的德行,没有放弃低贱的本能冲动。罗依在迈莫与艾丽斯之间选择了前者。

罗依对艾丽斯的态度,从他们刚认识起就很清楚。他被艾丽斯的容貌吸引,同时他也感到有些失望,因为艾丽斯比他想象中

---

① Bernard Malamud, *The Natural*, p. 153.
② 罗依和迈莫也曾经一起开车出游,但是周围的景色却大不相同。当时,天空乌云密布,车子停靠的河水边还有告示,提醒河水有污染。
③ Bernard Malamud, *The Natural*, p. 154.

的要更丰满一些。他心里一直想着迈莫。他之所以和艾丽斯约
会,只是因为迈莫一直躲避他。艾丽斯只不过是迈莫的替代品而
已。当然,也不能说罗依对艾丽斯的感情完全是虚假的。他与艾
丽斯亲密接触之后,曾经感到一种前所未有幸福感和放松感溢满
全身。但是,他的这种感觉只是暂时的,并没有持续很长时间,他
又想起了迈莫。罗依对艾丽斯的态度不是真正的爱情。他只是
把与艾丽斯的情事,当作与迈莫之间感情的一种调味料和助推
剂,他甚至没有想到让艾丽斯做自己的情人。他一旦走出事业的
低谷,重新获得力量,成为"骑士"队的"救世主",就会疏远艾丽
斯。罗依与艾丽斯之间本来可以继续发展的和谐关系,被稀释得
如同白水一样。

罗依与两个女友的关系展现了两种对比鲜明的女性形象:艾
丽斯富有爱心、责任感和牺牲精神;迈莫则贪婪、自私、奢侈。史
蒂文·鲁宾曾经指出,"马拉默德笔下的女性人物常常是'救世
主'或者毁灭者的形象。这种差别在《天生的运动员》中更加明
显"①。艾丽斯让罗依"看到的是崇高的精神价值",而迈莫"则把
他推向堕落和邪恶的渊薮"②。在某种程度上,对罗依来说,艾丽
斯是现实生活中的导师,而迈莫则只是幻想的缔造者。

事实上,罗依对爱情和婚姻的追求以失败而告终,这一点是
很容易理解的。他一直渴望纯真之爱,但是却从来没有真正地理
解这种爱。他很在意迈莫的年轻、漂亮。与迈莫相比,艾丽斯不
仅是一位母亲,还当了外祖母,这就使得艾丽斯的形象在他心中
大打折扣。罗依如果与艾丽斯结合,那就意味着,他不仅成为丈
夫,而且还必须要承担父亲和外祖父应该担当的责任。但是,他

---

① Steven J. Rubin, "Malamud and the Themes of Love and Sex", *Studies in American Jewish Literature*, Vol. 4 No. 1, Spring 1978, p. 20.

② 傅勇:《马拉默德与美国神话》,载《外国语文》,2011 年第 6 期,第 3~4 页。

一直"以自我为中心",对责任和义务没有心理准备,所以选择了更加年轻貌美的迈莫。埃德温·艾格曾经对罗依的这一行为做出解释,他指出:"作为未婚母亲,艾丽斯一直与苦难相伴。她不想隐瞒自己的过去,坚持把耻辱的记忆带到自己和罗依的现实生活中,这是他不喜欢艾丽斯的真正原因。"[①]可见,罗依没有认识到,感情不仅需要激情,也意味着承担责任。正是这一点阻碍罗依与艾丽斯之间关系的发展。

罗依本应该能够与波普和艾丽斯建立美好和谐的关系。他们相互理解,相互关心。但是,由于个人主义价值观的局限,他们之间的关系始终没能达到完美和谐的状态。在这种价值观占主导地位的情况下,罗依一味地追求自己的梦想和欲求,形成了自私自利的观念,并且这种观念蔓延到他生活的方方面面。小说中数次提到罗依无法承担道德责任。例如,他因为胃肠疾病,在球队指定的妇产医院进行治疗。那里有许多刚刚成为父亲的男子。罗依在这里感到无所适从,决定离开医院,去训练场看看。当时,正是喂养婴儿的时间,他在一群离开医院的父亲中间,偷偷地溜出大楼。其他男子正在承担丈夫和父亲的责任,罗依却与他们形成鲜明的对比,他没有妻子和孩子让自己牵挂,产生了一切"以自我为中心"的理念。正如艾布拉姆森所指出的,"自私常常是他(罗依)最主要的过错。如果他不改变自己的态度,将会受到严厉的惩罚"[②]。罗依认为,对自己利益的关注是首要考虑的事情。他拥有成为棒球英雄的能力,但是他的目标仅仅是打破纪录,成为最好的棒球运动员。他在事业追求的过程中,只是希望获得个人荣耀和个人名利,没有服务他人的意图,也没有更高的人生目标。

① Edwin M. Eigner, "The Loathly Ladies", in Leslie A. Field & J. W. Field (eds.), *Bernard Malamud and the Critics*, 1970, p.95.

② Edward A. Abramson, *Bernard Malamud Revisited*, p.9.

罗依专注于理想的实现和欲望的满足,几乎因此酿成大错,浪费了青春岁月。受到迈莫的诱惑之后,他又毁掉了自己的事业前程。

罗依生活在困境之中,原因主要在于以下两个方面:其一,他内心充满强烈的情感和欲望。为了爱情,他心甘情愿地接受迈莫的驱使;其二,作为现代美国社会的一名成员,他必然受到了占主导地位的个人主义和物质主义价值观的影响,甚至养成了与这种价值观密切相关的一些品性。罗依没有接纳艾丽斯的爱情,他不敢承担责任和义务。他选择了迈莫,也就难以对自己的职业和生活持有正确的态度,身不由己地陷入"名利场"的包围之中。罗依无法克服自己的致命缺点,所以最终与迈莫之流妥协。

在罗依的观念中,传统的伦理思想依然发挥着作用。罗依的生活一直处于颠沛流离的状态之中,他渴望能够安顿下来,拥有自己喜爱的事业和稳定幸福的家庭。为了实现这一目标,他做出了最大的努力。罗依已经过了运动员的黄金年龄阶段,因此,他在"骑士"队要尽快获得波普对自己的信任,获得上场比赛的机会。他把全部精力都放到了棒球运动这项事业上,心甘情愿忍受邦普的冷嘲热讽和人格侮辱,没有继续追究他打算要毁掉自己棒球拍的企图。他尽最大努力,配合其他队员进行训练。

罗依在婚姻上也持有比较传统的观念。他认为婚姻要以爱情为基础,恋人之间应该互相尊重,互敬互爱。他为了赢得迈莫的芳心,不断地向她道歉,让她不再记恨自己。他甚至从微薄的薪水中挤出钱来,给迈莫送贺卡、糖果,以及其他一些礼物,目的是让她从邦普意外去世的悲伤中走出来。他这样做主要是因为他爱迈莫,所以为了她,他甘愿做任何事情,甚至逐步接受她所认同的物质主义的道德观。罗依对迈莫付出了真情,努力适应她的生活方式,尽力缩小彼此之间的距离。他后来认可班纳的阴谋,最主要的原因就在于,他认为自己对未来的妻子有一种义务,要让她过上理想中的生活。罗依从来没有想过,凭借爱情去牟取利益,但是迈莫却利用了罗依对她的感情。

在罗依的内心深处,他根本不愿意打假球。他开始反省自己的行为,几乎不敢相信自己的所作所为。他认为,如果自己还年轻,前途还有希望,就不会将肮脏的手伸向这宗交易。在关键的决定比赛胜负的赛场上,罗依感到力不从心。"(他的)心脏像喘息的蒸汽机一样剧烈地跳动,头仿佛被钉在一个点上,耳鼓隆隆地震动,就好像正在听着大海海底(的声音),两只手臂就像重物一样垂下来。"①他已经无法带领球队,反击对手的进攻。"骑士"队此刻的表现也令人失望。队员们四散开来,罗依怀疑,他们是否都被班纳法官买通。整支球队已经丧失斗志,一击即溃。罗依受到良心的谴责,真正认识到自己的选择是错误的。道德上的内疚感促使他开始反思自我、事业和爱情等问题。他自责自己贪恋女色和安逸的生活,为了满足迈莫的物质欲求,答应了班纳的计谋,害得球队无法发挥出应有的水平。他觉得自己应该对此负责。在球迷的呐喊和助威声中,在波普的鼓励下,他甚至有了放弃与班纳的罪恶勾当的念头。马拉默德在描述罗依此时的心情时,这样写道:

> 他走近球垒。从比赛开始就一直垂直照射云彩的太阳,最后终于冲破云层,整个球场沐浴在金色的光芒中,引起人群一阵骚动。阳光暖暖地照在罗依身上,他感到喉咙一阵哽咽。他的双腿不再虚弱,心脏稳步跳动,勇气得到了强化。

① Bernard Malamud, *The Natural*, p. 218.

他坚定地、毫不动摇地站在赛场上。他已经恢复了原有的幸福感,虽然这个想法让他自己吓了一跳……他觉得自己可以做到想做的任何事情,如果他想做的话……自己对法官做出了承诺,他突然感到很痛苦。①

罗依重新恢复了力量,他在比赛场上的斗志又一次被激起。他用力击球,每一板都可能是本垒板。但是因为齐普②的嘲讽,他不断打出界外球,浪费了一个又一个的机会。最后一个界外球打在了艾丽斯的脸上。罗依得知艾丽斯已经怀孕,自己即将成为父亲。他终于意识到自己只是被迈莫和班纳利用的工具而已,是他们获取利益的垫脚石。罗依长期受到压抑的传统的道德价值观被唤醒了,意识到了爱与责任的重要意义和价值。他亲吻艾丽斯坚挺的腹部,充满对她和孩子的爱恋。他告诉艾丽斯,为了她和孩子,也要赢得比赛的胜利。他接受父亲的角色,这就意味着他承担自己的责任,从"以自我为中心"转变到无私奉献。罗依回到赛场,这时他已经成为道德上新生的人。但是,他已经浪费掉太多的机遇,无力扭转比赛的局面,只能承受失败的苦果。

马拉默德在创作中常常利用苦难,作为塑造人物的一个手段。《天生的运动员》这部小说就关注了"罗依承受的苦难、他对苦难的回应,以及他一时无法理解的必须具备的无私品质"③。在马拉默德看来,苦难是美国现代社会普遍存在的一种现象。他认为,在物质主义泛滥的社会,人们在经历各种境遇的过程中,遭受

① Bernard Malamud, *The Natural*, pp. 222~223.
② 齐普是邦普的忠实球迷。从罗依开始在"骑士"队打球,他就在观看比赛的过程中,不断地讥讽和奚落罗依。
③ Edward A. Abramson, *Bernard Malamud Revisited*, p.16.

到了前所未有的困苦境遇。个体处在异化的生活状态,无法避免地成为受难者。马拉默德曾经在采访中谈到自己对苦难的看法,他说:"我反对苦难,但是既然苦难发生了,为什么要浪费这种经历呢?"①他指出,既然人生不是一帆风顺的,苦难也是无法避免的,那么对人们来说,重要的就是要在苦难的境遇中,探寻人生的意义。罗依最终流下了悔恨的泪水,他认识到,自己从未在过去的经历中吸取教训,现在不得不再次承受苦难。罗依历经苦难,绝地逢生,彻底警醒了。他归还贿赂他的钱财,回到了艾丽斯的身边。他打算与她和孩子一起,开始新的生活。

马拉默德让罗依摆脱个人主义和物质主义带来的困扰和折磨。罗依最终在爱与责任之中,找到了救赎的途径,完成道德成长的精神历程。正如鲍姆巴赫所说:"在马拉默德的小说中,爱是唯一的拯救力量,是最高尚的美德。"②罗依开始时的所作所为,缺少英雄所具有的道德品质。他内心缺乏爱,很少想到要在事业和爱情生活中承担责任。他的行为也绝对不能被称为是有责任感。罗依经历苦难后,实现了重生,最终寻觅到了人生的意义。他理解了爱与责任的重要性,认识到自己应该承担起责任,也就此找到了人生的价值所在。由此可见,马拉默德对人生的看法并不悲观。他对其笔下的人物寄以同情,让他们在经历苦难之后,获得拯救,踏上道德回归之路。

随着最后一场比赛的失败,小说似乎也已经结束。实际上,这并不是小说的结尾。马拉默德的创作目的,常常不仅仅局限于此。他小说的结尾常常具有不确定性,这也是他创作技巧的特点之一。马拉默德曾经指出,"作为一名作家,我需要的是不确定

---

① Daniel Stern, "The Writer at Work", in Alan Cheuse and Nicholas Delbanco (eds.), *Talking Horse: Bernard Malamud on Life and Work*, p.19.

② Jonathan Baumbach, "The Economy of Love", *The Kenyon Review*, p.439.

性。这是生活的一部分。我想要的是读者不确定的东西。这种不确定性产生了戏剧性,这对我来说十分重要。一个好的作家是一个有想象力的作家"①。《天生的运动员》还隐含着其他的结尾。罗侬的棒球拍在赛场上折断了。他把它埋在土里,希望它能够生根,长成一棵大树。这段描写表明,在罗侬的内心深处,还存在着希望。他认为,自己还可以获得新生。小说的最后,罗侬一个人走在街头,抬手擦去辛酸的泪水。事实上,这才是小说真正的结尾。罗侬在历经磨难之后,并没有对生活丧失信心,他终于明白了人生的价值,不想继续沉沦下去。他希望走出"以自我为中心"的局限,承担责任,摆脱困境。罗侬开始重新实践人生的意义,积极而主动地为自己、为爱人和孩子的将来而奋斗。他赛场上的职业生涯以失败而告终,但是却在道德之路上逐步完善自我。

在《天生的运动员》中,马拉默德展示了美国现代社会中悖论的文化价值观。罗侬在处理与他人的关系时,一直受到传统的伦理价值观和个人主义思想的影响。他自始至终都困扰在这两种相悖的价值观中,不得不做出抉择:一是为了实现理想,凭借自我奋斗,获得成功,成为精神意义上的棒球英雄;二是为了过上享乐的生活,获取金钱、地位和名誉,违背正义和伦理准则,取得物质意义上的成功。这是两种完全不同、相互矛盾的理念。罗侬处于这两者之间,他在选择时常常陷入困境之中。最后,马拉默德让罗侬认识到,生活在个人主义盛行的社会里,也可以保持高尚的精神追求。在苦难的生活中,需要勇敢地面对人生,即便遭遇到痛苦和挫败,也应该振作精神,坚定向前。

---

① Haskel Frankel, "Bernard Malamud", in Lawrence M. Lasher (ed.), *Conversation with Bernard Malamud*, Jackson: University Press of Mississippi, 1991, pp. 39 – 40.

第二节　《新生活》中的人际伦理困境与救赎

《天生的运动员》之后，马拉默德又创作了一部小说，反映美国文化价值观影响下，人们在人际交往过程中陷入的困境状况，这就是1961年出版的第三部小说《新生活》。《新生活》展现了马拉默德本人的一段生活经历。有些评论家对小说中有关学院生活的描述提出批评。乔纳森·鲍姆巴赫指出："小说中最死气沉沉的部分就是现实主义的描写，即学术生活场景（学院英文系的内部行政事务）的叙述，实质上，那是一种转录，而不是一种观点。"①托尼·唐纳也认为："与马拉默德的其他小说相比，《新生活》不算成功，原因就是作家努力坚持刻画现实的细节。"②这些评论家认为，《新生活》没有取得巨大的成功，因为马拉默德放弃了以前作品中吸引人的、丰富多彩的世界，转而描写学院生活，刻画相对枯燥的客观环境。实际上，这类观点把这部小说的意义看得过于简单化，曲解了作家的深层创作意图。马拉默德在接受《纽约邮报》的采访时曾经说到："我的下一部作品（指的是《新生活》）将是一部'美国小说'。它与我已经创作出的成果不同……对于我的读者来说，这将是新的东西，是我第一次尝试的素材：一个浪漫的爱情故事，有热情和浓烈的感情。"③马拉默德指出，《新生活》之前的作品大多取材于父辈的世界，而这部小说对他来说是一个全新的开始，或者说他可以创作自己想写的小说。马拉默德在小说中描写自己的人生经历，但是他对学院小说并不感兴

---

① Jonathan Baumbach, "The Economy of Love", *The Kenyon Review*, p. 98.

② Tony Tanner, "Bernard Malamud and the New Life", *Critical Quarterly*, 10 Summer 1968, p. 159.

③ Philip Davis, *Bernard Malamud: A Writer's Life*, p. 166.

趣,他展现的是主人公如何在爱与责任的承担中寻找自我、发现自我,实现重生。

与《天生的运动员》中的罗依·豪博斯一样,《新生活》的主人公知识分子西摩尔·莱文也在探索摆脱困境的方式,只是他的方法有所不同。莱文居住在纽约,在遭受生活中的苦难折磨之后,他决定离开东部,到西部偏远的卡斯喀迪学院任教,目的是探究人文科学、实现生活的价值、追求人生的意义。然而,莱文在与他人交往时却始终无法摆脱困窘的生活状态。学院里英文系的同事待他热情、非常友好,但这只是一种表面现象而已。在实际生活中,他们因循守旧、不思进取,为了个人利益明争暗斗,还把莱文牵扯到系里钩心斗角的行政纠纷之中。莱文的爱情生活也表明他陷入人际伦理困境。酒店的女招待跟他约会是为了满足自己的欲望;女学生与他在一起是为了提高考试的分数;女教师与他调情也只是为了增添单身生活的情趣。她们都无法理解莱文的情怀。与上司妻子鲍琳的恋情更使莱文陷入尴尬的境地。小说的最后,莱文展示出极大勇气,开车带着已经怀孕的鲍琳和她收养的两个小孩离开。也就是说,莱文最终摆脱掉束缚自己的环境。他像罗依一样,做出承诺,承担起责任,从而在道德之路上趋于完善。① 小说揭示了美国现代社会中知识分子所面临的精神危机、伦理困境以及为了摆脱困境而进行的努力。

如果说《天生的运动员》讲述了一个美国棒球运动员在人际交往的过程中,摆脱个人主义和物质主义的束缚,走出困境、实现伦理救赎的故事;那么,《新生活》则是一个关于美国知识分子的

---

① 莱文的姓氏"Levin"是古英语,原义是闪电之意。在小说的开篇,马拉默德节选詹姆斯·乔伊斯(James Joyce,1882—1941)的代表作《尤利西斯》(*Ulysses*)中的一句话:"看呀! 跳跃的闪电一瞬间照亮爱尔兰西部天空。"显然,马拉默德有意让莱文成为诗史中英雄一样的人物,通过自我追寻、自我创造来改善生活的境况。

故事。它述说了在 20 世纪五六十年代特定历史时期和社会环境之中,美国人如何摆脱人际交往的困境、逐渐成长起来的历程。《天生的运动员》表明了爱与责任是个体走出困境,获得救赎的主要途径;《新生活》也指明,只有积极而真诚、具有责任心的生活,才是高尚的生活,才能使人们走出困境,实现精神救赎。这两部小说都涉及了一种探求历程,两个主人公也都在探索的过程中逐渐成熟起来,使读者在困境的煎熬之中看到获得救赎的希望,指引人们在人生之路上走向美好和幸福。

一、知识分子的困境

　　20 世纪五六十年代,美国经济迅速发展,整个社会呈现一片繁荣景象,逐渐成为世界上最富裕的国家。然而,这一繁荣时期并没有成为"幸福时期",繁荣的背后还隐藏着许多问题。物质生活的改善并没有使精神生活得到提升,人们不知道应该如何应对精神上的诉求。高度理性化的体制压抑人的情感,在全国盛行的麦卡锡主义更是造成一种"人心惶惶""人人自危"的社会氛围。① 这些因素都导致人们之间的关系无法正常发展。在这种时代背景下,许多人处于迷茫的精神状态。② 马拉默德在《新生活》中塑造的莱文正是这样一位人物形象。他具有创新的精神和人文主义的思想,渴望在事业和生活中实现个人的价值。但是,传统的行为规范、阴郁的社会现实给他带来巨大的压力,导致他在与周围人交往时常常处于迷惘和困惑之中。

　　现代社会的人文主义危机使得莱文遭遇精神上的迷茫,这是

---

　　①　20 世纪 40 年代末到 50 年代初,美国开始了以"麦卡锡主义"为代表的反共运动,在 全国范围内掀起清查共产党人的浪潮。

　　②　美国文化价值观与文学传统之间存在着密切的联系。《新生活》比较具体地阐释了这种关联,其中的人物展现了当时时代背景下美国人的伦理观念。

他陷入人际伦理困境的一个主要原因。对于莱文这样的知识分子来说,人文主义是其安身立命的精神寄托。但是,他逐渐发现生活实践中人们的观念已经发生了巨大的变化,现实社会将其人文主义理想彻底粉碎。他与社会现实格格不入,不知道怎么与人交往,也不知道应该如何来应对和安排自己的工作与生活。在小说的第一章,马拉默德就向读者展示了莱文当时的处境。他是一位30岁的犹太人,生活得并不幸福。他年轻时遭受了种种屈辱,原因并不在于家里生活贫困。他的父亲是一个贼,常常偷东西,常常被抓,最后死在监狱中。他的母亲疯了,后来自杀了。这时他还遭遇了情变,被他喜欢的女人甩了。因此,莱文整天生活在悲伤之中,对生活感到失望,开始酗酒,甚至还想要自杀,放弃生命。用他自己的话说就是,"假如可以这么认为的话,我的一生没有多少目的可言。有人归咎于这个时代。我责怪我自己"①。也就是说,精神生活的空虚使得莱文没有好好地生活,虚度了光阴。

莱文喜欢阅读文学作品,从书中获得生活的启示,向往大自然和理想化的田园生活。他决定离开纽约,远走西部。他应聘了西部卡斯喀迪学院的教师职位,横贯美国大陆,开始了追寻的历程。莱文试图超越精神上的苦难境遇,探索自由的生活,寻求自我的新生和价值。但事实上,从到西部开始,他相信自己可以改变命运、能够走出困境的想法就受到了挑战。

莱文在西部的生活环境中始终扮演局外人的角色,这是他陷入人际伦理困境的又一个主要原因。莱文从到达依斯切斯特小城的那一刻起,就一直处于尴尬的境地。第一次与上司吉雷一家相见,吃饭时女主人鲍琳因为注意力被孩子分散,没有将菜对准

---

① Bernard Malamud, *A New Life*, New York: Farrar, Straus and Giroux, 1988, p. 18.

莱文的盘子,掉在他的膝头,裤子上留下了湿湿的一大片污渍。在鲍琳的坚持下,莱文在浴室里换上吉雷的宽松长裤。后来,小孩埃里克爬到莱文的身上,听他讲故事,把他的裤子尿湿了,他又不得已换上了吉雷的内裤。在吉雷家过夜的当晚,莱文噩梦连连,仿佛听到有个声音告诉他,让他回家去。马拉默德曾经这样评价莱文的这段经历:

> 这(莱文的旅程)与美国的历史相呼应:来自东部的人开发西部……当然,现在已经成为彼此来回走动——相互影响,应该是这样的情形。但是,有一种情况让人感到无法理解,那就是在我们称为美国的国家的每个角落,美国人都好像是陌生人,在这个国家的另一地方几乎就是外来人。[1]

作为一个外来人,莱文在这里没有家人,没有亲近的朋友,无法融入当地人的生活圈子:他出生于东部大城市,现在却身处西部小城镇;他是一个犹太人,却生活在非犹太人中间;他是一个未婚的单身汉,却置身于一群已婚人之中;他是一个人文主义者,却工作在没有设置人文课程的学院;他是一个自由主义者,却生活在一群保守人之中。这些情节预示着莱文在西部小城的生活中将始终无法摆脱作为局外人的困窘状况。

卡斯喀迪学院和英文系的教学以及学术氛围是莱文陷入人际伦理困境的一个重要原因。[2] 莱文打算在教学生涯中找到新生

---

[1]　Philip Davis, *Bernard Malamud: A Writer's Life*, p.167.

[2]　从 1949 年开始,马拉默德就应聘到俄勒冈州立大学英文系做副教授,讲授写作课程。在此后的十二年间,他的工作相对稳定,创作完成了四部小说。《新生活》一书总体说来是根据这段时间的经历写成。小说出版时,马拉默德已经到本宁顿学院任教。曾经的一位同事在与马拉默德的通信中指出,《新生活》清晰地展现了俄勒冈州立大学呆板的教学体制,这一点可以通过细节描写得到证实。

活的道路,但这条寻求新生之路并不是一帆风顺的。

莱文热爱文学,相信人文科学的重要性。他认为,人文科学从古代以来就肯定人们的权利和自由。但是从莱文到达学院的那一刻起,他就发现这不是一个文科学院,缺少人文科学。学院的教学就是培养学生懂得如何砍伐树木、建筑水坝以及修建高速公路。这里是科学与工业技术学院,只开设一些低层次的文科课程,供学生们选修,他们对这些课程也不感兴趣。

英文系的教学存在许多问题。在课程设置方面,文学教学被忽视,只开设实用性很强的课程,强调语法教学。英文系教学的目的就是为了让学生能够通过语法测试,所使用的教材《技术科学》这本书里的文章无法给人以启示和灵感。这里的教学采纳的不仅是已经过时的教材,还有其中陈腐的观点。莱文希望教授文学课程,却被安排讲授写作和语法。他有时甚至觉得自己不是教授如何使文明不被毁灭,而是正在从事一些不相干的事情,教导那些不知道写什么的学生写作。保守封闭的教学体制使得学院的现实与莱文心目中的西部神话形成了巨大的反差。他有一种强烈的冲动想告诉学生,"他们必须理解人文主义意味着什么,否则的话当自由不存在时,他们就不会知道"①。莱文决心要进行抗争,让学院重新恢复文科课程,民主因为人文科学才存在。

莱文对许多方面都感到失望,尤其是无法处理好与领导和同事之间的关系。以费尔柴尔德和吉雷为代表的领导者,常常维护传统的观念,与莱文的想法形成鲜明的对比,导致他在工作中遭遇困境。作为英文系的主任,费尔柴尔德只知道如何接受上级指令,传达给下级。写作课采用的教材是他编写的《语法要素》,已经第13版了,其中教学理念的核心要素就是强调单调的重复和

---

① Bernard Malamud, *A New Life*, p.115.

记忆。费尔柴尔德不鼓励自由思考和学术探索,打压教师们的创造性。他向莱文指出,这里不欢迎两种教师:一种是为了逃避在别处的不胜任而潜入进来的,他们本应该被开除出去;另外一种是挑衅的害人分子,他们的目的就是从中作梗、扰乱制度。例如,莱文的前任教师达菲①就将激进主义的观点引入学院的教学之中。他在写作课上鼓励学生讨论"莫斯科审判""列宁与托洛斯基"等有争议的话题,在课堂上谈论马克思主义,甚至要订阅《共产党宣言》作为辅助读物。达菲的做法动摇了费尔柴尔德等人的观点和理念,威胁到了这里的稳定,所以最终以"道德问题"为借口,被清除出学院。费尔柴尔德生性多疑,对意见和分歧小心提防,时刻警惕任何可能威胁其职位的意图和情绪。

　　莱文的上司,写作教研室主任吉雷,在处理问题时没有主见,是一个"好好先生",莱文也无法与他的观念和做法达成一致。每当遇到重大的事件,例如学术自由的问题、学术诚信的问题等等,吉雷总是考虑当地大多数人保守的看法,采取最简单的、不易引起麻烦的方式去解决。有学生家长投诉学院采用的文学选集,反对教授海明威的作品《十个印第安人》,认为其中充满对性行为的描写。吉雷没有考虑作品中的人文主义思想,指出必须换掉这本文学选集。他给出了如下理由:第一,解决问题的方式不应该激怒对方,家长作为普通市民也一样高尚;第二,如果这个家长的抱怨传到州议会,会对学院的财政经费产生影响;第三,会对学院的名声造成损害;第四,故事中对印第安人的刻画会有种族歧视之嫌。莱文偶然发现布洛克②为体育系的运动员学生打印的老师名

---

　　① 在小说中,达菲虽然一直没有出现,但却是一个重要的人物。吉雷和费尔柴尔德第一次见到莱文时,都认为有必要说一下达菲的事,作为前车之鉴。
　　② 小说中英文系的一位教师。

单,①建议他们不要选修这些老师的课程。吉雷知道这件事情之后,表示自己虽然不赞成这样的做法,但也认为这么做没有什么不对,这是对这些运动员学生的关心。吉雷做出了以下的解释:首先,运动员学生是通才教育的典型范例;其次,他们带来了激动人心的比赛,让镇上的居民对学院兴趣不减、感激万分;再次,他们促进各州之间、学院之间的友谊,他们是在为学院打比赛;最后,他们为学院的财政收入做出了很大贡献,州政府因为球队的缘故,才支持学院,才筹集基金建造教学楼。而且连校长都感谢布洛克对这些运动员学生的关心。所以,吉雷并不认为布洛克的行为有不道德之处。卡斯喀迪处一个高度体制化的州,在环境氛围的影响下,吉雷处处采取保守的方式。究其原因,"有八分之五源自内心的感情,其余八分之三源自内心的恐惧。就好像他的幸福是由他人的意愿决定一样"②。莱文无法理解吉雷这些人的做事方式,在与他们交往的过程中常常处于困惑和迷茫之中。

　　莱文寻求爱情的道路也不是一帆风顺的,往往在与女性交往的过程中陷入尴尬的境地,这是他生活在困境之中的又一个重要体现。莱文常常坠入爱河,但却总是找错了对象,有几次弄得一团糟。莱文刚到学院不久,就和酒店女招待拉弗恩在牲口棚约会。这样的约会氛围对于莱文来说不但毫无浪漫可言,而且还被叙利亚留学生③破坏掉。他拿走了他们所有的衣物,只留下了莱文的长裤和拉弗恩的一只鞋。结果他们只能光着脚、几乎赤身裸体地走回城里。最糟糕的是拉弗恩一味追求性的满足,不断地抱怨莱文缺少男子气概,她根本无法理解莱文的浪漫情怀。

　　与女学生纳达丽的关系也让莱文身陷困境之中。在孤单寂

---

① 莱文自己也被包括在内。
② Bernard Malamud, *A New Life*, p. 307.
③ 这名留学生嫉妒莱文与拉弗恩交往,所以一直跟踪他们。

寞的单身生活中,莱文被班级里的一位漂亮女生纳达丽吸引。正如小说中所描述的:"他已经不止一次注意到她:一个身材苗条的女孩,梳着深褐色的短发,长着漂亮的绿色眼睛,成熟的脸蛋,匀称的身材。虽然下嘴唇有些薄,眉毛被眉笔画得有些糟,但她知道如何搭配衣服。"①此时,莱文还能保持理智,努力不去想她。他尝试各种办法控制自我,劝诫自己,甚至尝试把这个女孩当成女儿。他认为要遏制住自己罪恶的想法,就要用意志力去消解它们,生活中必须要有责任感。但是,处于渴望之中的莱文还是没有抵制住诱惑,两人之间发生了一夜情。之后,莱文有一种负罪感,觉得自己利用了教师的权力。他也很内疚,纳达丽是一个学生,还太年轻,他们的这种关系违反学院的规定。

莱文还因此遭遇一连串的纠结事件。纳达丽要求莱文提高她英文考试的分数,否则的话她的父亲会让她退学。莱文在这件事情上虽然已经将道德立场弃之不顾,但还是找借口拒绝做出让步。他对纳达丽说,他们之间发生的事情与分数没有任何关联。在莱文的观念中,要将感情与工作之间的关系区分开来,即使这一问题牵涉到一个女孩。他用一种卑鄙的方式得到纳达丽,但是不能继续违背道德准则。莱文认为,就算纳达丽将一切告诉她的父亲,自己的教学生涯从此结束,他也不能弄虚作假,更改分数。莱文的所作所为受到纳达丽的讥讽,她说:"我看当事情满足你需要的时候,你还是能够达到目的的。"②后来,莱文核查分数,发现由于计算错误,纳达丽的试卷被少加了分数。他难堪地通过规定的程序进行了更改。此时的莱文沾沾自喜,认为既改了分数,同时又没有违背自己的道德原则。但是,莱文犯下的错误不能让人

① Bernard Malamud, *A New Life*, p. 136.
② Bernard Malamud, *A New Life*, p. 158.

认为他是没有过错的。"莱文就是这样,在外表看来看上去总是虚伪的。像是虚伪——尽管内心是清白的,更多的是困窘——这正是马拉默德创作的出发点。"①莱文提高纳达丽分数的做法为日后吉雷发现这件事留下了把柄。在一次次的情感纠葛中,莱文都无法轻易地摆脱尴尬困窘的处境。

与鲍琳的恋爱更使得莱文遭受身体和精神两方面的痛苦与折磨。与鲍琳发生关系之后,莱文常常感觉到强烈的疼痛,那是一种神秘的、剧烈的痛苦。医生的诊断是由于紧张导致的直肠和其他部位的痉挛,也有可能是前列腺的问题,但是莱文自己没有找到任何证据。也就是说,他所经历的这种令人尴尬的痛苦,在某种程度上是心理原因引起的,或者是因为性爱的对象不是他太太,或者是因为他不是真心喜欢她。与鲍琳的爱情一直折磨着莱文。鲍琳是有丈夫和孩子的有夫之妇,因为对婚姻生活不满,与自己发生了婚外情。所以,他认为出于道德准则,必须放弃鲍琳。莱文还为自己找理由,鲍琳想要的只是快乐、安慰和短暂的变化,而不是和他保持认真的恋爱关系。艾薇斯②告诉莱文,鲍琳和达菲之间也有过恋情。他觉得鲍琳隐瞒了她与达菲之间的事情,欺骗了他,对他不忠。这件事更加坚定了莱文与鲍琳分手的决心。

莱文考虑到处境的尴尬,试图放弃与鲍琳的感情。他开始有意躲避鲍琳,这主要源自以下三个原因:一是与鲍琳交往一段时间之后,鲍琳的缺点和不足之处他知道得一清二楚;二是他和上司的太太偷情,逐渐厌倦了这样提心吊胆的生活;三是他不想承担自己应该担负的责任,借口鲍琳都否认他对她有义务。③ 莱文警告自己,最好终止强烈的感情经历,必须抗拒爱情,控制自己。

---

① Philip Davis, *Bernard Malamud: A Writer's Life*, p.171.
② 小说中莱文的一位女同事,曾经试图与莱文恋爱。
③ 鲍琳曾经对莱文说,莱文对他没有任何责任,他们之间不存在约束。

与鲍琳的恋情带来的沉重负担让莱文决定不再见鲍琳,正式分手,甚至打算打点行装离开这里,回到他过去曾经失败的地方。

　　社会现实也使得莱文在人际交往过程中处于困境之中。小说一开始就交代故事发生的时间是"1950 年 8 月最后一个星期天的傍晚",这样故事的背景就是 20 世纪 50 年代的美国,卡斯喀迪学院实际就是当时美国社会的一个缩影。马拉默德在小说中这样描写当时的时代背景:

> 　　冷战就像逼近的冰川一样伤害世界。虽然对美国来说还存在希望,朝鲜战争的烈焰却燃烧正旺。出于恐惧和自责,美国现在到处是间谍和共产主义分子。麦卡锡参议员那长满汗毛的手中握着每个人的名单。据传言,在科学家和原子物体之间存在着更令人恐怖的关系。最不好的词语——非美国,可以最恰当地形容这个国家。①

在这种社会背景下,全国的人们都处于惊恐之中。数目众多的委员会调查知识分子、科学家和教师,如果认为他们是让人满意的美国人,就会要求他们签署效忠誓约。人们之间的不信任、相互怀疑,以及缺乏道德意识这些当时普遍存在的社会现象在卡斯喀迪学院的校园里都有所体现。马拉默德借助学院生活的背景表达了对那个年代社会热点问题的关注,例如,保守、对书籍的审查制度、对共产主义的恐慌等等。正如马克·舍内尔所指出的:"1961 年肯尼迪总统一上台《新生活》就出版了,这是具有重要意义的事件,表明作家准备放弃保守的态度,发起对学术和政治形

---

　　① Bernard Malamud, *A New Life*, p.95.

势的批判。"①卡斯喀迪学院里的人们缺少信仰、欠缺正义观念、没有自由立场,这种状况遍及整个西部小镇,增加了莱文在与他人交往时的不安全感。

二、精神救赎

26 岁时,莱文领悟到生活是神圣的,应该做点事,对自己有用,对别人也有益。他意识到教书可以做到这一点,这一职业既可以解救人的精神,又可以改造社会。学生们如果拥有追求知识的理想,如果尽职地学习,就会更好地理解自己是谁,会有什么样的生活。为此,莱文努力拿到了硕士学位,开始在一所高中教书,教了两年。但是,他想过有更意义的生活,认识到必须换一个新地方,改变一下生活方式,培养新的职业和情感生活。正如他对鲍琳所说:"过去我欺骗自己,扼杀了选择的自由。如今,我又能够采取行动,我希望将更好地利用所有事物。"②莱文恢复了昔日的理想,想要摆脱庸俗的现实生活,使自己的生命变得更有价值。

莱文厌弃纽约的生活环境,决心到西部去寻求解脱。在他的观念中,西部是美国梦想、精神自由、平等民主的象征地。③ 莱文认为在这里自己的人文主义理想能够实现,但结果却陷入了更加困苦的境遇之中,精神状况出现了严重的危机。马拉默德向读者展示了莱文问题的根源。他之所以会在现实生活中陷入困境,是由于社会的和个人的原因使其出现了一种难以名状的心理危机,

---

① Mark Shechner, "Jewish Writers", in Daniel Hoffman (ed.), *Harvard Guide to Contemporary American Writing*, Cambridge, Mass: The Belknap Press of Harvard Univ., 1979, p.208.

② Bernard Malamud, *A New Life*, p.18.

③ 西部大自然一直被认为是美国式的伊甸园,人们在这里可以解放个性、获得自由、实现民主。在绿色的自然界中,个体有可能摆脱过去的身份和时间的束缚,实现自我的新生。因此,西部自然是生存、重生与回归的象征。

无法做到与他人和谐相处。

实用主义的影响是莱文在与他人交往时遭遇困境的主要原因。实用主义是一种在美国兴起的哲学理论。19 世纪末 20 世纪初,美国哲学家查尔斯·桑德尔·皮尔斯(Charles Sanders Peirce)首先提出这种理论,后来哲学家威廉·詹姆斯(William James)将其扩展到伦理道德领域,提出实用主义伦理学的理论。这种伦理学理论"主张一切从'实利''可行'和'效用'出发,来考虑一切与人生和社会相关的对象、活动、关系"①。实用主义伦理思想在衡量事物的价值和意义时,以实用效果或者实际功效作为标准。这种思想对美国人的生活观念产生了深远的影响,已经成为美国文化和美国精神的核心部分。《新生活》中卡斯喀迪学院的许多教师的所作所为都表明,他们是实用主义伦理思想的忠诚信奉者。他们在进行思考或者从事某种行为时,都以现实生活为原则。人文主义学科课程没有任何实用价值,所以在他们的观念中没有任何意义。莱文一直倡导人文主义科学,卡斯喀迪学院的环境使他生活在理想与现实的夹缝中,面临着艰难的处境。马拉默德借此指出,莱文只有摆脱实用主义的影响,才能在工作和生活中走出困境,实现精神上的救赎。

首先,卡斯喀迪学院推行实用主义的教学观。在莱文所在的英文系,主要的教学目的是满足学院里各个专业科系使用文字进行沟通的需要,因此写作课在这里重于一切。莱文是一个推崇文学教学的人文主义者,但是在这里,他所看重的学科没有任何价值和意义。小说中的英文系主任费尔猜教授曾经不无讽刺地说过这样的话:

---

① 万俊人、唐文明主编:《20 世纪西方伦理学经典——伦理学前沿:道德与社会》(ⅳ),北京,中国人民大学出版社,2005 年,第 258 页。

我们这儿是土地经济模式,以森林种植为基础——大部分是花旗松和西黄松;还有农业种植——谷子、牧草、鲜花和水果。渔业对我们也很重要。我们需要林业人员、农民、工程师、农学家、渔猎人员以及各种各样的药剂人员。我们需要他们——坦白地说,而不是主修英文专业的人。你不可能用一首诗来砍倒树木、在山上修建四车道的公路,或者建造一座水坝。①

可见,在学院教师的观念中,英文专业学科不能带来巨大的经济利益,因此这方面的教学和研究毫无价值。

卡斯喀迪学院的教育不鼓励学生质疑,或者向传统提出挑战。教学的成就主要以学生的分数作为衡量标准,因此,高分数成为每个学生的追求目标。这里的教师和学生关注的是如何保持现有的生活,他们不去质疑,认为自己对外部社会没有任何责任和义务。他们恐惧创新的观念和不同的意见,追求的就是通过工作或学习技术轻松容易地过上舒适的生活。他们不尊重思想信念,不在意知性学识,过分强调实用主义的益处。换句话说,在他们看来,人生活在现实社会中,在进行思考或者从事事业时就应该以现实生活为原则。只要是远离现实的思想和行为就同他们的生活目的不相容。显然,应用科学具有实用价值,而莱文所倡导的人文科学不能发挥实际的功用,无法产生巨大的实用效益,无法带来物质方面的成功,因此对现实社会来说毫无用处,也没有任何意义和价值可言。

英文系主任费尔猜教授是一个实用主义者,他的思想和行为

---

① Bernard Malamud, *A New Life*, p.40.

深刻地体现了实用主义价值观的影响。他曾经对莱文说：

> 我们也有过困难的时候，那时管理部门只给微薄的经
> 费。我节省开支来省钱。我不得不减少薪水，我承认有时也
> 引起摩擦……我只是根据指示来做事。我曾经领导的是太
> 平洋沿岸开销最少的系，坦率地说，我为在危机时刻帮助学
> 校清还债务并且能够运作而感到骄傲。①

费尔猜只考虑经济效益，考虑如何节省开支，却从不思考如何创建一个充满创造力与人文气息的英文系。

费尔猜还从实用主义的角度出发，在工作、情感生活和政治行为等方面为莱文提出实用的建议。他向莱文阐明应该做的和禁止做的事情。首先，他指出在工作上，莱文要反复研读教材，及时批改作业。其次，他认为在生活上，莱文应该结婚，因为小镇对于单身汉来说是很难过的。但是，他警告莱文不论什么理由，绝对不要和学生约会，也不能跟同事太太偷情，或者有任何牵连。之后，在谈到政治时，他反对"悄悄推行的社会主义"，不赞成一切关注自由和民主的政治活动。他劝诫莱文，如果想要在此处继续待下去，就要尊重别人的意见。也就是说，他认为在事业起步时，为了自己的前途，莱文要克制感情，不妨碍别人的生活，也不要随意批评任何事情。最后，他主张莱文可以做一些有益的事情，要谦虚。激情的毁灭性力量是最大的威胁，所以要消除诱惑，要维护这里的生活状态，使之持续下去。莱文注意到，在费尔猜领导下的英文系，没有人质疑他的论点或者驳斥他的论据。甚至在他不在场的时候，大家也不争论。如果偶尔有温和的争论，往往也

---

① Bernard Malamud, *A New Life*, p. 53.

是以得出一致的结论而结束。

　　莱文的上司、写作教研室主任吉雷也是一个实用主义者。吉雷重视教师这个职业，指出在卡斯喀迪学院这种学校应该把重点放在教学上，他本人就是一个非常受学生欢迎的讲课者。吉雷宁愿教授写作课程而舍弃文学教学，他认为写作会让人感觉到进步，更有成就感。相反，培养学生的文学品味是很难看到进展的，因为文学品味需要鉴赏力、理解力和敏感性，那不是一件简单容易的事情。吉雷读研究生时，是同年级里唯一在《美国现代语言协会会刊》[①]上发表文章的学生，但是他现在却不关心自己的学术发展和学术成就，认为撰写学术文章很无聊。吉雷对文学的兴趣已经大不如从前，在学术方面的抱负就是编写一部《美国文学图册》，介绍有关作家生活的一些基本信息。他认为学生只想看看作家长什么样子，他们住什么样的房子等等。吉雷休息时只从事一些实用性的休闲活动。他在周末和假期外出钓鱼、猎捕雉鸡和水鸭、观看运动比赛大会。他还是个优秀的摄影者。吉雷从这些实用的娱乐活动中得到很大乐趣。

　　吉雷只关注实用的东西，努力维持自己生活表面的完美以及婚姻幸福的假象。莱文刚到吉雷家时，心里就想，多好的一对夫妻呀，这是一个真正的家。实际上，吉雷和鲍琳的婚姻充满危机，处于解体的边缘。鲍琳讨厌吉雷的性格，不喜欢模式化的婚姻和爱情，而且吉雷不能生育。鲍琳也不是一个合格的妻子和母亲。她讨厌做家务，以至于吉雷不得不在忙完一天的工作之后还得打扫家里。她常常为逝去的青春而悲伤，还有健康方面的问题。她生理周期不规则，却害怕看医生。小孩子也有麻烦，一个夏天总长湿疹，医生说可能会恶化成更严重的哮喘。另一个经常感冒，

---

　　① 英文全称为 *Publications of the Modern Language Association of America*。

常常发展成支气管炎或者耳部感染。吉雷也意识到了鲍琳的缺点以及她精神上的不满足。他曾经对莱文抱怨,鲍琳天生就不知足,或许她从小就被教育成那样。吉雷与鲍琳的生活不幸福,但是他不承认这种事实,而是竭力维护表面完美的假象。他需要鲍琳,这样可以向公众展示他生活得很好,有稳定的生活、幸福的婚姻和可爱的孩子。而且卡斯喀迪学院里的人都维护这种假象,不说破实情。这里生活的奇怪之处在于,"如果它不毁掉你,它就会保护你"①。

吉雷对莱文很好,但也是从实用主义的角度考虑,他表面的友好后面隐藏着高深莫测的计谋。他使莱文得到在卡斯喀迪学院教学的这份工作,为他提供所需要的物品、单人办公室,让他担任教科书委员会的主席,还给了他其他一些特权。吉雷的目的是为了拉拢莱文,确保以后选举时能够投他的票。当莱文明确表示要支持法布利干竞选系主任时,吉雷表情茫然,然后仇视地注视着莱文,说道:"我猜想这就是我为你做的一切得到的报答。"②面对莱文对他的指责,吉雷愤怒至极,指出莱文虽然有胆量进行批评,但是却没有足够的经验,因为莱文在大学任教还未满一年,也不是学识广博,更主要的是莱文是局外人,是以纽约人惯有的眼光来看待这一地区,因此不能建议应该进行什么样的教学改革。

莱文与费尔猜和吉雷是两种完全不同的人,前者是信仰自由主义的反叛者,后者是代表保守的因循守旧势力的实用主义者。费尔猜和吉雷的所作所为表明,他们维护的是实用主义的伦理思想,是这种伦理思想的忠实信奉者和实践者。他们坚持教学的目的是保证学生获得毕业文凭,认为学生将来是通过毕业证书而不

①　Bernard Malamud, *A New Life*, p. 281.
②　Ibid. , p. 286.

是学问来找工作。他们潜意识地贬低人文主义的价值。莱文与他们不同,他尊重文学和人的信念,主张废除原有的旧教材。他认为,"他们(学生)还是有人的本性的,而且是可以实现的……在他们成为律师、医生,或是制造商之前,他们应该是个人。"①莱文给学生提出建议,指出生活的价值是内在的,有必要更多地了解人文学科,甚至主张有前途的学生应该转学去葛底斯堡,在那里可以接受正规的人文教育。莱文与费尔猜和吉雷之间存在矛盾与分歧,这是他在与他们交往时处于困境之中的主要原因所在。

英文系的许多教师都是实用主义者。副教授法布利干博士毕业于哈佛大学,被大家公认为是学者。他致力于学术研究,是系里唯一肯付出努力研究某一观念并且撰写文章的人。他出版了二十多篇文章,并且希望有一天能收集到一起出版专著。法布利干和莱文在学术研究方面有着共同的追求。他在与莱文的对话中,鼓励莱文要有自己的学术梦想。莱文在对系里其他同事失望的同时,把法布利干看成是心目中崇拜的偶像,支持他参加系主任的竞选。

但是,法布利干本人也是实用主义分子中的一员。当涉及原则问题,需要他的支持时,他总是采取实用主义的态度。他不参与系里的行政纠纷,拒绝公开提出自己的主张。莱文告诉他文学选集被检举的事情,要求他去和系主任谈谈,他却推脱说,这只是一次小小的战役,而不是一场战争。他认为还不到时机去推翻系里的政策,要等待时机,要等他自己的事情办好。② 在处理名单问题时,他要莱文小心,并且认为在应对这类事件时不能一件一件处理,而要等待合适的契机,同时还不能露出马脚,必须小心行

---

① Bernard Malamud, *A New Life*, pp. 274 - 75.
② 这里指的是他不想因为插手这件事而影响到自己晋升教授的职位。

事。法布利干不愿意因为无法确定能够获得成功的事情而失去现在的职位，所以他不采取任何行动。从一开始，他竞选系主任的事宜就是由莱文来负责的，他自己很少谈到对竞选的热切盼望或者远大抱负，不是因为放不下学者的尊严，而是因为参加竞选可能会影响到他职称的晋升。莱文认识到了法布利干的实用主义态度，最后他对吉雷和法布利干两个人都感到失望，计划自己参加系主任的竞选。

英文系另一位与莱文谈得来的同事布克特也对生活持有实用主义的态度。布克特有智慧，很幽默。他虽然认为莱文的观点是合理的，但同时却保持沉默，没有表现出不赞成或者不满意。因为学院提供的职位让布克特感到安全和稳定，这是别处没有的。他的博士论文还没有完成，而且要养活一大家子人，家里的房子还没有盖好，经济方面总是很紧张。来自外部世界的压力和责任使得布克特不可能冒险去支持莱文的改革计划。

英文系里年轻的教师也都对生活持有实用主义的态度。莱文觉得他的这些同事不论职位高低，都设想彼此是平级的。他们"和蔼可亲、随和、不自负，其中有几个人学问做得很好，但是没人急于炫耀"①。这里的氛围是轻松的，即使有竞争，也都是暗藏着的。没有明显的钩心斗角，该升职的时候就会自然升职，没有办法可想。这些年轻教师没有努力争取做到优秀，也没有必要做出出色的成绩。他们总是聚在一起，谈神秘飞碟、电视节目、高尔夫球赛、天气状况等等，好像是为了消除孤独感。他们的兴趣与学术研究无关，虽然也提及书籍，但是很少争论。他们没有献身事业的热情，也不认为现在的生活有什么不好。

卡斯喀迪学院英文系的教师不想打破现有的生活状况。他

---

① Bernard Malamud, *A New Life*, p.98.

们思想保守,在生活出现任何重大变化之前,通常会仔细斟酌好久。莱文刚到时,吉雷曾经对他提出忠告:"我们不希望周围有惹是生非的人。如果有人不满意,不喜欢我们所做的事,不尊重他人的私人权利以及心灵的平静,那么他越早走人越好。"①在这里,任何事情都不可能严重到引起大家争论的程度,人们也不会表达引起论战的观点。他们的目的就是为了避免冲突,满足大多数人的愿望。大多数人的主张是正确的,权术的功用就是消除少数派、筹划安宁,确保和谐。

对于竞选系主任这一事件,英文系的教师有的掩盖自己的关注,有的则持有无论谁当选都一样的态度。莱文向他们解释系里的行政运作应该进行改革的必要性,期望得到热烈的回应,但是等到的只是不确切的许诺。莱文对他们的沉闷和缄默感到震惊。马拉默德把这些教师刻画成一群实用主义者:他们寻求平和、满足现状、以自我为中心;他们惧怕争论、掩盖彼此之间的分歧;他们担心现有的令人满意的生活状况遭到威胁,否定革新的必要;他们把批评他们安于现状的人视为"异己","毫无疑问的共产主义者"。这些人眼中的卡斯喀迪学院是如同天堂一样的乐园,生活在这里比其他地方更容易找到幸福、爱情、自由和成功。他们生活得很满足,不认可还存在不满、痛苦、失望和失败等现象,而且要赶走那些扰乱牧歌式生活的人。莱文无法接受卡斯喀迪学院里人们看重的实用主义逻辑。他认为,这种实用主义理念是压抑的,所以他要为了自己的信念而斗争。

为了让莱文能够摆脱人际交往过程中的困境,马拉默德在小说中强调大自然的救赎作用。《新生活》被置于特定的自然环境之中,这之前的作品很少对自然风景和地貌特征进行如此细致的

---

① Bernard Malamud, *A New Life*, p. 37.

描述。莱文是一个浪漫的人文主义者,沉迷于爱默生和梭罗的作品。他认为大自然是伊甸园,坚信自己的理想和生命价值在其中能够实现。他憧憬宁静的乡村生活、美丽的大自然与和谐的人际关系。就像莱文自己所说的:"为了改变一下,我要头顶着开阔的天空。"①

在许多人的观念中,西部大自然广阔无边、土地肥沃、宁静而富足,具有某种拯救力量,可以引导人们走出困境。大自然也许就象征着世外桃源:一方面,这里没有城市生活中的喧嚣和杂乱,可以防御外面的复杂世界;另一方面,这里生活安逸,可以相对轻松地获取成功和幸福。正如法布利干所说的那样,"我常常在想如果美国的首都能搬到这里,那么我们国家的生活中就会有更多心智健全的人"②。所以,有些人原来住在大草原或者是中西部的一些州,来到西部之后都认为这里是天堂。他们想要在这里创造富裕、成功的新生活。此后,他们无论身在何处,都想着要回到这里来。

西部大自然使得莱文能够逃离现代城市文明,在复杂的人际关系中寻求精神上的救赎。例如,莱文从一下火车开始,就享受大自然外在的至胜至美。他赞叹这里的美丽和富饶:"公路沿途几乎渺无人烟,山谷是宽敞的农地,两旁的远山森林密布,浩瀚的天空堆砌着高耸的金色云彩。公路旁的河边树木林立,大多是落叶树;向西边和南边绵延而上的绿色山丘上满是尖顶的冷杉。"③不难看出莱文眼里的西部大自然宁静而温馨,披上了一层田园牧歌的色彩。纯真、温和、原始的自然之美让他感受到了和谐与平静。他想着那些拓荒者进入这个山谷时的情景,觉得很感动。莱

---

① Bernard Malamud, *A New Life*, p. 24.
② Ibid. , p. 108.
③ Ibid. , p. 4.

文一直喜欢大自然,认为自己离开纽约是做对了。在这里,他可以探索新世界,寻求自我价值,他不禁"为自己的好运气而战栗"。

事实上,马拉默德这样描述西部大自然是别有用心的,与其说是在描绘自然景色,不如说刻画了莱文当时的心情——一种获得自由、探求个人价值的轻松快感。西部大自然的背景不是简单地融入卡斯喀迪学院的日常行政事务中,而是构成小说整体不可缺少的一部分。在这全新的环境中,莱文的生活发生彻底的变化。在接下来的几个月内,他用双手干活,努力劳动。他常常在草坪上割草,用耙子耙了无数的落叶,采集水果,照料并清洗房东的火炉,将自己的车子清洗打蜡。这个天堂般的地方让他不再孤独,精神上也不再虚无。在劳动中,"他的渴求已经没有了……他的痛苦已经蒸发。他又是一个改变了的莱文。"①小说展示了大自然内涵的寓意及其重要性:大自然成为莱文心目中的世外桃源,在他的道德探索方面发挥积极的作用;莱文也在其中看到了新生活的希望,有了更大的勇气去实现自我的价值。

与鲍琳的恋情也是莱文在人际伦理困境中寻求精神救赎的一个主要途径。鲍琳这一人物具有强烈的象征意义,她使得莱文理解了爱与责任的重要性。鲍琳意识到了卡斯喀迪学院生活的问题所在。在莱文到达的第一个夜晚,她就对莱文说:"我希望你不会对我们、学院以及这个城镇感到失望。伊斯切斯特的生活对单身的人来说可能是孤寂的——我指的不是大学生,他们的世界是不真实的。从大城市来的人可能会对这里失望。"②鲍琳指出,这个西部小城"被陆地环绕",学院的生活"受到庇护""枯燥乏味",存在局限性和封闭性。很明显,鲍琳对自己的生活不满意。

---

① Bernard Malamud, *A New Life*, p. 165.
② Ibid. , pp. 18 – 19.

她感情炽烈,这里的生活无法满足她精神上的需求。

鲍琳在卡斯喀迪学院的人际环境中显得与众不同。她认识到这里的生活是复杂的,承认自己不容易适应环境。她对莱文说:"我也意识到没有好好地生活,时间过得好快,我做得又那么少。我对自己的要求要多于我现在拥有的,可能多于我已经得到的。"①鲍琳对社会角色不能完全适应。她分析与吉雷的关系,认为他们之间的分歧在于自己希望能够做得更多一些,而吉雷不想支持她的需求。鲍琳不愿意成为依附于丈夫的家庭妇女,不想成为维护丈夫体面生活的工具,期望能够生活得更好。

莱文渴望向人倾诉,与人交往,但是他找不到合适的对象,这时鲍琳走进他的生活。从一开始,他们就彼此吸引。莱文注意到鲍琳的外貌虽然有一些缺点,例如,胸部不丰满,脚大一点,身材长得瘦长,先天不足,但是总体上还是一个让人感兴趣的女人。在圣诞节假期,莱文患上了严重的感冒。他在寂静和黑暗之中,孤零零地躺在床上。就在他孤苦无依,陷入痛苦、悲伤和失望之中,打算再次酗酒时,鲍琳来了。她拿来了药物、食品和水果,帮助整理乱糟糟的房间。鲍琳的到来减轻了莱文的病情,他很快恢复健康,想要酗酒的欲望也逐渐消失。正如小说中所描述的:"他觉得自己像是一个正在走进新生活的人。"②

与鲍琳的相知相爱让莱文找到了新生活的方向。那是一月末一个温暖得像春天一样的下午,莱文到乡间散步,要去看看大自然。他走出一大片林地,来到一处空地,看到鲍琳正在看着他。他们情不自禁投入对方的怀抱。事后,莱文在鲍琳的眼中看到罪恶感,但同时却痴迷于它们的光彩和激情。斯坦·埃德加·海曼

---

① Bernard Malamud, *A New Life*, p. 189.
② Ibid., p. 165.

在谈到这一情节时指出，莱文的这一行为是圣洁的，是通过沉浸在欲望满足的快乐中实现的，他与鲍琳的婚外恋情也值得尊重。①莱文与鲍琳在对彼此的爱恋中得到温暖和亲昵，他们也都更加成熟起来。

与鲍琳的恋爱更多的是浪漫和幸福，莱文从中学会了给予和接受爱与关怀。马拉默德曾经指出："在自己的作品中有一种对女性的渴望，那是一种潜意识的方式，母亲的早逝对我的写作影响很大。"②小说中莱文对鲍琳就有这样一种渴望。他承认，自己爱上了鲍琳。她虽然在外貌上算不上完美，但在公众场合还是引人注目的。有时莱文在别人家的宴会上看到她，在系里那些身材臃肿的太太们中间，她就像是一颗星星，一朵鲜花，拥有她们缺少的气质。莱文被鲍琳的光芒和美丽打动了。他希望能够与鲍琳组建完美的家庭，在想象中：他穿过马路，走进自己的房子，她正在等着他；他们一起吃饭；然后孩子们睡着了，他们聊天、阅读、听音乐；他们上床，没有痛苦和恐惧地去表达爱恋。莱文渴望能拥有这样的生活。实际上，鲍琳就如同《天生的运动员》中的艾丽斯，"身上具有马拉默德常用来指代丰硕和充实的特征"③。和鲍琳在一起，莱文逐渐超越原来的自己，过上一种全新的生活。

在小说的开始，莱文被刻画成一个有追求的人，但是只有鲍琳才能使他的这些品质体现出来。当莱文反思与鲍琳的关系时，认为他们相爱过，她仍然爱着自己，自己从来没被这样爱过。只有在鲍琳那里，他才能找到温暖。莱文向鲍琳述说自己的过去，和她在一起时，过去那些年的不幸，现在想起来就好像只是发生在几分钟之内的事情。也就是说，只有和鲍琳在一起时，他才有

① Philip Davis, *Bernard Malamud: A Writer's Life*, p. 172.
② Ibid. , p. 174.
③ Ibid. , p. 172.

活力,才与人有交流,才不会感到孤独和寂寞,从而处于最佳的生活状态。鲍琳推动莱文理解爱的含义,承担人生的责任,过上真正有意义的生活。与鲍琳之间的情感纠葛对莱文来说至关重要,使得他的西部之旅成为真正新生活的开端。

莱文开始为自己设定生活和工作的目标。他觉得世界充满了温情,更像一个家:应该对所有人友善,这是一种很好的关爱他人的方式;要以谦虚和善的态度对待他人,为他人提供服务和帮助。莱文对学生的态度也有所改变。虽然他们过度重视实用知识和职业训练,对人文和艺术学科几乎没有兴趣,但社会价值观不是他们能左右的,他们还是善良、热情、充满抱负的年轻人。他把自己最好的书籍都借给学生,鼓励他们阅读文学作品,指出"在人文领域中,人可以找到完美的值得活下去的理想"①。他关注学生的生活,引导他们在接受职业教育的同时奠定人文主义的基础。莱文认为,作为一名教师,应该尽可能帮助那些有天赋的人,让他们凭借民主和人文学科,得到的知识比老师讲授的更多。莱文甚至对房东太太的猫都很友善。他比以前任何时候都更想接近社会、接近人群。

莱文主张在教学上进行改革,提出开设文学课程,放弃陈旧的语法教材和刻板的考试制度。他推出了一个"伟大的读书项目"计划,使得这个封闭团体中的教师可以交流彼此的新观点,这些都是对原有模式的摒弃。在莱文的努力下,英文系发生了一些变化。莱文决定参加系主任的竞选。他制订了一份竞选文件,指出民主不是平均主义,即使是在美国西部。平等是指法律上人人平等,同等的选举权,以及受教育的均等机会;它不是指人人都一样好,不是每个人的成就都一样。不能因为意见是友好的人提出

---

① Bernard Malamud, *A New Life*, p. 275.

来的,就认为具有同等重要的价值。莱文加紧进行竞选活动,鼓动同事支持自己,希望能够当选。莱文的做法不合乎主流社会的行为方式,成为人们谈论和怨恨的对象。他被指控为制造麻烦和破坏安宁的罪人,大家好像对他都挺恼火。

在小说的结尾,莱文与鲍琳的恋情被揭露。他答应吉雷以后不在大学任教,带着怀孕的鲍琳以及她收养的两个孩子一起离开了卡斯喀迪学院。通过这段生活经历,莱文脱去了过去的幼稚,成熟起来。他懂得了生活的意义,能够面对并且承担自己的责任。马拉默德在小说中把伦理观融入爱情之中。他曾经指出,爱情不是简单地就是爱,爱情必须是互相扶持,必须是承担责任。他认为,在美国人的生活中爱情并没有被充分理解,"因为我们被年轻人感动了,我们非常关注这些年轻人,但他们对爱情只有浪漫的想法,而不是完全地理解爱情"①。在马拉默德看来,爱情不是单一的情感,而是一种合成的复杂的境况。爱情之中有快乐,也有痛苦、悲伤、恐惧、焦虑,有各种情境。爱情意味着责任和义务,而不是自由,更不是感伤的浪漫。莱文对鲍琳还有爱,是一种新的方式的爱。他在觉醒的道德意识中承担了对自己、对家庭、对社会的责任,开始探寻真正的新生活。

莱文最终选择将自己受缚于鲍琳,好像被一座无形的监狱困住了。马拉默德曾经指出:"小说的结尾不意味着失败、监禁、新一轮的受难,或者受虐式的妥协。他所做的一切就是通过描写疑虑和危险达到一定的目的。"②马拉默德的这个目的就是要让读者认识到,要实现精神上的救赎,承担责任与义务是必不可少的。马拉默德通过莱文在工作和情感方面的人际经历,让他对自我和

---

① Philip Davis, *Bernard Malamud:A Writer's Life*, p.177.
② Ibid., p.180.

人生有了新的更深刻的理解。

在《天生的运动员》和《新生活》中,个人主义和实用主义的盛行使得人与人之间缺乏理解和交流,给人们之间的交往造成巨大的阻碍。马拉默德提出了解决问题、摆脱困境的方法,那就是用关爱与责任来取代陌生、冷漠的人际关系。爱可以让人们彼此理解,相互关心;承担责任能够让人们之间的关系更加和谐,生活更加幸福。在爱与责任的力量下,人们就会遵循社会的伦理准则,就可能做到不只关爱自己,更会关心他人。马拉默德借此强调,人类拥有高贵的品质,具有爱自己、爱他人的能力。罗依和莱文承受了种种遭遇和阻碍,最终认识到爱与责任的伟大力量。他们摆脱精神危机和困扰,承担起责任,完成了精神探索的历程。马拉默德凭借罗依和莱文的经历指出,在人类的精神世界中,爱与责任就犹如指路明灯,指引人们走出困境,在人生之路上继续前行。

里奇曼曾经指出,"马拉默德所有的作品都沿袭了一个连续的发展模式"①。结合马拉默德后来的作品来看,《天生的运动员》和《新生活》属于这一模式。马拉默德在这种创作模式中,将主人公置于苦闷和孤独的伦理境遇中,但是他们都能够战胜苦难,证明生活的价值。马拉默德的主人公强调做人的尊严,追求美好的生活,最终都能成为更加善良、更有道德的人。

---

① Sidney Richman, *Bernard Malamud*, p.29.

第三章 犹太伦理困境与救赎

出版商罗伯特·吉鲁①曾经指出,"只有反映犹太人生活、思想和行为的作品,才是马拉默德出自内心的真实想法创作出来的"②。他认为,马拉默德最为成功、影响力最大的作品就是那些"反映犹太人生活、思想和行为的作品"。《店员》和《基辅怨》就属于这样的作品。如果说,《天生的运动员》和《新生活》分别讲述了在美国文化价值观的影响下,棒球运动员和知识分子在人际交往的过程中摆脱个人主义和实用主义的影响,实现救赎的故事;那么,《店员》和《基辅怨》则述说了在反犹主义占主导地位的社会背景中,犹太人固守犹太伦理传统、实现犹太伦理意识回归的成长历程。《天生的运动员》和《新生活》表明了爱与责任的承担是个体走出困境,获得救赎的主要途径;《店员》和《基辅怨》则说明了犹太伦理传统在犹太民族摆脱困境,实现救赎过程中发挥的重要作用。

犹太伦理传统是犹太文化的重要组成部分之一,也是犹太人克服困难的动力和精神上的支柱。在异域的生活环境中,犹太人相对来说比较集中地居住在一起。他们大都对主流文化有着强烈的"陌生感",不太精通所在地的语言,对所在地的了解也可以

---

① 马拉默德的大多数作品都是由法勒—斯特劳斯—吉鲁出版社(Farrar, Straus and Giroux)负责出版的。

② Philip Davis, *Bernard Malamud: A Writer's Life*, p. 177.

说是知之甚少。因此,他们本能地聚居在一起,这样既增添了安全感,也有利于继续保持传统的犹太文化和宗教信仰。同时,犹太人在生活的进程中,不可能完全不与外界发生联系。恶劣的生活境遇常常使他们遭受痛苦的折磨,许多人便走出了犹太人居住区。但是,在与主流社会接触的过程中,犹太伦理传统却深深地根植于犹太人的精神世界里。在《店员》和《基辅怨》中,马拉默德对此采取认同的态度。他认为,对于犹太人来说,对犹太伦理传统的坚守,远远比自身的"生活"问题更重要。换言之,犹太人只有在民族的地位得到承认的情况下,才可能考虑生活的现实问题。《店员》中的莫里斯在困境中持有坚定的犹太伦理信仰,不仅救赎自己,而且还完成了对非犹太人弗兰克的救赎;《基辅怨》中的雅柯夫最终找回对犹太伦理传统的记忆,认识到犹太人慰藉心灵、摆脱生活困境的唯一途径就是回归犹太伦理传统。犹太伦理意识在犹太民族发展、繁衍的过程中发挥了重要作用。

第一节 《店员》中的犹太伦理困境与救赎

小说《店员》①出版于1957年,被许多评论家认为是马拉默德创作早期的代表作,在美国当代小说的论述中一直占有较高和核心的位置。马拉默德本人凭借该作品获得罗森萨尔小说奖和达罗夫纪念奖,其在美国文坛上的地位也得到了巩固。

《店员》中故事发生的地点是大萧条时期的纽约的小杂货店,这是马拉默德最为熟悉的环境,他就是在这样的小店中长大的。马拉默德本人没有亲身经历过东欧的犹太生活境遇,他笔下的犹

---

① 小说的背景和人物来自于马拉默德的两篇短篇小说"头七年"和"生活的代价"。

太人物常常来自对犹太家庭和父辈生活的追忆。他曾经指出："我在写这部小说(《店员》)时,几乎是下意识地想到我父亲作为犹太移民在美国社会的生活。他饱尝艰辛,却终生贫困潦倒;我母亲虽辛苦一生,却总是忧心忡忡,从来没有欢愉的时刻。"①《店员》的主人公莫里斯就是这样一个俄国犹太移民,在纽约布鲁克林的穷街区经营着一间小杂货店。纽约社会给莫里斯带来无穷无尽的打击,他的店铺就如同一座坟墓,埋葬了他的许多梦想。在先后经历合伙人的欺骗、歹徒的抢劫和殴打、遭遇火灾、煤气中毒,最终身患重病,不治身亡。莫里斯常常处在苦难的生活境遇,总是陷入危机之中。但是,马拉默德没有放弃从现实生活中寻求希望的可能,莫里斯在小杂货店的经营中始终信守犹太伦理传统,坚持犹太伦理价值观。小说的另一位主人公弗兰克在与莫里斯共同生活的过程中逐渐理解了他身上展现出来的犹太伦理品质,最后悔过自新,弃恶从善,皈依犹太教。

一、苦难的"隔都"生活②

马拉默德在创作莫里斯这个人物时,更多地参照了和莫里斯境遇相似的苦难的犹太人约伯的经历。③ 他在小说中全面而准确地展示了犹太受难者莫里斯的困境。年逾花甲的莫里斯原来是俄国犹太人,从小就耳闻目睹了犹太人的悲惨苦难史。在俄国时,他们家很穷,犹太人又常常遭受迫害。由于当时的反犹主义政策,大量的犹太人遭到驱逐,还有不少犹太人在大革命中丧命。

① 崔道怡、朱伟等编:《"冰山"理论:对话与潜对话》,北京,工人出版社,1987年,第131页。
② 这里将小杂货店内的苦难生活比喻为东欧"隔都"中的生活。
③ 《圣经·旧约》中,由于撒旦的挑拨,耶和华为了考验约伯的忠诚,让其遭受了巨大的灾难。

为了逃避沙皇政府的征兵,莫里斯来到美国。刚到美国时,他对自己的前程抱有很大的期待,想要成为一名药剂师。后来,他遇见了妻子艾达,在她的劝说下,在纽约布鲁克林的非犹太人居住区开了一家小杂货店。可是在这个小杂货店内,莫里斯"就像一条油锅里的鱼",经历了各种各样的苦难。马拉默德曾经表示,《店员》是"受害者文学……整个世界在受难。他(莫里斯)感受到各种痛苦"。① 在某种程度上,可以认为莫里斯就是犹太"受难者"的典型实例,他的一生都是没有希望的。

马拉默德采用现实主义的创作手法,描述了犹太人莫里斯在日常生活中承受的苦难。小说一开始,读者看到的就是凄凉的小杂货店,还有穷困衰败的、让人感到不舒服的整个非犹太人居住区。那是 11 月初的一个清晨,黑夜虽然已经逝去,街上还是漆黑一片。风刮得非常紧。在人行道旁,莫里斯弯下腰费力地搬起两箱牛奶。寒风卷起他的围裙,一直吹到脸上。他把沉重的牛奶箱拖到门前,不停地喘着气。

经济生活的贫困是莫里斯生活在困境之中的一个主要标志。莫里斯是一个失败的犹太生意人,在过去的二十一年中,他与妻子艾达每天在阴暗潮湿的小店里工作到深夜,但是却始终无法摆脱贫困的阴影,过着勉强糊口、一贫如洗的生活。加上经济萧条的影响、激烈的商业竞争,小杂货店濒临破产的边缘。莫里斯的生活一直没有改变,只是贫困的程度有所不同。正如马拉默德在小说中所说的:

> 运气即使不是他天生的敌人,也不是他的好朋友……他是莫里斯·波伯,不会变成一个幸运儿。这个姓似乎跟财产

① Sidney Richman, *Bernard Malamud*, p.70.

是没有缘分的,就好象他祖祖辈辈生来都不该有钱一样。即使碰上奇迹,弄到什么东西,那也是随时可能失去的。①

《店员》所刻画的环境好像是一个封闭的世界,莫里斯一家似乎永远找不到出路,在经济生活方面无法有所改善和提高。

身体上病痛的折磨是莫里斯生活在困境之中的一个主要表现。对莫里斯来说,患病并不是什么新鲜事。常年的劳累让他疾病缠身,身体变得非常虚弱。莫里斯从母亲那里遗传下来一种胸膜炎,肺部不太好,上面有两个钙化点。一旦发病,咳嗽得厉害极了,简直要把脑袋咳掉下来。莫里斯遭遇抢劫时,歹徒用枪托砸他的头。之后,他一直感到不太舒服,总觉得头疼腿软。一旦干一些重活,头脑中就好像出现一团乌云,天旋地转,站立不稳,几乎要摔倒。后来,因为煤气中毒,莫里斯得了肺炎,病得很厉害,肺部很虚弱,不得不住院治疗。最终,由于铲雪着凉,莫里斯旧病复发,在病痛之中离开了人世。

妻子艾达不理解莫里斯的犹太伦理价值观,这是他生活在困境之中的又一个主要表征。艾达经常埋怨莫里斯,认为他不应该在许多年以前,把家从犹太人居住区搬到这个地方来。现在,没有了过去的朋友和乡亲,离群索居,又找不到好的工作,她常常想念他们。经济上的窘境更增加了艾达的痛苦,让她整天烦恼。她不满意自己的生活,责怪莫里斯,羡慕老邻居卡帕"同酒鬼做买卖的生意",因为卡帕一天赚的钱比他们两个星期的收入还多。她对莫里斯抱怨说,"发卖酒执照时,你怎么不拿定主意把你的杂货

---

① 伯纳德·马拉默德:《店员》,杨仁敬、刘海平、王希苏译,南京,江苏人民出版社,1980年,第16页。波伯(Bober)一词的词根(bob)在英语俚语中是一元钱的意思,显然指的是波伯一家是"只能有一元钱的人"。

店改成酒店呢?"①艾达的观念非常现实,认为"做买卖就是做买卖"。她不断地劝说莫里斯放弃他坚守的犹太伦理准则,尽快将小杂货店出售卖掉。艾达分担着莫里斯的困苦,心里不满意时,就常常发牢骚。她不甘心跟莫里斯一起过这种贫困的生活,说自己错嫁了人。在她的眼里,是否有钱,能否过上舒适生活才是衡量婚姻是否幸福的标准。艾达与莫里斯持有不同的人生态度,她没能对莫里斯的犹太伦理价值观做出正确的判断,始终无法理解莫里斯。

莫里斯的犹太伦理价值观得不到女儿海伦的理解,这也是他生活在困境之中的一个主要标志。在海伦眼里,父亲忠实于犹太伦理价值信仰,但是她觉得这样做没有什么用处,他在这个世界上活不下去。父亲为了还五个硬币,去追那个可怜的妇女。可是他的东西都给骗子骗光了。他相信人天生都是老实的,因此保不住自己辛辛苦苦赚来的东西。海伦认为,人们都喜欢父亲,但是没有谁钦佩他。他在小店铺里虚度了一生,自愿当了牺牲品。在海伦的观念中,父亲做得有些过分,她不能理解父亲的价值观。因为家庭生活贫困,海伦的内心深处总有一种自卑感。她讨厌家里死气沉沉的房子:厨房是灰暗的,起居室又狭窄、又单调,房间很凄凉,住在这个地方真是糟透了。海伦羡慕、妒忌有钱家庭豪华奢侈的生活,她说:"我希望生活得好些,范围大些。我希望重新获得过去那些机会。受教育的机会,就业的前途,还有我想得到但从来没有得到的东西。"②海伦想要通过接受美国教育实现自己的梦想,摆脱犹太小杂货店这一生活环境的束缚,放弃父亲所代表的犹太伦理价值观。

---

① 伯纳德·马拉默德:《店员》,杨仁敬、刘海平、王希苏译,第7页。
② 同上书,第44页。

　　莫里斯的老朋友卡帕使得莫里斯的处境更加雪上加霜,这是莫里斯生活在困境之中的又一个主要表现。卡帕一家也是犹太移民,他们是老邻居,有着多年的交情。卡帕在禁酒令①被取消之后,借钱申请到了酒店的营业执照,很快就发财了。对于卡帕来说,物质欲望成为他追求的唯一目标,他从不放过任何可能获得金钱的机会。卡帕明明知道莫里斯生意惨淡,但却没有遵守诺言,两次把自己的空房子租给别人开自助超市。他对莫里斯说:"这店空了多久,你是亲眼看见的。谁替我交税呀! 不过,你也别担心,他嘛,多卖些熟食,你呢,多卖些杂货。等着吧,他还会给你招来一些顾客呢。"②卡帕为了获得物质财富,宁愿背弃自己多年的老朋友,使得莫里斯原本就不景气的小杂货店几乎陷入破产倒闭的境地。

　　莫里斯还遭受到反犹主义分子的冷漠、白眼和仇视,这是他生活在困境之中的又一个主要表征。犹太人在努力改变自己的生活状况,当非犹太人认为他们影响到自己的生活时,就会发生针对犹太人的暴力犯罪。弗兰克最初还在犹豫是否打劫,但一听说是要抢劫犹太人,他马上就决定铤而走险。沃德在抢劫时打伤莫里斯,还羞辱他:"你这个犹太佬撒谎……你这个犹太猪很坏,懂吗?"③莫里斯蒙受了经济上的损失,而且身体和精神上也受到了很大的伤害。非犹太人对犹太人持有蔑视和冷漠的态度。每天早上买面包的波兰妇女,艾达称她是"反犹分子",有的时候,她说自己要买一块"犹太面包",还有时,她脸上露出古怪的表情,对

---

　　① 美国的清教徒主张清廉度日,用法律手段约束贪酒之人。1920 年 1 月 17 日,美国宪法第 18 号修正案——禁酒法案正式生效。但是,禁酒令根本无法消除人们的欲望和需求,随之而来的是严重的社会问题。1933 年 12 月,美国国会通过第二十一条宪法修正案,取消禁酒令。

　　② 伯纳德·马拉默德:《店员》,杨仁敬、刘海平、王希苏译,第 10 页。

　　③ 同上书,第 26 ~ 27 页。

莫里斯说要买一瓶"犹太泡菜"。莫里斯在抢劫中被打伤之后,她没有表示丝毫的关心,只是用她那双圆溜溜的眼睛,紧盯着莫里斯头上的绷带,既不问他的伤势怎么样,也没有问他为什么一个星期不营业。在弗兰克的经营下,小店的生意大有起色,莫里斯后来弄明白了,那是因为自己是犹太人,非犹太人当然愿意与非犹太人打交道。非犹太人对犹太人毫不信任、小心防范。在这样的生活环境中,莫里斯感受到的只是压抑与桎梏,生活对他来说就是一种苦差,他感觉不到开心与快乐。

精神上的痛苦也使得莫里斯生活在困境之中。他为儿子的病逝而感到悲伤,也为不得不接受女儿的工资来养家,却不能供她上大学而感到难过。他的一生充满了苦难:他二十一年如一日耗费心思地去经营杂货店,生活却依然苦不堪言;他曾经被合伙人查理骗去 4 000 美元,后者用这笔钱,成功地开了一家大型超市;他还遭受到歹徒的抢劫和殴打,身患重病,又经历火灾、煤气中毒等一系列不幸的遭遇。莫里斯到过查理的超级市场,看见它规模那么大,非常吃惊。店里拥有许多货摊和柜台,货物琳琅满目,到处挤满了顾客。莫里斯并不忌妒查理的不义之财,但是他一想起如果自己多赚一点钱,海伦就可以多办点事,可以去上大学,他就更加懊悔自己一贫如洗。莫里斯觉得"生活乏味得很,世界越变越坏了,美国变得太复杂了。一个人算不了什么。这里杂货店太多了,不景气的日子太多了,这样那样的忧虑太多了。他逃到这里来做什么呢?"①看着周围犹太人生意上的成功,小杂货店的经营状况却没有好转,莫里斯不得不承认自己的失败。他从不贪恋别人的东西,自己却变得越来越穷。他工作越辛苦,似乎

---

① 伯纳德·马拉默德:《店员》,杨仁敬、刘海平、王希苏译,第 218 页。

所得的就越少。"这就是他的运气,别人的运气比他好。"①

　　对于《店员》中的许多犹太人来说,人与人之间的关系建立在物质利益需求的基础之上,人生的成败与否以占有的财富数量为衡量标准,而不考虑犹太伦理实践的意义。他们为了达到获得物质方面成功的目的,可以采取任何手段。在这种残酷的社会现实中,犹太人莫里斯没有土地,没有资本,也没有必要的物质资料,只能靠经营小本生意来艰难度日。他的小杂货店始终处在动荡不安之中,生意也越来越差。莫里斯为生活环境所迫,为了维持生计,苦苦挣扎。他的生活苦不堪言,始终无法摆脱悲惨的命运。许多评论家认为,马拉默德总是渲染苦难的价值。凯瑟琳·奥克肖恩就指出,"作为绝对显示人本性的方式,困境在马拉默德的作品中是强势的审美手段,令人忧伤的描述渲染一切"②。在奥克肖恩的观点中,对于马拉默德来说,困境书写具有美学价值。

　　小说的另一位主人公意大利人弗兰克也处于困境之中。他虽然不是犹太人,但是却与马拉默德笔下生活在苦难中的犹太人物非常相似,可以说磨难缠身,饱尝生活的艰辛。弗兰克刚生下来一星期,妈妈就死了。5岁那年,爸爸不辞而别,几年后听说也死了。弗兰克在孤儿院中长大,成年后生活漂泊不定,过着一贫如洗的日子。

　　弗兰克就像苦难的犹太人一样经历过许多挫折和不幸,这是他生活在困境中的一种表现。虽然弗兰克努力想办法,竭尽所能去争取,但总是遭遇失败的结局。后来,弗兰克干脆自暴自弃,开始过上了流浪的生活。他徘徊在贫民窟里,如果运气好的话,能找到别人家的地下室,就住在那里,他还在路边荒野睡过。他从

---

① 伯纳德·马拉默德:《店员》,杨仁敬、刘海平、王希苏译,第 27 页。
② Kathleen G. Ochshorn, *The Heart's Essential Landscape: Bernard Malamud's Hero*, p. 27.

垃圾箱里捡来被别人扔掉的食物吃,有时是连狗都不吃或者不能吃的东西。弗兰克本应该已经大学毕业了,但是当上大学的机会来临时,他却去做其他的事情。他从西部来到纽约,想要寻求更好的生活,但是最终却找不到任何工作,花光了所有的钱。他的衣服很薄,天气又冷,没地方睡觉,不得已躲进了莫里斯家的地下室。弗兰克这个人就是这样,总是白白地错过了良机,陷入尴尬的境地。正如他自己对莫里斯所说:

> 我也搞不清怎么回事。凡是我认为值得搞到的东西,迟早总是从我身边滑掉了。为了得到我所要的东西,我像牛马一样地卖力气。眼看就要捞到手时,我会做出某种蠢事来,那些笃定能捞到的东西,便在我的眼前化为泡影了。①

弗兰克生活在苦难之中,大部分的原因归咎于他自己的过错,他因此悔恨交加。

弗兰克想要通过暴力犯罪的方式来改变现有的生活,这是导致他陷入困境的一个主要原因。弗兰克穷困潦倒,还没有技能或者特长,但是他雄心很大,想要过上梦寐以求的物质方面的好生活。他有一个荒唐的想法,认为自己是个了不起的人物,这辈子要干一番不同寻常的大事业,注定可以过好日子。弗兰克把好莱坞影片中的黑帮人物看作"英雄",希望将来有一天自己也能够凭借暴力和犯罪的方式获得财富。他把拿破仑看作榜样,期望自己能够征服世界,成为称雄一世的强者。在不良风气的影响下,弗兰克还产生了一个令人震惊的想法,那就是他天生就是要去犯罪。"如果去犯罪,他就会改变自己的命运,做出惊险的事业,过

① 伯纳德·马拉默德:《店员》,杨仁敬、刘海平、王希苏译,第36页。

着王子般的生活。他策划着如何去抢、去打,不得已时,还搞暗杀。每种暴行都会满足他建立在别人痛苦上的发财的欲望,使他的命运大大地改变。"①弗兰克的这些想法致使他后来一错再错,最后卷入到抢劫案,身陷绝境之中。

弗兰克的内心充满欲望,这是他处于困境之中的又一个主要原因。弗兰克刚到小杂货店时,内心就被世俗的欲望占满了。每当莫里斯外出时,他就一个人看店。这时,他就开始大吃零食,想吃什么就吃什么。他认为,这种做法可以让自己感到一种奇妙的快乐。弗兰克不仅偷吃小店里的食品,还贪恋收款机里的钱,不时地从中偷拿。这种行为让他从中得到意想不到的乐趣。弗兰克对莫里斯的女儿海伦充满欲望的渴求,他觉得他们俩都很孤独、寂寞。他打算接近海伦,看见海伦晾晒的内衣之后,满脑子想的就是"她的大腿","她的小乳房"以及"罩在上面的粉红色奶罩"。弗兰克还偷看海伦洗澡,小说这样描述他当时的心态:"他看了又看,垂涎欲滴,就像一个饿了很久的人,目不转睛地望着丰盛的宴席,越看越觉得饿。但是,他越这样看她,越不能靠近她,她变成了一个可望而不可及的东西。"②弗兰克的贪欲使得他不断地偷钱,最终被莫里斯察觉,被赶出了小杂货店,失去了温暖的栖身之所。在欲望的驱使之下,弗兰克在救了海伦免受沃德的侮辱之后,强行与海伦发生了关系。本来他们之间的感情已经发展到非常和谐的地步,海伦打算告诉他自己是爱他的,弗兰克的淫欲之念致使他们之间的关系彻底决裂。

弗兰克的行为表明他在思想上似乎充满困惑与纠结,他也因此生活在困境之中。他与沃德一起抢劫莫里斯的杂货店,却在抢

① 伯纳德·马拉默德:《店员》,杨仁敬、刘海平、王希苏译,第96页。
② 同上书,第79页。

劫的过程中良心发现,给莫里斯倒水喝,并且拼命阻止沃德伤害莫里斯;他归还抢劫中分得的钱,却又因为生活贫苦而悄悄偷店里的钱;他偷看海伦洗澡,同时又深深地谴责自己的所作所为;他想过上想象中那种"有钱""有夜总会""有女人"的生活,却又敬慕圣方济各的生活方式;①他鄙视莫里斯这些犹太人遭受的苦难,同时又因为犯下的罪行,经历着和莫里斯同样的痛苦折磨;他想要成为好人,却有犯罪的冲动。在强行与海伦发生关系之后,弗兰克追悔莫及。看到海伦憔悴得如同凋谢的花朵,"他心中惭愧、悔恨和痛苦之感交织在一起。失去了她,他觉得受不了。昨天,那美好的东西几乎唾手可得;今天,一切都失去了,唯有留下那痛苦的回忆"②。这时,弗兰克没感觉到占了便宜,而是清醒地认识到已经失去了无比珍贵的爱情。他本应该能够得到海伦的全部情感,现在这一切都不属于自己了。弗兰克看到自己的行为给海伦造成的伤害,内心的痛苦无法形容。正如弗兰克本人所说的,他是一个好人,但总是做坏事。马拉默德曾经对弗兰克进行过评价,指出弗兰克是一个命运反复的人,不清楚自己想要什么,经常感情用事,来到莫里斯的店里就是希望能够挣脱命运的束缚。③弗兰克期望能过上一种全新的、讲道德的生活,但同时却总是毁掉自己的机遇,因此常常陷入困境之中。正如里奇曼所指出的,弗兰克的生活充满内疚,他努力逃离过去的宿命,但总是遭遇同样的经历和困惑。④

犹太人莫里斯期望能够在美国寻找到实现梦想的前程,但自

---

① 圣方济各(San Francescodi Assisi, 1182—1226),天主教方济各会和方济女休会的创始人。他出生于富裕的家庭,但却放弃财富,一生过着清贫和简朴的生活。

② 伯纳德·马拉默德:《店员》,杨仁敬、刘海平、王希苏译,第191页。

③ Philip Davis, *Bernard Malamud:A Writer's Life*, p.126.

④ Sidney Richman, *Bernard Malamud*, p.53.

始至终都无法摆脱贫困的阴影。他想当药剂师,却在艾达的说服下开了一家杂货店,而他的生意总是处于风雨飘摇的危机状态之中。很显然,社会大环境给他的心灵造成了伤害,也给他带来了巨大的压力。弗兰克最开始面对生活中的苦难时,并没有采取积极的应对方式。他不去找工作,过着四处流浪的生活,更糟糕的是他企图通过暴力犯罪的错误方式来缓解生活中的压力。在弗兰克看来,社会现实也是令人极度困惑的。

莫里斯在生活中遭受苦难,但却仍然持有犹太伦理价值观,不失犹太人做人的尊严。他具有忍耐力,不仅仅是困苦生活的承受者和受害者,还是善良诚实的人。他认为,人们即使面对苦难,也应该相互信任,坚守善良、仁爱等做人的原则。马拉默德通过莫里斯在纽约小杂货店的生活经历,阐释了其对犹太苦难生活境遇的界说,即在苦难中用"善行"来救赎自己。同时马拉默德也指出,更为重要的是犹太人还应该以其特有的坚定信仰去救赎非犹太人。这样,小说中犹太伦理价值观的基本内涵就被扩展了。犹太人遭受苦难不仅仅是为自己赎罪,而应被看作是人与人之间责任伦理的具体体现。正因为如此,欧文·豪把《店员》的吸引人之处归因于"含蓄的人文寓意""它引人深思"。[1]《店员》为美国文学"带来了一种心灵上的情感慰藉"[2]。

二、犹太伦理范式

莫里斯也羡慕现代社会的快速发展,他说:"现在呀,东西都装在罐子、瓶子或盒子里。就拿硬奶酪来说吧,几百年来都是用

---

[1] Kathleen G. Ochshorn, *The Heart's Essential Landscape: Bernard Malamud's Hero*, p. 29.

[2] Iska Alter, *The Good Man's Dilemma: Social Criticism in the Fiction of Bernard Malamud*, p. 2.

手切的,现在送来就是一片一片切好用玻璃纸包起来的。干这一行的,什么也不用学了。"①现代生活讲究速度与效率,但是也让人感觉空虚和浮躁。相比之下,莫里斯更留恋往昔的生活。他怀念自己小时候在田野里奔跑,下河玩水嬉戏的时光。实际上,那种生活注重人与人之间的真情交流,是犹太伦理范式的象征。

在人生观和价值观方面,莫里斯执着地坚守犹太伦理传统的信念。虽然生活在非犹太人居住区,而且周围的犹太人都已经取得经济上的成功,但是他仍然诚实规矩地经营杂货店,安于贫困残酷的现实生活。莫里斯所代表的犹太伦理范式具有一种吸引人的力量,人们都喜欢到他的店里来坐坐。卡帕开鞋铺时,就常常到莫里斯杂货店的后屋消磨时间。搬家后,他还时常来看莫里斯,尽管不太受欢迎。"不知道什么原因,卡帕倒是很想叫莫里斯喜欢他。"②最近四五年,原来的合伙人查理总来找他,跟他坐在后屋里,谈论他们年轻时的往事,莫里斯自己也不明白道理何在。卡帕和查理这些犹太人在摆脱经济上的贫困,获得成功之后,常常陷入精神上的迷惘和困惑,而只有在莫里斯这里才能找寻到安慰。莫里斯的顾客虽然常常去别的超市买更便宜的货品,但他们也总是不时地从他的小杂货店买点东西。也就是说,他们都认可莫里斯所代表的象征正义和仁爱的犹太伦理思想,意识到犹太伦理范式的救赎力量,都想从中寻找到心灵的慰藉。

马拉默德曾经指出,父辈身上的犹太伦理品质对他的创作产生了重要的影响。他说:"虽然我的父亲一直尽力养家,但他们还是过着贫苦的生活,在经济大萧条时期就更是如此,然而我从没

---

① 伯纳德·马拉默德:《店员》,杨仁敬、刘海平、王希苏译,第88页。
② 伯纳德·马拉默德:《店员》,杨仁敬、刘海平、王希苏译,第158页。

听到过(他们)称赞金钱的话语。"①在个体行为方面,莫里斯就是这样一个实践犹太伦理传统的完美典范。一方面,他以坚忍顽强的毅力面对遭受的苦难;同时,他也能以坚定的信仰在实践中阐释犹太伦理思想。在美国现代社会的大熔炉中,莫里斯依然保持与犹太伦理传统的紧密联系,并且从中寻求摆脱困境的精神力量。

犹太伦理传统中的"苦难观"是莫里斯在困境中寻求精神救赎的一个重要途径。在人类历史的进程中,犹太人经历过难以想象的苦难,遭受过难以言表的痛苦折磨,逐渐形成了特有的苦难意识。犹太伦理传统中的苦难主要有以下五种形式:一是对人的考验和挑战;二是人的过失或者自然过程中无法回避的方面;三是认为苦难是爱,可以产生更多的回报;四是苦难可以消除罪责,因为人不可避免地会犯下错误;五是承担对人们负责的重任。②犹太伦理思想认为,苦难是犹太人特殊的命运,提醒犹太人遵守与上帝之间的契约,是证明犹太人选民身份的一种方式。③ 也就是说,因为契约的存在,作为选民的犹太人不但没有任何特权,反而应该承担全世界的苦难,并且把苦难看作是使命、义务与责任。

莫里斯坚守犹太伦理传统中的苦难观,忍受生活中的痛苦境遇。马拉默德从多个角度描写了莫里斯的杂货店,但留给读者的

---

① Daniel Stern, "The Writer at Work", in Alan Cheuse and Nicholas Delbanco (eds.), *Talking Horse: Bernard Malamud on Life and Work*, p. 12.

② 周海金:《论犹太人的苦难观》,傅有德主编《犹太研究》(第7辑),山东大学出版社,2009年,第128页。

③ 《圣经·旧约》中记载了犹太人历史上的三次立约事件。第一次是大洪水之后,上帝通过诺亚与人类签订的第一份契约。上帝许诺不会再有洪水毁灭人类。第二次是上帝与犹太人始祖亚伯拉罕签订的。这份契约规定了双方享有的利益以及应尽的义务和责任。第三次发生在摩西带领犹太人逃离埃及之后,上帝在西奈山与全体犹太人订立了"摩西十诫",是犹太人集体许下的承诺。"选民"的概念是由契约观衍生出来的,意思是上帝挑选出来的民族。

却是一种基本相同的印象:压抑的氛围和绝望的感觉,如同坟墓一样。① 在马拉默德笔下,小杂货店和莫里斯是苦难的化身,具有深刻的含义。莫里斯曾经坦言,"人活着就要受苦。有些人受苦多些,并不是他们自己要的。不过我想,一个犹太人如果不是为法律而受苦,那他受苦也就没意义了。"②莫里斯与卡帕等人的成功形成了明显的对比,但是他却鄙视他们的谋生方式和价值观念。在莫里斯眼里,那种生意是同醉鬼做买卖,是利用他人的弱点来积累财富的一种手段。与这种发财致富的途径相比,莫里斯宁愿生活在苦难之中。莫里斯身上体现出一种能够忍受苦难的道德力量,认为"要作一个完善的人就要接受最痛苦的限制;那些逃避限制的人得到的只是虚幻的自我否定的自由"③。在莫里斯的观念中,苦难是上帝赋予犹太人最珍贵的礼物。犹太人不同于其他民族的特点就在于他们要经受苦难,这是犹太人与上帝之间的一种契约方式。

乔国强教授在《美国犹太文学》中曾经指出:

> "苦难"对犹太人而言,除了意味着必须忍受不幸之外,还承载着犹太人的责任和希望之重任,所以在马拉默德的作品里,"苦难"被发展为一种道德追求以及建立、完善自我必不可少的一个步骤。具体说,对马拉默德而言,"苦难"不但起着"救赎"的作用,而且还经常激起人们对未来的憧憬。④

---

① 小说中的第3、63、90、223 页多次提到小杂货店就像是一座坟墓。
② 伯纳德·马拉默德:《店员》,杨仁敬、刘海平、王希苏译,第132 页。
③ 欧阳基《马拉默德作品简析》,钱满素编《美国当代小说家论》,中国社会科学出版社,1987 年,第198 页。
④ 乔国强:《美国犹太文学》,第384 页。

在莫里斯看来,苦难不仅是惩罚人们犯下的过错,更是一种考验,犹太人应该以积极的方式面对生活中的苦难。所以,他在痛苦的境遇中既没有退缩,也没有落拓不羁、游戏人生。恰恰相反的是,他相信生活的价值和意义,把忍受痛苦和灾难看作是寻求救赎的一种手段,实现了道德上的净化。对于莫里斯来说,自己忍受苦难也是为了他为之遭受苦难的人能够获得救赎。当弗兰克追问莫里斯为谁受苦时,他从容地回答,"我为你受苦"。正如科亨所指出的:"以色列受难,是在代世界各民族受难,在上帝的神圣目的中,她的受难是与整个世界不可分割地联系在一起的。"①弗兰克发现了莫里斯身上体现的犹太伦理思想的可贵之处,最终完成了道德上的回归。

莫里斯在现实生活中实践犹太伦理传统中"爱邻如己和行善"的思想,这是他在困境中实现精神救赎的一个重要表现。"爱邻如己和行善"是犹太伦理传统的核心思想。在历史上,犹太人一直处于寄居的生活状态,受尽苦难和折磨,因此他们与寄居者有着同样的感受,并且由此产生了"爱邻如己和行善"的伦理思想。《圣经·旧约》中说:"若有外人在你们国中和你们同居,就不可欺负他。和你们同居的外人,你们要看他如本地人一样,并要爱他如己,因为你们在埃及地也作过寄居的。"②因为"邻人""与你一样",彼此之间没有丝毫差别,属于同一的,所以与他们在一起时"要离恶行善,寻求和睦"。③ 这里所说的"邻人"涉及所有人:亲人和外人,本族人和异族人,甚至包括敌人。犹太伦理思想认为爱邻如己、乐善好施是赢得上帝青睐的重要途径,所以主张

①　撒母耳·S. 科亨:《犹太教——一种生活之道》,徐新、张利伟等译,成都,四川人民出版社,2009 年,第 167 页。

②　《圣经》和合本(中英文对照本),《圣经·利未记》(19:33－34),第 197 页。

③　同上书,第 911 页。

犹太教信徒要远离恶行、帮助他人。

犹太伦理传统强调"我"与"邻人"是不可分离的,构成的是一个伦理统一体。著名犹太宗教哲学家利奥·拜克在其代表作《犹太教的本质》中指出:

> 我的邻人是别人但又不是别的"人",他与我不同但又相同,他与我相对独立但又相统一。所有那些构成了(人)的存在、地位与使命。渴望与欲求的东西区分开了他和我,而所有那些包含在存在、内容与形式、生命的根源与目标之中的东西使他的生命与我相通。他的生命的意义与价值跟我的不能分开。①

犹太人不仅作为个体,更重要的是作为群体中的一员而存在,而且个体有义务帮助别人。科亨也认为:

> 不论从自然的、理智的或传统的观点来看,对邻人的爱都是人类永恒的义务,这个义务优先于人类追求真理和科学探索的义务,甚至比智慧和尊崇神圣的《妥拉》珍贵得多……因为爱正是《妥拉》的规定和诫命,它不是外在于《妥拉》的,而是《妥拉》的一部分。②

也就是说,犹太伦理传统中"爱邻如己和行善"的诫命不是抽象的道德说教的层面,而是提出具体的行为规范在实际生活中付诸实

---

① 利奥·拜克:《犹太教的本质》,傅永军等译,济南,山东大学出版社,2002年,第166页。

② 撒母耳·S. 科亨:《犹太教——一种生活之道》,徐新、张利伟等译,第177页。

行,既包括给他人提供金钱和物质方面的资助,也包括精神与心理层面的支持。

莫里斯正是通过自己"爱邻如己和行善"的行为,诠释了犹太人如何在困境中实现精神救赎。莫里斯是犹太伦理传统的化身,在他身上仁爱、诚实、同情、责任感等犹太伦理品质表现得最为突出。在寒冷的天气里,即使是在身体极度虚弱的时候,每天早上6点一过他就起床,为的是能够让一个波兰妇女买到面包。莫里斯的生活捉襟见肘,入不敷出,到了濒临破产的境地,但却常常接济那些比他还困难的人。一个醉酒女人已经欠他许多钱,明明知道收不回欠款,他仍然把面包和黄油赊给了她的女儿。他为兜售灯泡的小贩泡柠檬茶,让他进屋休息取暖。他还曾经顶风冒雪跑了两条街,把一个意大利太太忘了拿走的五分硬币送还给她,因为他不想让那个可怜的女人着急。当时他没戴帽子,没穿大衣,也没穿套鞋护脚。莫里斯为人忠厚老实、心地善良、待人诚恳。他看重的不是小杂货店利润的多少,而是犹太伦理传统强调的为人的道德品质。

最难能可贵的是,无论是在生意往来还是在与他人交往中,莫里斯从不欺骗别人。弗兰克建议他采取一些骗人的花招,坑骗顾客来增加收入。莫里斯也知道骗人是容易的,但是他指出:"我为什么要揩顾客的油呢? 他们偷我的东西吗? 为人不做亏心事,半夜不怕鬼敲门。这可比偷五分钱要紧。"①曾经有一位波兰难民想要买下他生意冷清的杂货店,但当莫里斯得知他饱经磨难,辛苦劳作才积攒下一些钱时,便对他产生了同情,不忍心欺骗他,把小店正在走下坡路的事实如实相告。结果当然没有成交,要到手的钱没有了,可是莫里斯却感到很宽慰。在莫里斯的葬礼上,通

---

① 伯纳德·马拉默德:《店员》,杨仁敬、刘海平、王希苏译,第89页。

过对他一生的回忆,马拉默德更清楚地阐明了莫里斯所代表的犹太伦理品质:"他占有的少,给别人的多。他不是圣人。他有些缺点。他唯一真正的优点在于他善良的本性和对别人的同情心。至少,他明白什么是善的。"①

莫里斯在现实生活中遵循犹太伦理传统中的责任观念,这是他在困境中实现精神救赎的一个主要原因,也是弗兰克获得救赎的途径。对无休止的责任的认识是犹太伦理传统的主要组成部分。犹太伦理思想认为,个体作为人类社会的成员,在与其他人相处时相互影响,担负责任。人们应该承担对他人的责任,包括亲人,也涉及陌生人和敌人。正如埃马纽埃尔·勒维纳斯所说的:"你不仅仅是自由的,你通过自由成为共同负责的。你对所有的人负责。你的自由也是博爱的。对人们非所犯之错负责,对所有其他人负责。"②科亨也指出,"若我只为自己,那我成了什么?"③在犹太人的价值观念中,作为选民,他们并不具有任何特权,而只是承担着一定的责任和义务。上帝没有赋予选民专门的才能或者美德,而只是让他们承担一定的责任。

在莫里斯身上,犹太伦理传统提倡的责任感得到了完美的体现。莫里斯与弗兰克的生活和人生没有任何关联,也不需要承担任何义务和责任。可是,他仍然为弗兰克提供有效的帮助,照料弗兰克的生活起居。看到弗兰克穷困潦倒的样子,他就请弗兰克进小杂货店内喝咖啡,拿出面包和牛奶让他充饥。当莫里斯发现弗兰克无家可归,住在他家的地下室里时,他就努力说服妻子,让

---

① 伯纳德·马拉默德:《店员》,杨仁敬、刘海平、王希苏译,第243页。

② 埃马纽埃尔·勒维纳斯:《塔木德四讲》,关宝艳译,北京,商务印书馆,2002年,第122页。

③ 撒母耳·S.科亨:《犹太教——一种生活之道》,徐新、张利伟等译,第151页。

弗兰克睡在小杂货店的沙发上。在小店内的共同生活中,通过与弗兰克的聊天,莫里斯逐渐加深了对弗兰克的了解,更加同情和理解他的遭遇。弗兰克给莫里斯讲述自己辛酸的童年时代:他在孤儿院长大,后来的寄养家庭对他非常苛刻,他不得已离开了,从此过上了流浪的生活。莫里斯听到弗兰克悲惨的身世,被深深地打动了,眼睛里闪着泪花。小说是这样描写的:"眼圈湿湿的老头子(莫里斯)对他(弗兰克)那么关切……他(莫里斯)整个身心流露出对他的同情。"[①]在犹太伦理传统中责任观念的影响下,莫里斯对弗兰克怀着深深的怜爱之情。

拜克曾经指出,"人对人的无条件的责任在人对寄居者的责任的概念中获得了最清楚的理解,因为,在对寄居者的态度中,人性概念找到了最清楚的表达"[②]。莫里斯承担起对弗兰克的无条件的责任,原因就在于他与弗兰克同样都是寄居者,对弗兰克的困境感同身受。弗兰克在社会上找不到合适的工作,过着漂泊不定的生活,做事的结果总是什么也没得到。当弗兰克讲述这些经历时,莫里斯回答说他能够理解弗兰克的意思。犹太伦理传统中的责任观念使得莫里斯能够超越自己的苦难经历,去关注弗兰克的困境。小说这样描写莫里斯此时的心理活动:"我六十岁了,而他(弗兰克)说起话来倒跟我一个样。"[③]显而易见,莫里斯在弗兰克身上好像能看到自己的影子,他觉得自己应该帮助弗兰克,所以收留了弗兰克,为其提供食宿。之后,他还引领弗兰克走出精神困境。

莫里斯注重的不是犹太律法的教条,而是在社会生活中贯彻实行犹太伦理传统强调的善良、同情、仁爱、诚信、责任感等道德

---

① 伯纳德·马拉默德:《店员》,杨仁敬、刘海平、王希苏译,第87~88页。
② 利奥·拜克:《犹太教的本质》,傅永军等译,第174页。
③ 伯纳德·马拉默德:《店员》,杨仁敬、刘海平、王希苏译,第38页。

品质,真正实现了"爱邻如己与行善"的犹太伦理思想。也就是说,要做好事,要诚实,要善良,要有责任感。他一直恪守诚实守信的原则,友善地对待每一位顾客。他坚信做个犹太人需要有一副好心肠,而且对待所有人都应该如此,这样才能过上最美好的生活。实际上,这种道德实践的行为在本质上要远远超出律法中的教条内容。正如犹太拉比在莫里斯的葬礼上所说的:

> 他生活在犹太人的信仰之中——这一点他念念不忘。他有犹太人的良心……他忠于我们生活的精神:自己想要得到的东西,也希望别人能得到。他信奉上帝在西奈山上交给摩西带给人们的律法。他受苦,他忍受,但他抱着希望。①

在莫里斯的观念中,犹太律法就是托拉,尤其是强调做人原则以及与道德行为相关的部分。通过拉比的祷文,马拉默德完美地阐释了莫里斯所代表的犹太伦理范式。莫里斯的行为把犹太伦理传统的精神实质付诸实践,把其概念落在实际行动中,扩大了犹太伦理思想内含的深刻意蕴。

在病床上,莫里斯悲伤地回顾他的一生。他感到很遗憾,认为自己白白地消磨了时光。面对残酷的社会现实和其他犹太人取得的成功,莫里斯不得不承认自己是一个惨痛的失败者。但事实上,他并没有虚度年华,"马拉默德并不认为莫里斯是一个失败者。相反,他把其视为是一种力量、智慧以及善良的象征,一种道德的高度"②。莫里斯是犹太伦理传统的化身,他身上展现出来的道德力量足以在弗兰克内心产生振动,进行深入的思考。弗兰克

---

① 伯纳德·马拉默德:《店员》,杨仁敬、刘海平、王希苏译,第 242 页。
② 乔国强:《美国犹太文学》,第 388 页。

认识到了莫里斯的伟大之处，把他当成自己效仿的榜样。他从莫里斯身上汲取了犹太伦理传统的精华，继承了善良、仁爱、责任感等犹太品质，从而走出了精神上的困境。从这个意义上说，莫里斯并没有虚度一生，小说也因此具有深刻的伦理内涵。

弗兰克的价值观和人生观本来与莫里斯截然不同。莫里斯为人真诚、待人热情，具有仁爱之心。弗兰克则认为，人在生活中只需要对自己负责任。当初，他被发现睡在莫里斯家的地下室里，偷吃杂货店里的面包和牛奶。莫里斯问他，为什么不和自己要。弗兰克回答说："除了我自己，谁也没有义务来照顾我。"①在弗兰克的观念中，他人没有对自己负责的义务，自己陷入困境时也指望不上别人的帮助。

弗兰克一直处在善与恶的思想斗争之中，他的救赎之路复杂而曲折。开始时，弗兰克抵制不住外面世界的诱惑，在工作之余，喝酒、赌马、享受生活的乐趣。此时，他没能领悟犹太伦理思想的深层含义，把小杂货店视为棺材、监狱，生活在其中的莫里斯是因犯，没有自由。弗兰克利用莫里斯对自己的信任，偷店里的钱，而且认为自己偷钱理所应当，因为他给莫里斯一家带来了好运。如果没有他的经营，店里的生意不会好起来。同时，这些行为也使得弗兰克心里很痛苦。他从心里讨厌自己：

> 他不敢照镜子，害怕镜子会裂成两半，从墙上掉到水槽里；他神经很紧张，像一根绷紧的发条，发条一断，就会晕头转向转上一个礼拜。他经常突然对自己大发脾气。这是他生活中最难熬的日子。他不得不掩饰自己的真实情感，内心

---

① 伯纳德·马拉默德：《店员》，杨仁敬、刘海平、王希苏译，第53页。

很痛苦。①

弗兰克的救赎之路似乎充满了坎坷,想要改变很难。有时,他感到一阵冲动,想把自己的所作所为都倾吐出来,把这一切告诉海伦。他下定决心,要说出来。但是,这并不是一件简单容易的事情,他总是欲言又止。对于弗兰克来说,坦白的行为是一种冒险,所以他一拖再拖。

在街坊邻里的眼里,莫里斯的杂货店看起来像"一条又长又黑的地道","就像进了坟墓一样",是一个让人倒霉、不吉利的监牢。他们对弗兰克说:"假如你干上六个月,你这一辈子就要窝在这儿了。"②然而,马拉默德却将它视作莫里斯和弗兰克生活中不可缺少的重要部分,它见证了莫里斯和弗兰克如何在困境中完成精神上的救赎。一开始,弗兰克在小店里就感到心满意足。虽然每天从早上六点一直到晚上六点都在干活,但是他不遭受饥寒交迫之苦,晚上也不用睡在湿地上。他在这里得到了稳定和安全的感觉,在这儿生活他感到称心如意。最重要的是,弗兰克在这个小杂货店里不知不觉地受到了莫里斯的影响,不断地感受着他那根植于犹太伦理传统的犹太情感,最终理解了他身上折射出的高贵品质,自己的道德观点和价值取向发生了根本的转变。只有在莫里斯的身边,弗兰克才能走出困境,过上精神上富足的生活。

弗兰克在小杂货店中与莫里斯共同生活和劳动,亲眼见证了莫里斯如何在日常生活中坚守犹太伦理信仰、给予他人仁爱和宽容,从而加深了对犹太伦理传统的理解,最终实现了精神上的救赎。正如乔纳森·鲍姆巴赫所说:"《店员》的魅力之处,更多的还

---

① 伯纳德·马拉默德:《店员》,杨仁敬、刘海平、王希苏译,第90页。
② 同上书,第63页。

是在于马拉默德非凡地再现了杂货店内的生活。通过仪式化的处理,小店给人一种圣地的感觉,莫里斯的坟墓,弗兰克的修道院——救赎的教堂。"①在布鲁克林不景气的小杂货店里,马拉默德笔下的莫里斯是一个道德寓言,他为在困惑中挣扎的店员弗兰克给予了庇护和教诲。

被莫里斯赶出小杂货店之后,弗兰克内心经历了激烈的思想斗争,开始反省自己的行为。他深感悔恨,决定要为自己的所作所为负责。弗兰克产生了一个激动人心的想法,那就是要回到小店。莫里斯身上体现出的犹太伦理品质感化了弗兰克,他转变了自己的人生态度,勇敢地承担起对他人的责任。看到油漆匠家里贫穷的生活状况,他不再提起要收回所欠的钱款,还把自己最后剩下的三元钱给了生病的沃德。经历了众多的挫折和磨难,弗兰克在行为上越来越接近莫里斯。

在莫里斯的影响下,弗兰克认同犹太伦理传统中自制力和意志力的重要性,这是他寻求精神救赎的重要途径。小说开始时,弗兰克受到内心欲望和冲动的影响,把不负责任、没有自制力的生活看作是一种自由,但是结果却一事无成。正如他自己所说:

> 我一生都想干些有意义的事,干一件人们认为应该去干一干的事。但我没有干成。我太漂泊不定了,在一个地方呆上六个月,就觉得吃不消了。再说,我事事急于求成,太缺少耐性。我是说,该干的事我没干。结果呢,到一个地方去时两手空空,回来时还是两手空空。②

---

① Kathleen G. Ochshorn, *The Heart's Essential Landscape: Bernard Malamud's Hero*, pp. 28~29.

② 伯纳德·马拉默德:《店员》,杨仁敬、刘海平、王希苏译,第37页。

弗兰克最初打算利用美国社会的种种机遇,认为任何事情都能办到。他常常思索,不能把自己限制在一件事情上,可能能把别的事情做得更好,所以一直过着漂泊不定的生活。在莫里斯的引导下,弗兰克开始克制内心的欲望与冲动,心里一直想着一句话:"要约束自己。"小说中是样描写的:

> 他自己也觉得奇怪,为什么这句话使他这么感动? 为什么这句象(像)鼓棒敲在鼓面上,咚咚作响,声音在他脑海里久久回响。随着自我约束这个念头而来的是一种很美的感觉……想着,想着,他又产生了一丝悔恨之情,恨自己的人格长时期以来一直在堕落,而丝毫不思改悔。[1]

随着自制力和意志力的增强,弗兰克的价值观发生转变,由开始的强盗、小偷、强奸犯,变成了一个在行为举止上能够约束自己的人,一个具有高尚品德的人,从而实现了精神救赎。

在莫里斯的葬礼上,弗兰克听到了拉比的祷文和其他人的追述,更加深刻地理解了莫里斯所体现的犹太伦理思想。艾达和海伦母女俩孤苦无依,无法继续经营小杂货店,生活也没有着落。这时,弗兰克又一次回到小店。为了维持一家人的生活,他没日没夜地辛苦工作。这其中部分的原因是出于对海伦的爱,但更主要的还是在于莫里斯对他的感化。小说中写道:"如今他想改邪归正。她(海伦)要他做什么,他就做什么;假如她什么也不要他做,他也会做他应该做的事。他会心甘情愿地去做,用不着任何人驱使。他愿规规矩矩地去做,满怀激情地去做。"[2]弗兰克的人

---

[1] 伯纳德·马拉默德:《店员》,杨仁敬、刘海平、王希苏译,第66页。
[2] 同上书,第195页。

生观和价值观发生了巨大的转变,他整个人都发生了变化。

弗兰克担负起供养海伦母女的责任。他向海伦坦白了自己就是抢劫她父亲的人之一。他不再爬上通风井去偷看海伦洗澡了,也不再欺骗顾客了。他白天在小杂货店,晚上还到别的店里工作,赚钱来供海伦上大学,帮助她实现自己的梦想。实际上,这种生活与弗兰克以前想要过的那种"王子般的生活"有着天壤之别,但是他却觉得这种生活让自己感觉很充实。他对生活的理解不再是物质方面的富有,对海伦的爱情也不再是肉体上的占有,他现在要完成的是精神上的救赎。他对海伦说:"你该明白,我已经不是从前那个人了。你也许从我的外貌看不出来,如果你能看到我的内心,你会相信我是变了。你现在能信任我了,这一点我敢发誓。"①弗兰克的外貌没有发生很大的变化,但是他的内心却与从前大不相同。他决心改过自新,自愿为他人遭受苦难,承担责任,成为一个心中充满仁爱之人。海伦也认为他是变了:

> 人是有点怪,表面上看来还是老样子,其实内心已变了。他曾经是个下贱而龌龊的人,但由于他内心的某种东西——一种她无法解释的东西,也许是一种记忆吧,也许是一种他一度忘却而又记起来的理想——他就变成另一个人,一个跟以前截然不同的人。②

弗兰克不再是从前那个人了,成了一个好心肠的人,找到了生活中的真爱,他和海伦也将会有一个美好的未来。在莫里斯的影响

---

① 伯纳德·马拉默德:《店员》,杨仁敬、刘海平、王希苏译,第 209 页。
② 同上书,第 256 页。

下,弗兰克实现了心灵上和道德境界的升华。小杂货店最终没有卖出去,而是由弗兰克继承下来,成为店主。

表面看来,莫里斯和弗兰克都遭受过痛苦、失败和磨难。他们生活在禁锢和孤立之中,这种生活状况让人觉察不到任何鼓舞人心和意义深远的乐观精神。但是,马拉默德总是在作品中表明他对希望的信念。莫里斯和弗兰克都没有放弃对生活的希望。莫里斯在苦难之中挣扎,弗兰克也为自己的梦想奋争。他们努力寻求精神救赎,在这一过程中,犹太伦理传统发挥了至关重要的作用。

犹太伦理思想认为,真正幸福的生活不是物质方面的富有,不在于占有财富的多少,而在于坚守信仰,追求正义和善良。在遭受苦难时,莫里斯能够以坚强的毅力,用坚定的犹太伦理信念对待生活。通过实践犹太伦理传统中的苦难观,"爱邻如己和行善"的观念以及责任观,他不仅在困境中救赎自己,而且完成了对非犹太人弗兰克的救赎。弗兰克最终皈依了犹太教,成了一个有志气、有自制力的年轻人。马拉默德借此指出,美国犹太移民应该坚守犹太伦理传统,在救赎自己的同时,实现对非犹太人的救赎,这样犹太人才能在异域的文化社会中生活下去。

第二节 《基辅怨》中的犹太伦理困境与救赎

1966 年,马拉默德又出版了一部以犹太伦理思想为主的小说《基辅怨》。这部小说是马拉默德创作中期的代表作,获得了1967年的普利策奖和国家图书奖,是马拉默德创作技巧走向成熟的主要标志之一。小说发表之后,立刻赢得了评论界的一致好评。格兰维尔·希克斯认为,《基辅怨》是"战后最出色的小说之一"①。罗伯特·奥尔特指出,马拉默德在《基辅怨》中加入了历史因素,并且运用想象力,呈现犹太性的概念。他声称,这是一部结构严谨的小说,堪称是"马拉默德最有影响力的作品"②。查尔斯·塞缪尔斯认为,《基辅怨》构思精巧,对广阔的社会和政治场景进行了深刻的剖析,而且"小说的出版迎合了马拉默德的需求,驳斥了那些认为他创作领域狭窄的质疑"③。评论家们普遍认为,《基辅怨》中虚构性与真实事件之间的紧密联系,使其与马拉默德早期创作的作品大不相同。也就是说,在某种程度上,正是因为小说对社会现实中政治与历史题材的关注,才引起人们对马拉默德的极大兴趣,也为他赢得了大量的读者。

马拉默德曾经谈到过这部小说的创作目的。他表示,自己想要关注的是美国社会的不公正现象。20世纪五六十年代,美国黑人进行了大规模的争取民主权利的运动,身为少数族裔作家的马拉默德对此有切身的体会。他认为:"为上帝所降福的美国远非完美无缺,还得用斗争去争取正义和秩序,指出这一点,并非多余。"④马拉默德决定要创作以政治或者社会经历为题材的小说,表现"争取正义和秩序"的主题。他寻找相关的创作素材,回想起父亲讲述的梅纳海姆·门德尔·贝里斯(Menahem Mendel Beilis,1874—1934)事件。贝里斯是犹太人,生活在沙皇统治时期的俄国。1911年,他在基辅被警察秘密逮捕。他被指控谋杀基督教儿

---

① Granville Hicks, "One Man Who Stands for Six Million", Saturday Review, Vol. 49 No.10, Septermber 1966, p.37.

② Robert Alter, "Malamud as a Jewish Writer", *Commentary*, Vol. 42 No. 3, September 1966, p.76.

③ Charles Samuels, *In Malamud Holding*, Library of Congress, 1966, I 16. 2.

④ 崔道怡、朱伟等编:《"冰山"理论:对话与潜对话》,第151页。

童,用死者的鲜血,做逾越节①时吃的未发酵面包,从事犹太宗教仪式活动。两年半后,他被无罪释放。《基辅怨》的故事情节主要来源于这一案件。但是,马拉默德并没有独立地看待这一历史事件,而是在追忆的过程中,让主人公犹太人雅柯夫·鲍克经历了从犹太伦理意识缺失到回归犹太伦理传统的过程。他将这一事件与整个犹太民族的发展联系起来,从而使该部小说具有深刻的寓意。

最初,雅柯夫抱怨犹太人的苦难命运,认为它把所有不幸的事情都压在自己身上,使自己承受了反犹主义带来的一切迫害和痛苦。最终,他认识到每一个犹太人都要对犹太民族的利益负责,开始积极、主动、勇敢地同反犹主义斗争。雅柯夫逐渐意识到,对于犹太人来说最重要的东西就是犹太伦理传统,不承认自己的犹太人身份,也就意味着否定自己的"真实存在和历史"。小说中雅柯夫从身份危机中找寻民族发展的意义,回归犹太伦理传统,这个历程更像是一则关于犹太人生活经历的寓言。

一、犹太伦理意识的缺失

马拉默德在《基辅怨》中塑造了一个生活在苦难中的俄国犹太人形象。小说开篇就指出,雅柯夫习惯喝不放糖的茶。"这茶喝起来味是苦的。他便埋怨生活。"②雅柯夫是一个孤儿,生下来才十分钟,母亲就死了。他还不到一岁时,父亲就在赶路时被两个醉醺醺的俄国士兵开枪杀了。父母双亡,他在孤儿院里度过了

---

① 逾越节是犹太教的主要节日之一,通常在阳历的4月。根据《圣经·旧约》的记载,上帝指引以色列人出埃及,给埃及人第十个灾难。灭命的使者在击杀头生的孩子和牲畜时,"越过"了门上涂了羊血的希伯来人的家庭。犹太人的逾越节就是为了纪念祖先从埃及被救赎出来。

② 伯纳德·马拉默德:《基辅怨》,杨仁敬译,南京,江苏人民出版社,1984年,第3页。

苦难的童年。历尽艰辛长大成人后,他靠修理工的手艺,打零工度日,生活贫寒。与犹太姑娘拉伊莎结婚五年半,她不曾生育。他觉得没有脸见人,开始冷落她。后来,拉伊莎无法忍受他的冷漠,跟着在小旅馆遇到的一个犹太人私奔了。雅柯夫感到极其的羞耻和愤怒,于是决定出卖财产什物,离开犹太人聚居的小镇。他要摆脱犹太传统的束缚,到当时"俄国的耶路撒冷"基辅寻求机遇。

许多评论家认为,马拉默德在《基辅怨》中将受苦受难的犹太小人物作为叙述的对象,这部小说因此可以被认为是"受害者小说",哈罗德·菲什指出"'替罪羊'就是雅柯夫在犹太社区和俄国社会中扮演的角色"①。菲利普·罗斯也曾经评述过雅柯夫的苦难经历。他认为,马拉默德对苦难的描述过于详细,未免有些残忍。他指出,在他所知道的严肃作家的作品中,还没有一部小说如此详细、如此长篇幅地记录一个人所遭受的残暴迫害和欺压侮辱,也从来没有一位作家,用一整部小说来刻画残酷的压迫者如何欺辱一个毫无反抗能力的清白之人。② 实际上,马拉默德的目的在于通过详细描述雅柯夫遭受的苦难,揭示他内心伦理观发生的转变,关注他获得新生的历程。

马拉默德笔下的雅柯夫,试图在反犹主义猖獗的动荡世界中找到生活的立足点。经历生活的艰辛、婚姻的失败后,他决定要抛弃犹太人身份,冒充俄国人,融入主流社会之中。雅柯夫生活在沙皇统治时期的俄国,身处在双重社会文化结构中:在他的思想意识中,以犹太文化和传统为主导的犹太伦理意识依然占据着

① Harold Fisch, "Biblical Archetypes in 'The Fixer'", in *Bernard Malamud in Memoriam: Studies in Jewish American Literature*, p.162.

② Philip Roth, "Imaging Jews", in *Reading Myself and Others*, New York: Farrar, Straus and Girousx, Inc., 1975, p.235.

重要位置;同时,几百年来俄国人形成的对犹太人的认知态度、俄国当时的政治与经济状况等因素,对他确立自己的文化身份也产生重要的影响。正如王宁教授所说:"一个人的民族和文化身份完全有可能是双重的甚至是多重的"①。这是因为,文化身份一方面"诉诸文学和文化研究中的民族本质特征和带有民族印迹的文化本质特征"②;另一方面,文化身份也带有特定社会中"文化认同"的特征。雅柯夫在犹太文化这一内在因素和俄国文化外部影响力的控制下,便具有双重文化身份:犹太身份和俄国身份。当文化身份与犹太个体之间保持统一性的关系时,犹太人就有了确定的身份,就会产生身份认同的安全感;而当占主导地位的文化对犹太文化持敌视态度时,犹太人就会产生身份认同的危机。在反犹主义势力的压迫下,雅柯夫不确定自己的身份,为自己的身份而苦恼。他身上的犹太伦理意识呈现缺失的态势,他也一直生活在压力、危机、苦闷和困惑之中,这在几个方面有所体现。

　　雅柯夫不愿意承认自己的犹太人身份,马拉默德借这一事实说明,这是他犹太伦理意识缺失的重要表征。一般说来,具有犹太伦理意识的人,应该是一个有深厚犹太情结、努力维持自己的犹太身份、积极思考犹太身份价值的人。小说中的雅柯夫却并非如此。在小说的开头几章,马拉默德强调的就是雅柯夫如何否定自己的犹太身份。妻子跑掉后,他刮掉了象征犹太人的微微发红的短胡须。斯莫尔③因此警告他,认为他不像自己的祖先了。还有不止一个犹太人奚落他,说他看起来不像个犹太人。可这些人

---

　　① 王宁:《流散文学与文化身份认同》,载《社会科学》,2006 年第 11 期,第 176 页。

　　② 王宁:《文化研究的历史与现状:西方与中国》,载《文化研究》(第 1 辑),天津社会科学院出版社,2000 年,第 73 页。

　　③ 小说中雅柯夫的岳父。

的话既没给他带来痛苦,也没给他带来欢乐。从小说的细节描写中可以看出,雅柯夫并不在意犹太人的身份。

犹太人理应保持犹太人的本分,应该心存上帝。对于笃信上帝的犹太人来说,犹太教的教义和教规渗透在他们的日常生活中。犹太律法规定,犹太人不能放弃自己的犹太人身份。犹太人理当谨记"摩西十诫",严格遵守与上帝定下的盟约。但是雅柯夫离家之时,却故意遗忘掉绣有"十诫"字样的布包。布包里面装有犹太人祈祷时用的"记载犹太经句的羊皮纸的经匣,还有一条教徒的头巾和一本《圣经》"①。从雅柯夫的行为中,我们不难看出,他潜意识地希望自己能够彻底摆脱犹太人身份。这样,他可以开始追求一种全新的生活。在他的观念中,犹太人身份是件不光彩的事,所以他竭尽全力地想要回避、甚至忘掉自己的犹太身份。

雅柯夫已经下决心脱离犹太人社区,融入以基督徒为主的主流社会生活之中。第聂伯河是一条界河,它把犹太小镇和基辅分隔开来。河这边的犹太小镇看重的是犹太伦理传统,河对岸的基辅则是以基督徒为主的异教世界。雅柯夫急于过河,于是他将从斯莫尔那里换来的老马抵给船夫做摆渡费,上了渡船过河。老马给拴在河岸上,眼巴巴地看着他们离开。这匹老马也是犹太伦理传统的象征,正如作者马拉默德所说:"它像个犹太老人。"②雅柯夫将代表犹太传统的老马留在犹太小镇,意味着他放弃了小镇和老马所象征的犹太传统。船夫是个基督徒,他对犹太人进行了恶毒的攻击。他还依照基督徒的方式,在胸前画了个十字。雅柯夫害怕暴露自己犹太人的身份,不得不跟着船夫画个十字。这时,"他袋子里的《圣经》扑通一声掉进了第聂伯河,像铅块一样往下

---

① 斯莫尔发现后,提醒雅柯夫带上布包。这里的《圣经》指的是《希伯来圣经》。
② 伯纳德·马拉默德:《基辅怨》,杨仁敬译,第25页。

沉"①。雅柯夫抛弃了在犹太教教义中占据核心地位的《希伯来圣经》。他拒绝犹太人的身份，希望能有一个全新的俄国化的自我，从而成为一个真正的俄国人。

雅柯夫不但义无反顾地离开了犹太小镇，而且对基辅的犹太人居住区也充满了怨言。他抱怨说："犹太人住宅区几百年来还是老样子，住房拥挤不堪，臭气冲天。它世袭的财产就是精神财富。"②他觉得自己要有点出息，要做出选择。他要离开了无生机的犹太人住宅区，投身到基辅的繁华生活中去。于是，他乘没人注意时，走出犹太人居住区。雅柯夫急于摆脱现状，他与犹太信仰和犹太伦理传统之间的距离已经越来越远。

在沙皇统治时期的俄国，犹太人一直被视为劣等人。犹太人的社会和政治地位低下，他们受法令的限制，只能在犹太人居住区活动。雅柯夫在基辅获得了收入颇丰的新工作。为了尽快摆脱窘困的生活状况，融入主流社会，他大胆地决定继续隐瞒自己的身份，在非犹太人居住区安身下来。雅柯夫所处的时代，俄国正处在"俄日战争"之后的黑暗统治时期。民众经常举行大规模的罢工和暴动，表达对政府当局的不满和愤怒。沙俄政府无法掌控局势，也没有有效的方法来排解民众的不满。犹太人就被当成最合适的目标，来转嫁当时的社会危机。犹太人一旦冒犯俄国人，将会给整个民族带来灾难。

在这种复杂的社会状况下，生活在非犹太人居住区的雅柯夫对自己进行了全方位的改造，抛弃了所有犹太人的特征。他放弃了典型的犹太姓氏，改了一个更具有俄国特色的名字，雅柯夫·伊凡诺维奇·多罗古雪夫。姓名对于犹太人来说，不仅仅是一种

---

① 伯纳德·马拉默德：《基辅怨》，杨仁敬译，第27页。
② 同上书，第30页。

符号,更象征着一种文化身份。正如摩迪凯·开普兰所说:"一个人所起的名字本身就带有文化上的含义和联想,并因此而把这个人划入了一种特定的文明之中。"①雅柯夫放弃祖辈的姓氏,这意味着他力图抛弃犹太身份,把自己归入俄国文化之中。同时,他还利用一切场合努力学习和使用俄语,做了许多俄语语法练习并且大声朗读。他改变自己的穿着打扮,努力使自己看上去与俄国人没什么两样。雅柯夫尽力改变自己的一些外在特征,例如姓名、语言、服饰、言谈举止等等。他的目的是获得居住地主流文化的认同,融入主流生活之中。马拉默德这样描写雅柯夫当时的想法,"他觉得自己隐名匿姓,穿着俄罗斯人的大衣,戴上俄罗斯人的帽子,人家认不出来"②。他尽量使自己的生活方式与当地俄国人的文化习俗相适应,避免引起他们的仇视。海尔特曼曾经指出:"在小说的前三分之一部分,雅柯夫挖空心思想要除去自己的犹太身份。"③雅柯夫不愿意和犹太人扯上关系,几乎与犹太传统断绝联系。

雅柯夫竭心尽力想要忘却自己的犹太血统。他努力使他人认可自己的假身份,他想通过这种身份,过上自己梦想的新生活。他对新生活有着美好的向往,"现在,我要去基辅试试。如果我在那里能过着像样的生活,那就是我奋斗的目的。如果不行,我会做出牺牲,积点钱,到阿姆斯特丹坐船去美国。总而言之,我本钱不多,但我有许多打算"④。雅柯夫主动放弃自己的犹太身份。在别人看来,这些都是生活中一些无所谓的小事情。但是,对犹太

①　摩迪凯·开普兰:《犹太教:一种文明》,黄福武,张立改译,济南,山东大学出版社,2002 年,第 512 页。
②　伯纳德·马拉默德:《基辅怨》,杨仁敬译,第 30 页。
③　Jeffrey Helterman, *Understanding Bernard Malamud*, p.67.
④　伯纳德·马拉默德:《基辅怨》,杨仁敬译,第 11 页。

人来说,却是一种抛弃灵魂的行为。雅柯夫在为异教徒工作的过程中,就经历了痛苦而恐惧的精神历程。他的内心情感也是复杂多变的。马拉默德对他此刻的心理变化进行了生动细致的描写:"快点去把那份差事干完,把钱拿回来。等你把钱装进口袋了,就永远离开那个地方,永远忘掉它。这毕竟只是个差事,我并没有出卖自己的灵魂。我干完了就洗洗手走了。"①雅柯夫一心想参与到主流社会的生活中去,"看起来不像一个犹太人"让他感到很满意。但是,他不但没有过上自己期望的生活,反而在精神上陷入更加困苦的境地。最后,他终于认识到,自己曾经愚蠢地冒充他人,希望通过这种方式创造机遇,过上美好的生活,但是结果却恰恰相反。他意识到,那是个错误的机遇,他为此付出了巨大的代价。

雅柯夫对犹太教信仰产生动摇,这是他犹太伦理意识缺失的一个重要表现。犹太教信仰与犹太人发展的历史紧密地联系在一起。众所周知,犹太人在历史上经历过不堪回首的苦难,遭受过无法承受的痛苦折磨。公元前586年,犹太人的第一圣殿遭到毁灭。在这场灾难中,犹太人沦为了"巴比伦之囚"②。公元70年,罗马军队攻陷耶路撒冷,犹太人的第二圣殿被毁掉了。他们在反抗中遭到了失败,大约有一百五十万人遇害。特别需要指出的是,在现代社会,欧洲犹太人同样痛苦不堪。许多国家推行反犹主义政策,犹太人经常遭受各种诬陷,甚至是泯灭人性的杀害。第二次世界大战期间,德国纳粹对犹太人进行了惨绝人寰的种族清洗,直接导致了六百多万犹太人被屠杀。

---

① 伯纳德·马拉默德:《基辅怨》,杨仁敬译,第38~39页。
② 公元前597年至公元前538年期间,新巴比伦王国国王尼布甲尼撒二世曾经两次攻陷耶路撒冷。大批犹太民众、工匠、祭司和王室成员被掳往巴比伦,这些人被称为巴比伦之囚。

尽管灾难和屈辱始终伴随着犹太人,但是犹太人并没有畏惧不前。连续不断的集体迫害和大屠杀并没有使他们的意志发生动摇,他们仍然顽强地屹立于世界。苦难中的犹太人之所以能够生活下来,因为他们的精神支持和力量来源就是犹太教信仰。正如拜克所说:

> 虽然犹太教经历过难以言说的苦难,看到过它的信众遭受极度痛苦的折磨,它决未泯灭对人的爱、对敌人的爱。恰恰在最令人恐怖的时期,犹太教最强有力地表明了它对人的爱。在受迫害最剧烈的时期,犹太伦理学著作流行,而它们的作者确信除了自己的宗教同胞决不会有人去读这些书。[1]

犹太人恪守犹太教教义的法规和戒律,传承犹太伦理思想中的道德观念和行为准则,并且通过这些标准来规范人的行为。犹太民族之所以具有强大的生命力,犹太人之所以能够凝心聚力,与犹太教信仰是密不可分的。而且犹太教思想与现实生活紧密相连,并且不断做出调整,以适应时代发展的需要。在当今社会,犹太伦理道德标准仍然发挥着至关重要的现实作用。

犹太人有着非常坚定的犹太教信仰。犹太人理解先知们说的话,认为上帝之言对他们来说是一种真正的启示。"雅各家、以色列家一切余剩的,要听我言:'你们自从生下,就蒙我保抱;自从出胎,便蒙我怀抱。直到你们年老,我仍这样;直到你们发白,我仍怀抱。我已造作,也必怀抱,我必怀抱,也必拯救。'"[2]犹太人坚

---

① 利奥·拜克:《犹太教的本质》,傅永军等译,第189页。
② 《圣经》和合本(中英文对照本),《圣经·以赛亚书》(46:3),第1185页。

决履行伦理一神教的思想。此外,犹太教的经典"摩西十诫"①、《托拉》,以及犹太教的法典《塔木德》等也使得犹太人的信仰不断得到强化。犹太人自始至终都认为,他们肩负着特选子民的重任。他们把生活中的种种苦难看作是上帝的考验,是达到迦南②要付出的代价。"'上帝宠幸以色列人,为此他给了他们一部丰富的《托拉》和众多的戒律。'它们以永葆生机的信条努力使人超越卑微和平庸,指示给他神圣的理想,唤醒他内心热切而又欢欣的觉悟,使他永远站在上帝的面前。"③犹太人还特别强调,应该把伦理思想融入典籍之中。正如塞缪尔·科亨所说:

> 犹太教以其伦理一神教的特征将道德和宗教这两者不可分割地结合在一起……犹太教的基础是犹太伦理……反过来证明了犹太伦理的基础是犹太教……从纯伦理的角度出发,犹太教可以被视为是一种道德传统,但其本质超越了道德。④

犹太教坚持不懈地谆谆教育年轻一代,在他们身上反复灌输犹太人的信仰和传统习俗。因此,衡量犹太人犹太教信仰的重要依据,就是看他是否了解犹太教信仰,是否在日常生活中贯彻犹太伦理价值观念,并且能够从中有所启发、有所领悟。

雅柯夫为了追求自由和幸福的生活,对犹太教信仰产生了动

---

① 居住在埃及的犹太人在摩西的带领下返回故乡。摩西在西奈山下祈祷,请求耶和华为他和族人指明道路。于是,一只看不见的手——上帝之手——在西奈山的峭壁上刻出了十条戒律,被称为"摩西十诫"。"摩西十诫"既是犹太律法的基础,也是犹太教伦理的纲领,犹太人生活的根基。

② 迦南是犹太人心目中的圣地,被视为是"流着奶和蜜"的地方。

③ 利奥·拜克:《犹太教的本质》,傅永军等译,第231页。

④ 撒母耳·S. 科亨:《犹太教——一种生活之道》,徐新、张利伟等译,第81~82页。

摇。他长期生活在苦难之中,对犹太教和犹太人心目中的上帝从信仰到失望,再到最后的绝望。他把犹太教信仰看作是一种束缚,对仁慈的上帝提出强烈质疑。他说:

> 异教徒总是不信这个上帝,去信另一个上帝,可两者我都不要。我们住在一个世界上,时钟滴答滴答地走着,而上帝却住在没有时间限制的山上遥望着太空。他看不到我们,而且对我们漠不关心。今天我要的是一份面包,而不是上天堂去。①

雅柯夫承认,自己并不十分了解犹太教的教义。关于犹太律法,他懂得不多,犹太法典,他知道得更少。他说,自己只阅读从书店买的一本便宜的《斯宾诺莎的一生》、一本简短的彼得大帝的传记以及一篇关于血腥镇压犹太人的故事。在他看来,与斯宾诺莎的思想相比,犹太律法和法典不是很重要。雅柯夫对犹太伦理思想予以坚决的否定。他认为,世俗的俄国才是最重要的,因为这至少可以让他心存希望,摆脱窘困的生活境遇。正如埃德温·艾格所说:“他(雅柯夫)认为,即使上帝存在,在阅读了斯宾诺莎的著作后,上帝也会消失,变成一种抽象的概念。”②雅柯夫摈弃了犹太教信仰的上帝和犹太伦理意识,他自认为是一位现代的自由思想者。

雅柯夫希望脱离犹太历史,能够拥有非犹太人的自由。他说:“我跟历史有关,又跟历史无关,从某个角度来看,我脱离了历史,它从我身边消逝。这究竟是好呢,还是我性格上缺乏什么?

---

① 伯纳德·马拉默德:《基辅怨》,杨仁敬译,第16页。
② Edwin M. Eigner, “The Loathly Ladies”, in Leslie A. Field & J. W. Field (eds.), *Bernard Malamud and the Critics*, 1970, p.100.

这个问题提得好！当然是缺乏什么,可是我有什么办法呢？"[1]他的内心发生了变化,在情感理念、思想信仰和价值观等方面放弃了犹太教信仰。他仿效斯宾诺莎,走出犹太小镇,目的是摆脱犹太传统的束缚,拥有自由。雅柯夫认为,自己不是一个"政治人物",不是一个"教徒",而是一个"自由思想的人"。

雅柯夫试图通过寻求自由,找到一个新世界,从生活的困境中解脱出来。但是,他寻求自由的结果却是以被逮捕、关进监狱、遭受更多的苦难作为结局。他在背离犹太教信仰的过程中,身体和精神上遭受了更加痛苦的折磨。马拉默德借此阐明了自己的观点:对犹太人来说,不管生活境遇多么恶劣,他们必须坚持犹太教信仰;抛弃犹太伦理原则,完全同化的生活是背叛犹太人的历史,这将会使犹太人永远生活在"流散"的困境中;只有犹太伦理传统才能让他们摆脱生活困境,获得道德救赎。

雅柯夫对传统的犹太家庭伦理思想没有全部接受,这是他犹太伦理意识缺失的又一个重要标志。从犹太历史和犹太教的教义来看,犹太人十分重视家庭关系。传统的犹太人一直把家庭视为是神圣的。他们认为,所有的家庭都是在神的旨意下结合起来的。正如科亨所说:"犹太人的家庭不仅建立在经济和生理等的考虑上,而且建立在宗教的基础上。'离开了女人,男人就无法生存;离开了男人,女人也无法生存;如果没有舍金纳[2],男女都无法生存。'"[3]婚姻关系的"神圣化"是犹太家庭伦理观的主要特点之一。在犹太人的观念中,"婚姻不仅必须建立在生理本能的基础上,还必须建立在诸如渴望伴侣、感情及爱之类的心理因素的基

---

① 伯纳德·马拉默德:《基辅怨》,杨仁敬译,第58页。
② 舍金纳(Shekinah)的意思是(犹太教的)神的显现,原意是指神显现时可以看见的光芒四射的云。
③ 撒母耳·S.科亨:《犹太教——一种生活之道》,徐新、张利伟等译,第35页。

础上……婚姻关系被称为神圣的盟约"①。可见,犹太人十分珍视
家庭和婚姻生活,犹太人竭尽全力维护家庭和婚姻的完整和
幸福。

家庭是犹太人生活的基础,家庭的稳定也是维护犹太社团安
定的一个重要因素。在犹太民族发展的历史进程中,犹太人始终
保持着四种信仰,维护家庭生活的凝聚力是其中最为重要的一
条。② 在世界上所有的民族中,犹太人最重视家庭生活和亲情关
系。犹太人坚信,幸福美满的家庭是神圣的、至高无上的。夫妻
双方都不应该做出一些破坏家庭幸福的事情,更不主张离婚。他
们在婚姻关系中处于对等的地位,应该学会"换位思考",也就是
要以对方的角度和立场,去考虑对方的感受。只有相互理解和尊
重,才能消除婚姻生活中以个体为中心的倾向,建立起和谐幸福
的夫妻关系。正如科亨所说:

> 犹太教既谴责纵欲主义,也谴责病态的禁欲主义,它并
> 不认为性本能是一种恶……由于性本能是种族生存和繁衍
> 的自然手段,它得到了《托拉》的祝福。婚姻不应被看作是对
> 肉体的纯粹认可,而应被看作是由神确定的制度……尽管婚
> 姻的首要目的是繁衍后代,但性满足也同样被视为婚姻的目
> 的之一。妇女并不仅仅是生儿育女者,还是一个性伙伴……
> 夫妻关系必须以通情达理、深思熟虑为其特征。③

---

① 撒母耳·S.科亨:《犹太教——一种生活之道》,徐新、张利伟等译,第134页。
② 其他三种信仰分别为对自身宗教传统的忠诚、弥赛亚信仰和犹太人必须完成
的使命之热忱。参见李萍《东方伦理思想简史》,北京,中国人民大学出版社,1998年,
第377页。
③ 撒母耳·S.科亨:《犹太教——一种生活之道》,徐新、张利伟等译,第133~134页。

换句话说,犹太教坚信,组建家庭和婚姻关系的先决条件,源自于男女双方各自生理方面的自然需求,以及对家庭和爱情生活的渴望。夫妻的结合应该是以爱、以心灵的自由释放为基础。

雅柯夫在处理自己的家庭和婚姻问题时,完全背离了犹太伦理传统。就像斯莫尔所指出的,他对待妻子总是缺乏慈悲。雅柯夫选择与拉伊莎结婚,因为他认为自己需要找个老婆,而拉伊莎需要找个丈夫。他相信,建立家庭就能够让他过上稳定的生活。实际上,稳定的家庭生活的实现,关键还在于夫妻双方"相互对等"和"相互信任"的关系。雅柯夫与拉伊莎结婚多年,也没能生育孩子。他对此大为不满,于是不再理睬妻子,开始研读并且迷上了斯宾诺莎的作品。他说:"我开始多读点书。我这里搞几本,那里弄几本,有几本是偷的。我在油灯下读着。好几回我读书后便在厨房的凳子上睡着了。我读斯宾诺莎的书时,连续几个晚上开夜车。"①后来,他就睡在厨房里,与妻子过着分居的生活。在家庭生活中,夫妻是彼此的伴侣。他们之间的关系应该亲密无间,相互关心,相互体贴,共同承担苦难。丈夫需要敬重自己的妻子,"因为这样你才能丰富自己。男人要时刻给予妻子应得的尊敬,因为家中的一切幸福都有赖于妻子。"②但是,雅柯夫所做的一切,都是以自我的需求为中心。他不顾妻子的感受,不考虑自己的做法是否会伤害她的感情,是否会对家人造成严重的影响。他的所作所为完全违背犹太伦理原则。

在犹太家庭伦理意识中,承担责任是非常重要的。犹太伦理观认为,一个人尤其要对自己的家人负责,而且每个家庭成员都有自己的责任和义务。斯莫尔代表的是传统犹太人的观点。他

---

① 伯纳德·马拉默德:《基辅怨》,杨仁敬译,第 202 页。
② 亚伯拉罕·科恩:《大众塔木德》,盖逊译,济南,山东大学出版社,1998 年,第 187 页。

无法理解雅柯夫的行为，坚持认为雅柯夫应该对妻子和家庭负责。他指出，拉伊莎做了雅柯夫多年的贤妻。每次雅柯夫遇到了不幸，拉伊莎都为他分担了。然而，雅柯夫却回避自己对妻子、对岳父、对家庭的责任。他将家庭视为限制自己自由的刑具，束缚自己生活的枷锁。他要努力摆脱窘迫的生活现状，同麻烦的家庭相脱离。雅柯夫疏离了妻子，这表明他有意摆脱犹太家庭伦理观对自己的约束，犹太传统珍视的家庭亲情关系也随之被割断。

《基辅怨》中，雅柯夫无法理解岳父，没能处理好与岳父之间的"父子关系"，这是他犹太伦理意识缺失的一个重要方面。雅柯夫与斯莫尔之间没有血缘关系，但是斯莫尔一直与雅柯夫夫妇生活在一起。在某种程度上，他充任了雅柯夫精神上的父亲。"父子关系"是犹太教的主要根基之一，犹太人依靠这种联系。犹太教认为，父亲是家族的领袖，家庭继承按照父权秩序来进行。《圣经·旧约》中，耶和华就曾经对摩西说："你晓谕以色列人，从他们手下取杖，每支派一根。从他们所有的首领，按着支派，共取十二根。"[1]在犹太人的观念中，父亲常常是一家之长，是犹太传统的代表，身负传承犹太文化的重任。父亲往往是某种权威、规章律令和价值标准的代表者。他们可以对子女下达命令，可以斥责子女犯下的错误和过失。对于子女来说，他们对父亲的权威常常抱有崇尚的心态。在他们心中，父亲就如同上帝一样无所不能。这是一种"没有祖先崇拜情况下的上帝崇拜，使上帝崇拜同父亲崇拜相联系"[2]。犹太人推崇父亲的权威，需要这种权威让他们崇拜、归顺，并且统治他们。同时，由于子女受到种种规章律令和价值标准的制约，他们常常感到自我价值很难实现，感觉不自由。结

---

① 《圣经》和合本（中英文对照本），《圣经·民数记》(17:2)，第250页。
② 犹太教是一种一神论宗教，认为神只有上帝一个，坚决抵制对偶像的崇拜。参见顾晓鸣《犹太——充满"悖论"的文化》，杭州，浙江人民出版社，1990年，第15页。

果,父子间的冲突很难避免。正如查理·伯特曼所说:"在犹太人中间也存在着,并且始终存在着各代人之间的冲突。"①

自从《圣经·旧约》中的亚当因为违背天父耶和华的命令,偷吃禁果而被赶出伊甸园开始,犹太文学中对父子间矛盾和冲突的描述举不胜举,甚至已经成为一种创作母题,被许多作家广为使用。《基辅怨》中,雅柯夫与岳父斯莫尔之间就存在着分歧和异议。首先,他们在外貌上就有着巨大的差异。斯莫尔是个虔诚的犹太教徒,这从他的装束上就可以看出来:

> 头上戴着那顶硬帽子,是他从附近的小镇的垃圾桶里拣来的,一淌汗就粘在头上。但是,作为一个教徒,他并不在乎。此外,他还穿着摞满补丁的长袍,一双干瘪的手从长袍里露出来。他的鞋子很肥大。他没有靴子,跑路穿这个,到处流窜也穿的这个。②

与斯莫尔不同,雅柯夫则以迥然不同的形象展现在读者面前。他是个"瘦瘦高高的忐忑不安的人。他穿着松散的衣服,带着尖尖的帽子。他的耳朵大大的,双手又脏又硬,肩膀宽宽的,满面愁容,灰色的眼睛有点闪闪亮,头发是棕色的,鼻子有时像犹太人的鼻子,有时却不像"③。他在外表上已经看不出犹太人所具有的特点。

雅柯夫和斯莫尔生活在犹太人聚居的小镇上,但是对他们来说,相同的生活环境却产生了大不相同的感受。雅柯夫将小镇形容为坟墓一样的地方。他说:"犹太人住的小镇是个监狱,从克梅

---

① 查理·伯特曼:《犹太人》,冯玮译,上海三联书店,1992年,第16页。
② 伯纳德·马拉默德:《基辅怨》,杨仁敬译,第3页。
③ 同上书,第7页。

尔尼特斯基时代到现在,什么变化也没有。这个小镇衰落了,犹太人也在小镇里衰落了。这里,我们全是囚犯……我最后决定,到别的地方碰碰运气。"①犹太小镇象征着犹太传统,在雅柯夫眼里,这里的犹太人被犹太伦理束缚,没有自由,都是"囚犯"。他认为,要获得自由,摆脱"监狱"的唯一方式就是离开这里。斯莫尔对犹太传统怀有深厚的感情,他喜欢小镇。他有自己的理解,"外地怎么样,我们这个小镇也怎么样:有许多人,有他们的苦难和忧愁,有各种各样的情况。但是,这里,至少上帝同我们在一起"②。在他的意识里,犹太小镇就是一种文化载体,只有在这里,犹太传统才能被完全保留和传承下去。当斯莫尔得知,雅柯夫要去对犹太人来说危险重重的基辅时,他一遍又一遍地劝说雅柯夫不要离开小镇。他指出,在犹太人居住区之外,犹太人想要弄到居住证是不容易的。只有那些有钱的犹太人,以及那些有技术的犹太人才能弄到。他不理解,雅柯夫为什么要去基辅,那是一个危险的城市,那里有许多反对犹太人的人。

《基辅怨》中雅柯夫与斯莫尔之间的矛盾和冲突,主要表现在价值观和文化取向上的差异。"精神之父"斯莫尔坚守、捍卫传统的犹太伦理观,作为"儿子"的雅柯夫则试图摆脱传统的束缚,追求自由的生活。斯莫尔一直劝说雅柯夫,让他保持对上帝的忠实信仰。他说:"可别忘了你的上帝。不要说起话来像个异教徒那样。保持一个犹太人的本分吧!雅柯夫,不要放弃对上帝的信仰。"③雅柯夫则坚决要摆脱犹太教信仰的束缚,他要离开犹太小镇,执意去基辅闯一番天地。斯莫尔给他提出建议,要他每星期六去基辅波多尔区的犹太教堂。他警告雅柯夫,生活在异教徒的

① 伯纳德·马拉默德:《基辅怨》,杨仁敬译,第9页。
② 同上书,第10页。
③ 同上书,第15页。

世界要千万小心,最有效的办法就是祈求上帝的保护。

实际上,斯莫尔的劝说对雅柯夫来说没起到任何效果。在两个人的交谈中,雅柯夫不断地诉说自己是个有需求的人,要到外面去试试运气。他不听斯莫尔的劝告,一意孤行。他认为,也许在基辅自己可以发家致富。如果说,犹太小镇在某种程度上是传统伦理意识的代表,那么基辅则象征着异教的世界,意味着与犹太传统的疏离。雅柯夫的行为表明,他试图割裂与犹太传统之间的联系,想要通过抛弃犹太传统的方式,踏上新生活的征程。莱斯利·菲尔德曾经对马拉默德作品中的"新生活主题"进行了阐释。他指出:"这种新生活的主题,呈现了一种心理变化,马拉默德利用这种变化使得人物具有了第二次前进的机会。但是,有时这种新生活会与从前的生活部分相同,甚至完全重蹈覆辙……"①雅柯夫决定在"异域"的社会中开始新生活,但是,他自始至终都无法摆脱生活的困境。他为了生活下去,积极主动地改变自己。然而,最终他不仅很难进入主流社会,而且对犹太民族的记忆变得淡漠,陷入更加痛苦的境地。显然,马拉默德认为,对于犹太人来说,虽然身处"异域",但是不能放弃犹太伦理传统,不能完全抹杀犹太人生活的印记,否则后果是严重的。这样的做法,意味着犹太文化本源的枯竭和毁灭,从而真正彻底地成为"他者",无法走出困苦的生活境遇。

雅柯夫在困苦的生活境遇中背离犹太伦理传统,这在很大程度上是由俄国当时的反犹主义倾向造成的。② 反犹主义缘起于基督教和犹太教之间的分歧,以及由此产生的文化误读。后来这个

---

① Samuel Irving Bellman, "Women, Children, and Idiots First: Transformation Psychology", in Leslie A. Field & J. W. Field (eds.), *Bernard Malamud and the Critics*, p. 22.

② 马拉默德曾经指出,小说中的反犹主义反映了20世纪50年代美国社会中普遍存在的不正义现象,例如种族主义和反犹主义等问题。

术语①被人们广泛使用,指代一切敌视犹太人的思想和活动。"从广义而言,所谓反犹主义指的是一切厌恶、憎恨、排斥、仇视犹太人的思想和行为……即认为犹太人从本质上、历史上、种族上、自然属性上就是一个能力低下、邪恶、不应与之交往、理应受到谴责或一系列迫害的劣等民族。"②由于在文化、宗教、历史和经济等方面存在差异,犹太人在与其他民族接触的过程中,不可避免地会发生一些矛盾和冲突。而且,不景气的经济和动荡的局势等消极社会因素,往往会使冲突加剧、矛盾激化。

　　欧洲历史上的反犹主义由来已久。在中世纪的欧洲大陆,反犹主义主要以针对犹太人的宗教敌视和种族迫害作为主要的形式和内容。一些别有用心的人常常蛊惑人心,宣扬犹太男子需要基督徒的鲜血,才能恢复因为割礼③而失去的元气。当时盛传犹太人残害基督教儿童,并在逾越节用其鲜血制作未发酵面包。俄国的反犹主义根深蒂固。早在 1567 年,沙皇伊凡四世就颁布法令,禁止犹太人在俄国做生意,违反法令者会被处死。1792 年,沙皇政府设定"犹太人指定居住区"④,限制犹太人居住和活动的范围。1881 年,沙皇亚历山大三世颁布禁令,禁止犹太人购买土地;限制犹太人进入中学和大学。1890 年,沙俄政府重申犹太人需要迁居到西部边远地区的"犹太人居住区"。沙俄政府明确地表明反犹立场,犹太人成为被攻击的对象。20 世纪初,俄国贵族反犹主义者组成了"黑色百人团",他们常常挑起事端,残酷地袭击和杀害无辜的犹太人。

---

　　①　反犹主义在历史上由来已久,但是这一术语最早是由德国人威尔海姆·马尔(Wilhelm Marr)在 1879 年开始使用的。

　　②　徐新:《反犹主义解析》,上海三联书店,1996 年,第 2 页。

　　③　根据《圣经·旧约》记载,犹太人的男子在生下来的第八日都要受割礼,这是上帝的旨意。割礼仪式是信奉犹太教的标志,表明与上帝结下了契约。

　　④　这就是"栅栏区"制度的开始。

历史上的不同时期和阶段,反犹主义在表现方式和内容上存在着差异。《基辅怨》中的反犹主义主要在以下几个方面表现出来。首先,反犹主义者将犹太人视为魔鬼结盟的人,把社会问题归咎于犹太人的存在。《圣经·新约》中耶稣被犹大出卖,钉在十字架上,基督徒因此就把犹太人视为魔鬼,是迫害他们的罪魁祸首。小说中许多反犹主义者都表达了这样的看法。雅柯夫急于渡过第聂伯河,他没有表明自己的犹太人身份,结果听到了船夫对犹太人的评价:

> 不管怎么说,上帝保佑我们大家不受血腥的犹太人的杀害,他们是高鼻子,大麻子,骗子,吸血鬼,寄生虫! 如果可能,他们连阳光也不给我们。他们用他们那发臭的身体和呼出的臭气搅乱了天空和大地。他们传播的疾病把俄国推向死亡,除非我们把它消灭掉。犹太人是魔鬼,这是尽人皆知的事实。①

当时,雅柯夫吓得有点颤抖,但是他不敢做出任何反应。他担心会暴露自己的犹太身份,他心里想,让他尽管说去吧。在船夫这些人的观念中,善良、无辜、忠诚的基督徒遭受苦难,就是因为犹太人的缘故。船夫认为,犹太人一天天侵蚀俄国,要拯救自己的祖国,唯一的办法是消灭他们。他指出,应该号召俄国同胞们一起采取行动,用一切武器武装起来,向犹太人居住区发起进攻。船夫其实是在示意,犹太人是俄国人遭受苦难的原因所在。在基督教思想占主导地位的社会中,这是一种普遍存在的看法。正如欧文·豪所说:"只要基督教存在,反犹现象便不可避免。基

---

① 伯纳德·马拉默德:《基辅怨》,杨仁敬译,第 26 页。

督徒对那些拒绝跟随耶稣的犹太人'进行诅咒的传统',已成为我们文化神学的一个组成部分,一代一代地流传下来"。① 马拉默德通过船夫的言论,或明或暗地揭示了犹太思想和基督教思想的矛盾,犹太人与反犹主义之间的冲突。他指出,在这个反犹主义者充斥于世的城市,雅柯夫所面临的就是敌意和威胁。

反犹主义者还普遍持有一种看法,认为犹太人没有真正的思想和感情。根据他们的观点,犹太人"在肉体上、智力上和道德上都是十分低下的"②。这是他们生来就有的特点,是由他们的犹太血统决定的。犹太人常常会做出一些违法的、不道德的事情。这是犹太人典型的本质特征,因为"并非道德体系使犹太人变坏,而是犹太人使道德体系变坏"③。被害小男孩基尼亚的母亲玛华就是一个典型的反犹主义者。她指责那些狂热的犹太人,说他们谋杀基督徒小孩,并抽干他宝贵的鲜血。她还接着指出,犹太人尔虞我诈,他们会诈骗人,这是他们的本性。而且犹太人生来就是罪犯,他们走私、抢劫、贩卖偷来的货物。她斥责雅柯夫,认为他还干了别的淫秽的事情。可见,反犹主义思想深深地影响了玛华。她对犹太人抱有成见,而且还带有偏见和不共戴天的仇恨。在这些根深蒂固观念的影响下,玛华认为将她和情夫的犯罪行为转嫁给犹太人是最合适的做法。

小说中的天主教神父也是这样一个反犹主义者。他声称,犹太人永远敌视基督徒。他相信,犹太人谋杀信基督教的小孩,并私分他的鲜血。因为对犹太人来说,基督徒的血有许多用处:

---

① 欧文·豪:《父辈的世界》,王海良、赵立行译,第 578~579 页。
② 徐新:《反犹主义解析》,第 2 页。
③ 克劳斯·费舍尔:《德国反犹史》,钱坤译,南京,江苏人民出版社,2007 年,第 15 页。

他用它来搞妖术和巫术的宗教仪式,做春药和毒染水井,注入一点致命的毒物,使瘟疫从一个国家传播到另一个国家,将被杀害的基督徒的血和他们犹太人自己的尿、毒蛇的头和被绑架的给伤残的我主基督鲜血淋漓的身躯混在一起。据记载,一切犹太人都需要用基督徒的血来延长他们的生命,否则他们就夭折早死。而且当时他们认为我们的血是他们治病的最佳药物……他们用我们的血去做逾越节的食品。①

他认为,几个世纪以来,正是这种血的声音指引犹太人去亵渎基督徒,去做出各种不可言喻的恐怖行为。

反犹主义者对犹太人持有敌意和恶毒的偏见。他们认为,犹太人犯有滔天的罪行,例如淫荡性、种族诽谤、杀害孩童来祭神、亵渎圣体、往井里投毒等等。事实上,这些人自己已经丧失了道德标准。他们的反犹主义言论毫无道理可言,对雅柯夫的指控也都是谎言。谋杀案实际上是玛华和她的情夫那一帮犯人和抢劫犯干的,因为基尼亚要揭发他们的罪恶活动。调查官比比科夫就指出,玛华是个坏女人。她既愚蠢又狡猾,而且道德败坏,是个死心塌地的妓女。她为了保全自己的性命,捏造事实,控告雅柯夫为了宗教仪式杀人弄血。神父也是个骗子。他因为一些不规矩的行为,被剥夺了神职。② 他写了反对犹太人的小册子,所以贵族院对他很赏识,怂恿他去陷害雅柯夫。

沙俄政府则把雅柯夫当作"替罪羊",让他承担社会危机和动乱的罪责,并且以此为借口,对他进行迫害。20世纪初,俄国正处

---

① 伯纳德·马拉默德:《基辅怨》,杨仁敬译,第125~127页。
② 不规矩的行为指的是,他可能贪污了教堂的基金。

在日俄战争失败后的黑暗统治时期,国内各种矛盾不断激化。沙俄政府迫切需要一只"替罪羊"来转移矛盾。长久以来,犹太人一直都在扮演着这样的角色。小说中的检察官就指出,犹太人是政治威胁。他觉得,他们要推翻俄国的合法政府,因此必须揭露他们的阴谋。他说:"犹太人支配着全世界,我们觉得自己受到他们的束缚。我个人认为自己处在犹太人的压力之下。"①实际上,检察官是个追名逐利、野心勃勃、见风使舵的人。他为了某种政治企图,把雅柯夫视为谋杀案的"替罪羊",企图以此为借口,挑起一场针对犹太人的大屠杀。沙皇也指责犹太人,认为他们应该承担社会动荡的罪责。他指出,他们是共济会成员和革命党人,践踏法律,贿赂警察,使他们腐化堕落,甚至在基督徒小孩的身上抽取鲜血。沙皇没有尽自己的职责去改变俄国的前途命运,改善人民的生活。他不肯承认,自己应该对这个欧洲最贫穷、最反动的国家负责,却把所有的过错都推到犹太人身上。

雅柯夫一直处在反犹主义分子的包围之中。正如雅各·瑞德·马库斯所说:"犹太人一直生活在偏见之中,很少有基督徒不曾轻视过亚伯拉罕的子孙。"②由于反犹主义者的行径,雅柯夫生活在痛苦和磨难之中,身心备受折磨。马拉默德刻画了他的不安全感和恐惧心理:在小镇上,他为别人修补物品之后,常常担心自己是在白干活。他害怕连一盘面条都弄不来;在离开小镇、前往基辅的路上,他内心充满恐惧,害怕要到一个陌生的城市。他很少长途旅行,所以他也惧怕旅行;在砖厂干活时,他担心遭到别人的歧视,生活在忐忑不安之中。他睡不好觉,半夜醒了之后,好像觉得有人要害他。他害怕白天偶尔想起的灾难;在监狱的囚室

---

① 伯纳德·马拉默德:《基辅怨》,杨仁敬译,第216页。

② 雅各·瑞德·马库斯:《美国犹太人,1585—1990:一部历史》,杨波、宋立宏、徐娅因译,上海人民出版社,2004年,第118页。

中,他心里常常充满了对死亡的恐惧,睡眠也是在恐惧的氛围中度过的。由此可见,反犹主义不仅对雅柯夫的身体、更对他的心理造成了巨大的伤害。犹太人经历了几千年的苦难生活,产生了这种典型的心理意识。即使是在生活条件稳定之时,这种感觉也会常常伴随着犹太人。在受到异族文化的威胁和恐吓时,这种心理更会影响他们的精神和情感。在反犹主义的威胁下,雅柯夫背离犹太伦理传统。他害怕承担伦理责任,随之而来的是无可奈何,是他无法理解的、痛苦的生活状态。

雅柯夫一直无法回避他是犹太人这一事实。呆在区法院牢房的最初几天里,他以为对自己的控告不能成立,因为这件事跟他的生活和行为没有任何联系。这时,雅柯夫面对不可避免的命运、无法承受的灾祸时,表现得束手无策。在被关押期间,他不仅遭受身体上的折磨,还被看成是诡计多端、妖魔一般的犹太人。马拉默德借雅柯夫遭受的苦难和磨难,再现了反犹主义背景下犹太人的真实生活状况。雅柯夫作为"替罪羊"原型,是在替犹太人、甚至人类承担责任、承受苦难。这是他的宿命,也是犹太人注定的命运。

在雅柯夫回归犹太伦理传统的过程中,反犹主义也起到了至关重要的作用。反犹主义分子不断地提醒雅柯夫他的犹太身份。他也逐渐认识到,在这一案件中,政治阴谋和宗教迫害相互交织在一起,因此更加错综复杂。正如马拉默德在小说中所说:

> 到那洞里现场参观以后,他就不再考虑什么成立不成立,真相和伪证的事了。根本无"理"可讲,他们只是反对一个犹太人,或者任何犹太人的阴谋。他是偶然被选上的牺牲品。他会被审判的,因为控告已经进行了。不需要有什么别的理由,犹太人本身就意味着他在生活中是容易遭殃的,包

括历史上酿成的最严重的错误。偶然性和历史的必然性在雅柯夫身上交织在一起,而他从没想过他会给牵连进去。这种牵连,用另一种说法,并非针对他个人,但它的影响所造成的厄运和痛苦却并非如此。①

在苦难的境遇中,雅柯夫最终认识到问题的严重性。这件事不只关乎他个人的冤屈,还涉及整个犹太民族的生死存亡。他意识到,作为犹太人,他要对整个民族负责,他要用忍受痛苦的方式来维护犹太民族的利益。雅柯夫对自己遭受的苦难有了更深刻的理解。他认识到,受难意味着承担责任,反过来说,承担责任也意味着受难。"通过一个人自身的受难来认识到他的责任,他将面临一种新的受难形式,这种新的受难源自于对他人负担的承担。在这方面,受难是负担上升的必要部分,因为它源自对任务的承担,正义的人将任务承担在自己身上。"②雅柯夫对犹太人的责任观的态度发生了彻底的变化。在这一过程中,反犹主义是他遭受苦难的原因,同时也激发了他的集体意识。雅柯夫理解了自己轻视的犹太伦理的意义和价值。他终于成长起来,承担起自己对犹太民族的伦理责任。

二、回归犹太伦理传统

为了摆脱苦难的生活,获得主流社会的认同,雅柯夫尽一切努力,放弃自己的犹太人身份。然而,结果却被诬陷犯了谋杀罪,在监狱里遭受了更加痛苦的折磨。经历了种种苦难之后,雅柯夫走出了虚幻的世界,重新认识自我以及自己的真实处境。他接受

---

① 伯纳德·马拉默德:《基辅怨》,杨仁敬译,第146~147页。
② 周海金:《论犹太人的苦难观》,傅有德主编《犹太研究》(第7辑),山东大学出版社,2009年,第131页。

现实的生活状况,回归犹太伦理传统。他同反犹主义势力进行坚决的斗争,并且获得最终的胜利。

实际上,雅柯夫无论在心理上还是在情感上,都无法真正做到割舍犹太伦理意识。他也认识到,自己根本不能彻底背离犹太伦理传统。对于犹太人来说,那是"一个根深蒂固的传统,一个文化、爱好和习惯的体系,一种同他的民族一样古老的观念,它是种族和环境在他身上共同作用的产物"①。

犹太民族的"集体无意识"深深铭刻在雅柯夫心中,犹太伦理传统总是潜意识地影响他的一些行为。犹太伦理观认为,人们应该承担对彼此的责任。雅柯夫离开犹太小镇时,斯莫尔为他送行。当斯莫尔消失在远处时,雅柯夫突然觉得心里非常痛苦,因为他忘了悄悄塞给斯莫尔一两个卢布。雅柯夫感到痛苦的原因很简单,斯莫尔生活困苦,他为自己没能给予斯莫尔必要的帮助而感到后悔。雅柯夫发现醉倒在雪地里的尼古拉·马克西姆莫维奇。尽管他对尼古拉没有任何责任和义务,而且尼古拉身上还有黑色百人团的标志,但他还是救了尼古拉,并且帮助他的女儿基娜把他送回家。雅柯夫的这一行为也暗示,他作为犹太人,犹太伦理传统早已铭刻在心了。在犹太人的观念中,"每个能拯救受害者却不去搭救的人,都违背了《圣经·旧约》关于'你不应在你邻居流血时袖手旁观'的戒律。"②犹太伦理观主张的实施善行的思想,深深地根植于雅柯夫的伦理意识之中。所以,他能够承担自己的伦理责任,为他人提供有效的帮助,包括自己的亲人,甚至陌生人和敌人。

雅柯夫认为,自己已经将犹太律法忽略了,可以很轻松容易

---

① 欧文·豪:《父辈的世界》,第75页。
② 李萍:《东方伦理思想简史》,第390~391页。

地放弃犹太伦理传统,然而最终却发现,要摆脱它不是那么轻松的。正如罗伯特·塞尔茨曾经指出的,犹太伦理"一直保持同一性这一精髓,因为正是靠同一性,它才保有自己的潜力、价值和活力"[1]。也正是这种同一性,使得雅柯夫深谙犹太律法的相关规定和训诫。基娜引诱他,他几乎顺从了她的诱惑。后来,他发现她正处在经期,于是他断然拒绝。基娜认为,这时是最保险的时候,因为可以确保不会怀孕。但是对雅柯夫而言,这样的行为是万万不可以做的。在犹太人的意识中,处于月经期的妇女是不洁净的。《圣经·旧约》明确规定,"不可亲近正在行经的妇女"[2]。所以,雅柯夫说,别人能那样做,可是他不行。我们可以把雅柯夫的做法,看作是一种践行犹太律法的行为,犹太伦理思想在他身上得到了较为突出的体现。

雅柯夫的生活方式和为人处世的原则,也潜移默化地受到犹太传统的影响。小说中的细节描写可以证明这一点。雅柯夫在砖厂干活时,看见几个男孩殴打一个犹太老人。他把男孩们赶开,把老人带到他的宿舍休息。老人从口袋里取出几片未发酵的面包,并且开始祈祷。他意识到,应该是犹太人的逾越节快到了。他感觉自己被一股强烈的情感所打动了。后来,雅柯夫在梦中与老人相见。他梦见老人质问他,问他为什么躲在这里。实际上,这是雅柯夫在责问自己,为何极力隐藏自己的犹太身份和真实情感。雅柯夫认为,自己已经放弃犹太传统,但是那只是外在特征的改头换面。在内心深处,他无法做到真正的割舍。

马拉默德还利用案件的调查官比比科夫,让雅柯夫意识到,

---

①　罗伯特·M.塞尔茨:《犹太的思想》,赵立行、冯玮译,上海三联书店,1994年,第3页。

②　《圣经》和合本(中英文对照本),《圣经·利未记》(18:19),第195页。

要承担对犹太民族的伦理责任。比比科夫是沙俄政府官员,但是他不相信为宗教仪式而谋杀的说法。他根据掌握的证据,认为雅柯夫对这事件的描述是实情。他还提出论证,力图解除对雅柯夫的指控。雅柯夫在与比比科夫的两次谈话中,都得到了指引和启发。在第一次谈话中,他的思想就产生了巨大的变化。比比科夫指出,在斯宾诺莎的观念中,"社会上一个自由的人应该积极致力于增进他的同胞的幸福和知识上的解放"①,而且,美好的生活是通过政治搞出来的。比比科夫的话深深地触动了雅柯夫内心的情感。在比比科夫的启发下,他对俄国当时的政治和社会状况有了初步的了解。他认识到,反犹主义已经深刻地影响了当地犹太人的生活,他自己就是在反犹主义势力的驱使下,渐渐远离犹太伦理传统。在比比科夫的影响下,雅柯夫逐渐摆脱"受难"心结。他也意识到,自己改名字的行为是个很拙劣的骗局,这为他后来回归犹太伦理传统奠定了基础。

三个月后,雅柯夫在狱中最后一次见到了比比科夫。比比科夫表明,他会竭尽全力保护雅柯夫,这让雅柯夫看到了希望。他认为,比比科夫能够帮助自己从监狱里出来,恢复自由。这样,他可以摆脱那可怕的控告和罪名,从为他设下的陷阱中解脱出来。这些想法让他感到欣慰。他觉得,还有人正在帮助他。在他的帮助下,审判时,自己会被判决无罪。后来,比比科夫还出现在雅柯夫的梦中,对他说,如果他能够设法出狱,必须记住自由的目的是"为别人创造自由"。在比比科夫的指引下,雅柯夫的伦理观念发生了变化。他明白了,自由不仅仅是指从监狱中被释放,还要从自我囚禁中解脱出来。他知道,自己现在牺牲个人身体上的自由,却可以确保犹太民族在精神和道德上的自由。他也理解了,

① 伯纳德·马拉默德:《基辅怨》,杨仁敬译,第73页。

作为犹太人，他的命运与整个民族息息相关。

在犹太律师奥斯特洛夫斯基的帮助下，雅柯夫对引起自己困境和危机的社会原因有了更加深入的了解。他对雅柯夫说：

> 基辅是个充满封建迷信和神秘主义的中世纪城市。它往往是俄罗斯反动势力的中心。黑色百人团——愿他们早给送进坟墓——他们煽动民众中最无知最野蛮的家伙来反对你。他们被犹太人吓得要死，同时也想把犹太人吓死……同胞中能逃离这里的都在逃走。有些逃不掉的已经在哭丧着了。他们嗅嗅空气，好像闻到大屠杀的腥味。①

雅柯夫终于明白，他被逮捕，因为当局需要一个犹太人，作为血腥罪恶的例证。他们需要"替罪羊"，转移公众对集权和暴政的不满情绪。解决问题的最简单的办法，就是把民众的愤怒引向反对犹太人的冲突。律师话语里充满了关切之情，他知道雅柯夫的日子多么难熬，多么不容易。他告诉雅柯夫，虽然目前不能解决问题，也无法根除他遭受的苦难，但是犹太同胞没有放弃他。他们组织了一个拯救雅柯夫的委员会。有朋友支持他，他不是孤立的。律师要雅柯夫耐心、沉着。在他那里，绝望中的雅柯夫既看到了希望，也得到了感情和心灵上的慰藉。他理解了回归犹太伦理传统的必要性。

雅柯夫开始在现实生活中实践犹太伦理规范。犹太教教义重视日常生活中的行为，明确要求，犹太人在生活实践中要重视行动。而且，还有许多具体的、明确的条文，规范人们在日常生活中如何将信念付诸实践行动。马丁·布伯曾经指出，犹太精神包

---

① 伯纳德·马拉默德：《基辅怨》，杨仁敬译，第289页。

括三个观念,①其中"行动的观念"也体现了犹太人日常行动的必要性,着重强调实践行为具有重要意义。

犹太教是一种凸现伦理特征的一神教宗教,它在处理现实生活中的问题时,呈现更多的实用性。正如科亨所说:

> 在犹太人看来,我们称之为"犹太教"的东西只不过是一种生活之道——一种专门适合犹太人的特殊生活方式而已……不仅如此,对于犹太教徒来说,做一名真正意义上的信徒,最重要的不是他们"信"什么,而是他们"做"什么,特别是日常生活中以什么准则规范自身和每日的生活。②

犹太教不关心来世,认为"对彼岸世界进行任何诱人的或可怕的描述都是不当的,这会损害人的伦理追求或减轻戒律对尘世生活指导的重要性。作为人类终生奋斗的目标,未来世界只是作为神圣和完美的目标而存在,并以此要求人们在尘世的伦理追求"③。也就是说,犹太伦理更重视人在现实世界的日常行为和社会活动,要求犹太人重视并且积极主动投入到现实生活中,因为"宗教信仰不在生活的日常行为中得到确证就没有虔诚。同样,也只有在宗教戒律被忠实地践履的地方,才有合法的日常行为"④。

雅柯夫开始在现实生活中实践犹太伦理观中的"乐观精神",这是他回归犹太伦理传统的一种重要手段。犹太伦理传统使得犹太人具有乐观精神,犹太人始终对未来充满信心和动力。《圣

---

① 这三个观念分别是"统一的观念""行动的观念"和"未来的观念"。参见马丁·布伯《论犹太教》,刘杰等译,济南,山东大学出版社,2002年,第33~36页。
② 撒母耳·S.科亨:《犹太教——一种生活之道》,徐新、张利伟等译,第2页。
③ 利奥·拜克:《犹太教的本质》,傅永军等译,第162页。
④ 傅永军、于健:《〈犹太教的本质〉译者序》,参见利奥·拜克《犹太教的本质》,傅永军、等译,第12~13页。

经·旧约》中记载的"喜乐的心乃是良药,忧伤的灵,使骨枯干"①
有力地证明了这一点。拜克也认为:"犹太教的特征,犹太教传授
给其他民族的东西,是它对世界的伦理肯定(affirmation):犹太教
是一种伦理乐观主义宗教。"②犹太乐观主义的主要特点,就是不
屈从于这个世界的冷漠,对世界上普遍存在的邪恶现象持有蔑视
的态度。因此,犹太教信仰的乐观主义,是一种在悲观的事实氛
围中产生的理想的乐观主义。拜克指出:

> 犹太教的乐观主义包括上帝信仰,相应地也包括人的自
> 信,人能够在上帝那里找到自己现实性的善。犹太教的所有
> 观念都可以从乐观主义中推演出来,并由此建立起三重关
> 系。首先是信仰自己:人是依照上帝形象制造出来的,因而
> 是自由的、纯粹的;灵魂是一座圆形剧场,人们总能在那里与
> 上帝修好。第二,信仰自己的邻居:每个个体都具有我所有
> 的那种个体性;他那自由而又纯洁的灵魂也得自于上帝;他
> 在内心里与我亲近,所以是我的邻居、我的兄弟;第三,信仰
> 人类:所有的人都是上帝之子,因此他们为一个共同的任务
> 而被结为一体。认识到人自身生活的精神的现实性、我们邻
> 居生活的精神现实性以及作为整体的人类生活的精神现实
> 性是以上帝的普遍的现实性为根基的——这是犹太教乐观
> 主义的表现。③

乐观主义是犹太伦理观蕴含的一种重要观点,也是一种有代表性
的观念。犹太人正是凭借这种乐观精神,用坚强的道德意志和毅

---

① 《圣经》和合本(中英文对照本),《圣经·箴言》(17:22),第1056页。
② 利奥·拜克:《犹太教的本质》,傅永军等译,第72页。
③ 利奥·拜克:《犹太教的本质》,傅永军等译,第74~75页。

力去面对生活境遇中的苦难。

《基辅怨》中的调查官比比科夫在面对困难时，始终能够保持乐观的心态。作为沙俄政府的一名官员，他深知雅柯夫当时的艰难处境。但是，他没有被这种困境吓倒，没有表现出一点慌乱。他要求雅柯夫，不管发生什么事情，都一定要坚忍不拔。正如他本人在小说中所说：

> 我有点像个社会向善论者。这就是说，我的行动像个乐观主义者，因为我觉得我不能像悲观主义者那样行动。人们往往觉得在时代的混乱面前是孤立无援的，有一大堆难于控制的事件和经历过的经验力图去了解，假如可能的话加以处理；假如他有什么能出力的地方，他就不该逃避工作的重任。他是冒着失去自己的人性而这样做的。①

比比科夫指出，这个案件很棘手。但是，他会尽自己最大的努力，开展调查工作，以便弄清事情的真相。他要雅柯夫不要急躁，要有信心。与比比科夫相比，雅柯夫总是缺少乐观精神。他常常悲观地面对自己面临的问题。他抱怨，作为犹太人，自己在生活中往往容易遭殃，这是不需要有什么特别理由的。有时，他还会感到上了圈套，被抛弃了，孤立无援了。所以，他谴责历史、谴责命运、谴责反犹主义、有时甚至也谴责犹太人。发现比比科夫死在隔壁的囚室之后，他更是感到无比的悲痛。他认为，没有人能够帮助自己了。那些希望和期待，那些梦寐以求的幻想全部化为泡影了。现在没有人能够救他，他谁也指望不上了。不断增强的悲观情绪，必然导致雅柯夫犹太伦理意识的消减。

---

① 伯纳德·马拉默德：《基辅怨》，杨仁敬译，第165页。

令人感到欣慰的是,雅柯夫在比比科夫精神的感化下,开始反思自己的悲观情绪,逐渐改变了对现实世界的悲观态度。在监狱的孤独生活中,他思考着这种特别的生活状况,这种令人不堪忍受的压力。他感悟到,应该用乐观的心态,解决其面临的问题。他认为,自己必须克服恐惧的心理,必须得生活下去。犹太伦理中的乐观精神在他身上体现出来,这从他对生活的渴望就可以推知出来。为了医治腐烂的双脚,他忍受着钻心的疼痛,一点点爬到了监狱的医务室。而且,外科医生在没有使用麻醉药的情况下,就切开了他脚上的脓疮。雅柯夫经历饥饿、寒冷、酷刑等等磨难,身体和精神上遭受着双重的折磨。但是,他仍然具有乐观精神,拒绝承认强加在自己身上的罪名。他知道,如果认可了莫须有的罪名,整个犹太民族都会因此受到牵连,蒙受不白之冤。他期望重新获得自由,但是他也不再害怕死亡。他要掌控自己的命运,掌控整个犹太民族的命运。他的身体变得越来越虚弱,可是道德上的力量却增强了。雅柯夫满怀信念和乐观的态度,营造自己的生活。在白天的漫长时间里,他无所事事。为了克服无聊和单调,他尽量安排各项事情。卫兵拿来一把扫帚,他每天早晨用它打扫囚室,扫得一干二净。他认为,这样可以活动活动身体,有助于恢复体力。他甚至有了一些希望和遐想:牢房消失了,他在室外度过了半个小时,在门和墙之外,摆脱了对一切的怨恨。他耐心地等待着起诉书的到来,心里想,总有一天起诉会开始的。雅柯夫身上体现出了犹太伦理中的乐观主义精神,他在思想意识上逐渐回归犹太伦理传统。

雅柯夫最终明白了,不管他愿意与否,都必须接受苦难的生活状态,因为它是犹太人命运和经历的主要构成要素。身为犹太人,他有义务把它变成生活下去的精神动力。他意识到,消极被动的回避是没有意义的,他学会了"转移抵抗的目标,从苦难本身到那些让其遭受苦难的人"①。他不再抱怨命运,而是乐观地抗拒生活中的苦难。在痛苦与黑暗的生活中,乐观精神使得雅柯夫看到了希望。他坦然面对狱中的生活,面对反犹主义的迫害,不再把自己视为一个"受害者"。他不仅仅关注自己的痛苦境遇,甚至愿意对所有遭受苦难的人都伸出援助之手。他在狱中梦到斯莫尔去世。他鼓励斯莫尔,"活下去,斯莫尔,活下去! 让我替你死吧!"②他下定决心,要为斯莫尔、为整个犹太民族承受苦难。乐观精神让雅柯夫认识到,应该走出"以自我为中心"的局限,承担对他人、对犹太民族的责任。这样,受难才会更有意义,生活也更有目的。对于犹太人来说,这种崇高的信念显然是与犹太伦理传统息息相关的。

经历了苦难和危机之后,雅柯夫认为应该"尊重人以及人的生命",这是他回归犹太伦理传统的一个主要途径。犹太教教义强调,人以及人的生命具有重要的意义和价值。根据《圣经·旧约》的记载,上帝按照他的形象,创造出世间男女。神说:"我们照着我们的形象,按着我们的样式造人……神就照着自己的形象造人。"③既然人是上帝按照自己的形象创造出来的,那么人以及人的生命就应该是神圣的。"无论谁毁灭了一条生命,《圣经》便视其为毁掉了整个世界;无论谁拯救了一条生命,《圣经》便视其为拯救了整个世界。因此,对人类的冒犯就是对上帝的冒犯。"④"摩西十诫"的第六条明确规定,"不可杀人",这也体现了对人和人的生命的重视。犹太教教义表明人和人的生命具有高贵性。

---

① Iska Alter, *The Good Man's Dilemma: Social Criticism in the Fiction of Bernard Malamud*, p. 63.

② 伯纳德·马拉默德:《基辅怨》,杨仁敬译,第258页。

③ 《圣经》和合本(中英文对照本),《圣经·创世纪》(1:26–27),第2页。

④ 贺雄飞:《信仰与危机——犹太思想与中国问题》,北京,华龄出版社,2010年,第1页。

犹太伦理思想强调要重视一切生命,相信世界上任何事物,都无法与人的性命和人的价值相比。科亨认为,"人本身就是人的价值的中心,就是他本身的目的。个人的价值,是犹太教民主精神的基石"①。著名犹太科学家爱因斯坦也曾经指出,他觉得犹太思想所涉及的,只是对待人生的态度以及对待生命的态度。他认为,这种生命观的本质"就在于它对天地间万物的生命的肯定态度。个人的生命只有当它用来使一切有生命的东西都生活得更高尚、更优美时才有意义。生命是神圣的,也就是说它的价值最高,对于它,其他一切价值都是次一等的……"②而且,犹太伦理思想还坚信,生命就是一种责任。人必须生活下去,生命存在不能被看作是人可以逃避的某种东西。也就是说,生活是上帝要求人应该承担的责任,生活具有特殊的意义。无论遭受怎样的磨难,都要努力生活下去。这种生命责任伦理是犹太教信仰最鲜明的特点之一。

雅柯夫开始时违反了犹太伦理的这一信条,没有足够重视人以及人的生命的重要性。他被关在区法院的牢房时,就对如何保证自己的安全一无所知。他虽然认为不应该告诉同牢房的犯人自己被控告的原因,可是很快就说出来了。结果,他们疯狂地踢他。他感到无比愤怒,但是却无法反抗。最后,他失去知觉,躺在地上,一动不动。醒来后,雅柯夫感到很惊慌。然而,这之后的行为表明,他还是对自己的生命安全毫不在意。他与政府官员以及监狱卫兵打交道时,仍然采用对抗的方式。他毫不客气地嘲笑检察官,说他鼻梁短、鼻子肥肥的、宽扁的,并且蔑视地把他比作

① 撒母耳·S. 科亨:《犹太教——一种生活之道》,徐新、张利伟等译,第128页。

② 阿尔伯特·爱因斯坦:《爱因斯坦文集》(第3卷),许良英等编译,北京,商务印书馆,1994年,第103~104页。

"狗"。检察官火冒三丈,用尺子抽打他的下巴,还威胁说,要把他关在牢里,直到把他身上的肉从骨头上一片一片剥光为止。雅柯夫有许多次与监狱长和卫兵发生冲突,常常使他们很恼火,以至于自己遭受到严重的迫害,几乎丢了性命。后来,他偷了季特尼亚克①的针。他"偷偷地想到死,想得挺快活的……他太厌烦了,迫切想摆脱这硬邦邦的锁链和冻得要死的囚室。他希望快点死,以便永远了结这痛苦的生活,消除他已经遭受而且还在遭受的苦难……"②雅柯夫试图结束生命,想要摆脱苦难屈辱的生活,那种一直被铐着,搜身搜个没完的生活。

雅柯夫在梦中梦见斯莫尔去世之后,就改变了这种想法。他开始对生活抱有极大的渴望。马拉默德这样描述他当时的心情,"他在黑暗中思索:如果我自杀,我怎能替他(斯莫尔)死? 如果我去死,我既要嘲弄他们,又要结束自己的苦难。对斯莫尔来说,他已经不为人理睬了。如果他们发动一次庆功的大屠杀的话,他可能为我的死而死"③。雅柯夫得出结论,如果是这样的话,自己死了,除了不再受罪之外,不能得到什么,还会有犹太人为他而死去。雅柯夫跟自己说,不要再想去死,不要采取他们毁灭自己的办法自取灭亡,不要帮助他们杀死自己。他改变了之前所采纳的、不被犹太伦理传统允许的做法。雅柯夫开始重视自己生命的重要意义,这在某种程度上,也意味着他对犹太伦理传统的回归。

雅柯夫在日常生活中注重维护亲情,这是他实践犹太伦理规范的一种重要表现。在狱中,雅柯夫一反之前对待妻子粗暴无礼的态度。他总是尽可能回忆她的优点,认为她是一个漂亮姑娘,聪明伶俐。想到两个人分居的原因,他也意识到是自己的责任更

---

① 小说中的一个监狱卫兵。
② 伯纳德·马拉默德:《基辅怨》,杨仁敬译,第254页。
③ 同上书,第258~259页。

多一些,因为他没能尽其所能关心她、爱护她、照顾她。尽管他对妻子的背叛相当失望,但是在犹太伦理传统中重视亲情观念的影响下,他还是对她给予了足够的谅解。当拉伊莎到监狱来探望他时,他觉得她看起来还是老样子,还是那么年轻。他想,她是个不坏的女人,是自己亏待了她。经过长时间的可怕的狱中生活,他对她的情感依然如故,还有浓浓的爱意。他看着她,觉得自己心里的热血在沸腾。对他们之间的关系,雅柯夫更多的是自责。他对拉伊莎说:

> 我想过咱们从开始到结束的生活,我不责怪你,我更多的是责怪自己。你给得少,得到的也少,不过,我得到的,有些比我该得到的还多……我对不起你。我后来不跟你亲近,也对不起你。我曾想出门刺死自己,所以我伤了你的感情。还有谁和我这么亲密? 我还在这牢里受罪。我不再是以前的我了。我能再说些什么呀? 拉伊莎,假如我能重新经历人生的坎坷,你就可以少哭一点。①

雅柯夫学会了接受爱、给予爱。他还把拉伊莎当作亲人、最亲密的人,并且为她提供了力所能及的帮助。拉伊莎请求雅柯夫,要他认可自己与别人所生的孩子。他本可以一口回绝,但是经历过监狱中的苦难生活之后,他意识到维护亲情的重要性,并且更加珍视亲情。他回答说,可以给拉伊莎写个证明,说明那个孩子是自己的。雅柯夫承认拉伊莎的孩子,证实他不仅原谅了妻子,接受了妻子和她的孩子,而且也表明他摒弃了以前"以自我为中心"的理念。他具有更宽阔的胸怀,肯定了自己与犹太人之间的一

---

① 伯纳德·马拉默德:《基辅怨》,杨仁敬译,第274页。

体性。

雅柯夫对岳父斯莫尔也不再漠不关心。他对斯莫尔怀有真挚深厚的感情,认为他是个好人,总是尽力开导自己。他在梦中梦见斯莫尔去世,很伤心。醒来时,泪水已经打湿了他的胡子。听到斯莫尔去世的消息,他充满缅怀之情。通过雅柯夫的言行,可以看出,他自责自己开始时对亲情的漠视。随着亲情意识的增强,他逐渐改变了对待家人和亲情的态度。注重亲情观念是犹太伦理观的基本特征,正是这种传统的亲情意识,使得雅柯夫在心灵深处还保留着对妻子和岳父的关爱,帮助他逐步完成对犹太伦理传统的回归。

雅柯夫在监狱的现实生活中实践犹太伦理规范。虽然他看到的尽是沙俄政府的堕落、疯狂和罪恶,但是他不再抱怨,而是以积极的姿态、凭借坚忍不拔的毅力面对生活中的苦难。同时,他对生活的态度和实践行为也打动了看守卫兵。季特尼亚克同意,斯莫尔可以在半夜时来见雅柯夫。柯金①也理解了雅柯夫的处境。他对雅柯夫说:"眼巴巴地看到一个人上了锁链,每晚用木枷把脚锁起来,不管他是谁,总是挺惨的……我整天尽量不去想你在这儿上镣铐。我的神经只能忍受这么多,我心里已经充满了我所能忍受的忧虑。"②他引用福音书的话,安慰雅柯夫,忍受到最后,人总会得到救赎的。雅柯夫的行为是对犹太伦理观传统的有效阐释,他在潜移默化中阻止了自己犹太伦理意识的消退,从而更加坚定了犹太教信仰。

雅柯夫对犹太人的自由有了更深刻、更全面的认识,这是他回归犹太伦理传统的一种主要方式。近三年的监狱生活,使得雅

---

① 小说中另外一个监狱卫兵。
② 伯纳德·马拉默德:《基辅怨》,杨仁敬译,第257页。

柯夫对自由的认知发生了巨大的转变。入狱之初,因为失去了人身自由,他感到很痛苦。那时,他相信,人只有参与到社会生活之中,才算是获得自由。为了早日得到释放,他不断强调控告是没有证据的,自己没干过那样的事情。他指出,已经把事实全部说出来了,而且自己不是信教的人,只是一个思想自由的人。他为了获得自由,奋力抗争。

马拉默德在小说中反复提到,雅柯夫对斯宾诺莎的著作和思想很感兴趣。入狱之前,他就阅读与斯宾诺莎相关的书籍。他说:"我读了几页,就继续读下去,好像有股旋风在背后推着我。正如我所说的,我对书中的内容一个字也不懂。但如果你碰上这样的思想,你会觉得自己好像给魔鬼迷住了。读过之后,我就不是老样子了。"①雅柯夫通过这些书籍,了解了斯宾诺莎的思想,开始追寻"自由"以及"更好的生活"。② 他认为,斯宾诺莎把自己的哲学思想与个人自由联系起来,指出"他(斯宾诺莎)自己要锻炼成一个自由的人,按照他的哲学,尽可能的自由——假如你明白我的意思的话——要看透事物的本质,把各种事物联系起来"③。雅柯夫对斯宾诺莎感兴趣,不只是因为斯宾诺莎和他一样是犹太人,更主要的原因是他们都为了自由,为了摆脱束缚,离开了犹太社区。

同时,雅柯夫也意识到斯宾诺莎的思想与自己不一样。斯宾诺莎虽然终日在狭小的房间里学习和创作,被主流社会和犹太社区所排挤,但他是作为人类最自由的一个成员而去世的。在斯宾诺莎的思想中,自由"是我们的智能通过与神直接的结合而获得

---

① 伯纳德·马拉默德:《基辅怨》,杨仁敬译,第70页。

② S. V. Pradhan, "Spinoza and Malamud's The Fixer", *Indian Journal of American Studies*, No. 5, 1976, pp. 38 – 39.

③ 伯纳德·马拉默德:《基辅怨》,杨仁敬译,第71页。

的一种稳定的存在,所以它就能在自身之内产生观念,在自身之外产生同我的本性完全一致的结果,而它的结果并不屈从于任何能被它们改变或转变的外在的原因"①。雅柯夫理解了斯宾诺莎的自由在实质上是一种心灵的自由,存在于人的内心深处。即使在外界各种压力之下,一个人失去了外在的自由,但是却不能遏制其心灵和思想上的自由。因此,他认为斯宾诺莎在思想上是自由的,他在哲学建树中是自由的。雅柯夫最终明白了,虽然自己的身体和行动受到束缚,但是他也可以像斯宾诺莎一样,拥有精神和心灵上的自由,把握自由蕴含的伟大力量。雅柯夫领悟了斯宾诺莎所说的自由的含义,这是一种只有通过理性才能获得的真正的自由。

雅柯夫非常渴望监狱外面的自由生活,但是他明白,即使自己被释放,获得人身自由,却终究无法解决犹太人面临的问题。也正有鉴于此,他多次拒绝了政府当局提供的获得自由的机会。检察官威胁利诱他,让他在坦白书上签字,承认是杀害基督教男孩的凶手。这样他就会被秘密释放,会得到"一张俄国护照"和"到欧洲以外某个国家去的旅费"。然而,他拒绝签字。他宁愿在监狱里度过终身,因为他知道那样做会给犹太民族带来巨大的灾难。一个神父来劝说他皈依天主教,这样他就可以获得自由。雅柯夫为了表示抗议,把犹太祈祷披巾盖在头上面,把用来扎手臂的皮绷带扎到眉梢。他还拒绝了法学教授劝他接受沙皇特赦的建议,因为那样他将被视为一个囚犯,而不是作为无罪的人获得自由。

雅柯夫没有接受这些可以获得自由的机遇,他不想因为自己的缘故,让犹太民族面临的局势变得更加糟糕。他需要的是一个

---

① 洪汉鼎编:《斯宾诺莎读本》,北京,中央编译出版社,2007年,第67页。

公正的审判，不想因为自己认罪而使犹太民族蒙受羞辱。他宁愿失去人身自由、自己受苦，也要承担对犹太民族的责任和义务。他希望能够以自己受难的方式，保护犹太人，让他们享有同样的生活权利。所以，他决心以牺牲自己的自由为代价，让世人了解他个人和犹太民族的冤案。雅柯夫关于自由的思想得到了进一步扩展，正如罗伯特·索罗塔罗夫所说："真正的审判不是在判决或者是宣判无罪之时，而是这之前在狱中度过的岁月。这段经历让他（雅柯夫）有机会卷入事件之中，理解人生的意义。他是在监狱中忍受苦难的过程中获得了自由和新生。"①雅柯夫认为，犹太人不能脱离犹太民族而获得完全的自由。

　　雅柯夫将自己的经历与犹太人的历史和命运紧密联系在一起，他在道德上成长起来。雅柯夫意识到，对于异教徒来说，一个犹太人的身份就是整个犹太民族的象征。如果自己被控告杀害了基督徒的小孩，那么整个犹太民族也被控告了，就如同在十字架上钉死耶稣基督的凶手的罪就是一切犹太人的罪一样。雅柯夫终于明白了，历史对于犹太人来说具有重要意义，他的犹太伦理意识得到了增强。正如伊斯卡·奥尔特所说："犹太教的信仰就是肯定神圣的历史，认为这是自己独特的历史，或者是自己真正的过去。"②雅柯夫对自己与犹太民族之间的关系，也有了一个正确的理解。他认识到：

　　　　自己只是半个犹太人，可是，在保护他们方面够得上一个完人。他毕竟了解这些人，相信他们有权做犹太人，在世界上像人一样地生活。他反对那些反对犹太人的人。他会

---

① Robert Solotaroff, *Bernard Malamud: A Study of the Short Fiction*, p. 64.
② Iska Alter, *The Good Man's Dilemma: Social Criticism in the Fiction of Bernard Malamud*, p. 170.

尽他的力量去保护他们。这是他自己立下的契约。如果主不是人,他总该是个人。因此,他必须经受考验,让人家用谎言来证实他是无辜的。他已经没有前途,但他还得坚持下去,等待出头的日子。我要活下去,我要等,等到审判的那一天。①

雅柯夫认为,自己不能牵累俄国境内的其他犹太人。面对外在世界的压力,他下定决心要承担起对犹太民族的伦理责任。

苦难的人生经历让雅柯夫彻底转变了。他觉得自己内心有点变了,不是以前的自己了。他不再是一个胆小而懦弱的犹太修理匠。他坚持自己无罪,质疑沙俄政府残暴无情的专制统治。他对目前的局势、对自己陷入困境的原因,也有了更深刻的理解:

因为政府贬低犹太人的价值,从而破坏他们的自由。所以,不管他在哪里或到哪里去,不管发生什么事,他总是危险的……任何犹太人,任何看来貌似犹太人的人都是沙皇的敌对分子和受害者……他被关禁,挨饿,受侮辱,虽然他是无辜的,却像只动物给用铁链绑在墙上。为什么呢?因为在一个腐败的国家里,没有一个犹太人是无辜的。这是它的腐败,它对受迫害者的恐惧和痛恨的最明显的表现……俄国有许多比反对犹太人更糟的弊病。那些迫害无辜者的人自己也绝不会是自由的。②

雅柯夫对遭受不公正待遇的人民大众充满同情。他知道,在这个

① 伯纳德·马拉默德:《基辅怨》,杨仁敬译,第261页。
② 同上书,第300页。

国家里,由于历史或者政治的原因,人们都是不自由的。他认识到,对于犹太人来说,美好的生活不是只凭借努力、追寻自由和幸福就会实现,而是要关注他人、关注整个犹太民族,因为自由的目的是为别人创造自由。

马拉默德表明,之前雅柯夫心中不断出现的追寻自由的欲望,是其自私自利的表现。只有在集体意识中,这种狭隘、自私的欲求才能转变为一种为他人、为民族争取自由的博大理念,个体的痛苦与困境才能最终消除。雅柯夫维护自己和犹太人的自由和尊严,最终转变成了一位"政治人物"。他说:"有件东西,我是学到了。根本没有不问政治的人,特别是一个犹太人。你不能将二者分开,这是够清楚的。你不能坐着不动,看着自己给人家毁掉。"①后来,他又想:"没有斗争就没有自由,斯宾诺莎说的是什么?假如国家的统治违背了人性,把它摧毁也没什么犯罪可言。反犹分子该死!革命万岁!自由万岁!"②雅柯夫懂得了犹太人不能从历史中退出,也不必要成为被动的受害者。他应该采取行动,为自己和犹太民族的自由和发展而斗争。

雅柯夫对上帝的质问演变成了对上帝的理解,开始为犹太民族的利益与反犹主义进行斗争,这也是他犹太伦理意识觉醒的一个标志。在小说的开篇,雅柯夫将犹太教义弃之一旁,放弃对上帝的信仰,公开宣称自己不是宗教人士。他很少去教堂,认为自己在那里白白浪费了许多时光,而且一无所得。他对上帝提出强烈的质疑,认为上帝对所谓的"特选子民"——犹太人过于苛求,让他们过着颠沛流离的生活。他曾经直接对斯莫尔说,他失去了对犹太教的信仰,因为他看到上帝对犹太人所遭受的苦难无动于

---

① 伯纳德·马拉默德:《基辅怨》,杨仁敬译,第319页。
② 同上书,第319页。

衰。斯莫尔鼓励雅柯夫,要他保持犹太人的本分、不要放弃信仰上帝。他却回答说,上帝无视他的苦难、没有给予他必要的怜悯和帮助,他因此怨恨上帝。他指出,在人类(特别是犹太人)遭受苦难时,上帝表现出来的却是漠视和袖手旁观。他伤心地抱怨:

> 他们说历史上出现了天主,并以此来达到他的目的。假如情况真是这样的话,他对人类是没有同情心的。主叫喊慈悲并捶打自己的胸膛,但没有一点慈悲,因为没有同情心。难道同情心是在闪电之中吗?假如你不是人,你就不能同情什么。同情是主感到惊讶的事,这不是他的发明。①

雅柯夫认为,上帝不关注人类的痛苦,没有同情和怜悯之心,宗教或者神学解决不了犹太人的困境。

雅柯夫在狱中反复阅读《希伯来圣经》,被那些希伯来人的故事深深地吸引住了。他反思读过的内容,参悟了犹太人在历史上的痛苦遭遇,以及现代犹太人面临的苦难现实。他对契约论以及上帝与犹太人的关系,也有了全新的认识:

> 他(主)说他选择希伯来人来寄托他的存在。他立了契约,所以他成了天主。他提出建议,以色列人接受了,要不然,历史将从何时开始呢?……但是,以色列人接受这种契约正是为了破坏它。这是由于他们怀有不可思议的目的:他们需要经验。因此,他们崇拜假神;从而使耶和华双手紧握喷射着火焰的剑,从他那金色的宝座上跳了起来……他们背叛了和主订立的契约,所以不得不付出了代价——战争、毁

---

① 伯纳德·马拉默德:《基辅怨》,杨仁敬译,第197页。

灭、死亡、流放以及承受与此俱来的一切后果。他们说：受苦
能启发人们的悔改，至少对那些能悔改的人是这样……那
么，主就宽恕他们，并提出新的契约……以色列人不管是否
改变，接受了新的契约，目的在于通过崇拜假神来破坏契约，
所以他们最后将受苦和忏悔，无休无止地，直到永远。雅柯
夫想：契约目的在于创造人类的经验，但人类的经验又与主
相左。[1]

雅柯夫认识到，犹太人违背了和上帝签订的盟约，所以他们不得
不付出沉重的代价。他由此想到自己。他受苦受难，因为他摔破
了祈祷用的经匣，没有与主立约。而且，他只为自己，只关注自己
的境遇。没有人为他受苦，他也不为别人受苦。主对他发怒，惩
罚他，因为他不信天主。雅柯夫得出结论，自己试图摆脱犹太传
统，放弃犹太教信仰，违背犹太人与上帝订立的契约，所以要承受
由此产生的一切后果。

　　雅柯夫深入思考探究犹太教教义，对上帝也有了更多的理解
和认识。他指出，也许主也想仁慈点，这是可能的，但是没有人知
道。他说："或者主是我们臆造的，什么事也办不成，或者他是大
自然中而不是历史上的一种力量。一种力量并非一个创造者。
他是股冷风，想尽量保持温暖。说句实话，我已经把他作为一种
无可挽回的损失而一笔勾销了。"[2]也就是说，雅科夫认为，上帝或
许是人臆想的结果，在人世间他本来就没有做出什么；上帝也可
能只是大自然中的一种力量，而不是历史的创造者。雅柯夫意识
到了，"宗教和习俗只不过是表面的装饰而已，人的心灵是最重要

---

① 伯纳德·马拉默德：《基辅怨》，杨仁敬译，第228~229页。
② 同上书，第246页。

的。也就是说,在一个冷酷无情的世界中,个体必须保持基本的尊严以及对于同胞的责任感"①。正是这种集体意识,使得雅柯夫在苦难的生活境遇中变得自信和强大起来。他摆脱了对受难的恐惧和忧虑,认识到自己是为犹太人民而受难。小说的结尾,雅柯夫在想象中射杀沙皇,他想这样做事是因为自己遭遇的监禁、放毒和每天六次的搜查,也是为了替比比科夫,替柯金和许多人报仇。他不再避讳自己的犹太人身份,把自己的命运和犹太民族紧密联系在一起,决心竭尽全力同反犹主义势力斗争到底,走上了回归犹太传统之路。

犹太人在两千多年的流散生活中,最为珍视的就是犹太伦理传统。可以认为,犹太文化是以犹太伦理传统作为维系途径的一种文化类型。犹太伦理传统是《店员》和《基辅怨》的主要载体和文本符号。莫里斯和雅柯夫在苦难的生活经历中,认识到犹太伦理传统的重要意义,并且懂得了只有犹太伦理思想才能拯救自己,走出困境。也就是说,在实践犹太伦理思想的过程中,他们获得了精神上的慰藉,重新认识自我,重新认识了世界,也找到了人生的意义所在。马拉默德借此表明,犹太伦理思想强调集体和社会价值、重视集体观念,而且犹太伦理传统在每个犹太人的心中都深深地扎下根。正是这种伦理传统促使犹太人民团结起来,能够在遭受苦难、欺侮和迫害的生活中幸存下来。

在犹太人遭受苦难的历史中,犹太伦理传统不仅为犹太人提供精神上的抚慰和保护,而且还让他们得到心理上的归属感。这种传统既满足犹太人的生活需求,也为犹太人在困境中实现发展和民族延续提供了动力和支持。在犹太人遭受苦难和压迫的过

---

① Ben Siegel, "Victims in Motion: The Sad and Bitter Clowns", in Leslie A. Field & J. W. Field (eds.), *Bernard Malamud and the Critics*, p. 126.

程中,犹太伦理传统成为犹太人寻求内心安宁的避风港,是他们走出困境,继续生活下去的基础和保障。马拉默德提醒犹太人牢记集体意识,不可遗忘犹太伦理传统,这样犹太人才能在苦难中顽强地生存下来。马拉默德借助这两部小说,提倡一种介于个体与集体之间的道德模式,他对伦理问题的关注也从个体提升到整个民族。

第四章 生存伦理困境与救赎

马拉默德在创作的中后期,常常通过作品介入社会现实,反映现代社会人类遭遇的生存问题。这样的作品以长篇小说《房客》(1971)和《上帝的恩赐》(1982)为代表。这两部小说出版时,马拉默德在大学里担任教师已经有相当长的一段时间。他在教书的同时,还发表了多部长篇小说以及短篇小说集。通过创作,他积蓄了相当数量的资产和声誉。作为著名的犹太裔作家,马拉默德已经得到美国主流社会的认同,成为中产阶级的一员。因此,此时他对伦理问题的关注重点,从个体与个体、个体与集体之间的关系转变为人类在生存和发展过程中遭遇的民族文化之间的矛盾与分歧以及生态危机等现象,他也从更高的层面认识伦理问题。

第一节 《房客》中的生存伦理困境与救赎

一直以来,美国文学评论界对《房客》的评价众说不一。著名文学评论家罗伯特·奥尔特断言,马拉默德创作《房客》时,已经"耗尽了有限的才干,他(马拉默德)后来又勉强应对了将近二十年的时间"①。罗伯特·吉鲁也指出,从《基辅怨》到《杜宾的生

---

① Robert Alter, "The Jew Who Didn't Get Away: The Possibility of an American Jewish Culture", in Jonathan D. Sarnaed (ed.), *The American Jewish Experience*, New York: Holmes and Meier, 1986, p.272.

活》,也就是从 1966 年到 1979 年的这段时间,是马拉默德创作的"枯竭时期"——"一个作品稀少的时期,他没能创作出有影响力的作品"①。也就是说,吉鲁认为,《房客》是在这段时间完成的,因此不能算作马拉默德有影响力的作品。凯瑟琳·奥克肖恩则指出,《房客》的情节过于单薄。她认为,小说主要存在两个问题:其一,马拉默德以往的作品注重描写苦难、监禁等现象。他把这些内容作为揭示、检验和塑造人物的手段。但是,这部小说中的苦难看起来太虚假、说教性太强,让读者感觉不真实;其二,在奥克肖恩看来,马拉默德之前的作品刻画了一些可信的、让人同情的小人物。但是,这部小说中的两个作家都是模式化的人物。在某种程度上,他们都脱离肉体,在意识形态中处于对立位置,并不是独立存在的人物。因此,奥克肖恩认为,这部小说虽然关注时事,却没有像其他作品那样,引起很大的反响。② 与这些评论家的观点相反,莫里斯·迪克斯坦却认为,这部小说虽然没有早期作品丰富的叙事,但却是"这么多年最好的作品"。他指出,没有必要担心马拉默德用尽自己的智慧,"《房客》将(马拉默德)原来的和创新的技巧融合在一起,完全可以(令读者)接受"③。马拉默德在小说中注入了一些新的因素,关注时代的重大主题,例如个人主义引发的暴动、种族隔离、民族自尊等等问题,因此标志着马拉默德创作的关注重点发生了转向。

马拉默德是人道主义的代言人,他在作品中关心那些处于困境中的人们,美国犹太人和黑人当然就包括在其中。当被问及创

---

① Philip Davis, Bernard Malamud: *A Writer's Life*, p. 265.

② Kathleen G. Ochshorn, *The Heart's Essential Landscape: Bernard Malamud's Hero*, pp. 197 – 199.

③ Morris Dickstein, "Review of 'The Tenants'", in Joel Salzberg (ed.), *Critical Essays on Bernard Malamud*, p. 53.

作《房客》的原因时,马拉默德曾经说,"犹太人与黑人之间的关系,纽约城局势的动荡不安,教师举行的罢工,黑人行动的增加,因果关系的混淆。我觉得我有话要说。"①在《房客》中,马拉默德采用犹太人和黑人作为主人公,他的用意很明显。他想指出,在人类生存的历程中,犹太人和黑人两个民族就如同生活在楼房中的房客。如果他们彼此争斗,将会导致两败俱伤,甚至同归于尽。想要解决矛盾、避免悲剧的发生,就应该超越单一民族的界限,用宽容和谅解来缓解彼此之间的分歧和冲突,这样才能确保民族之间的信任,重建正常的民族关系,并且最终实现人类社会的生存与和谐发展。马拉默德在小说中凭借犹太作家和黑人作家的关系,阐释了在人类生存的历程中,不同民族在共同生活和工作时,如何摆脱生存困境,实现道德救赎。

一、作家的伦理困境

《房客》的故事情节并不十分复杂。两位主人公犹太白人作家哈里·莱瑟与黑人作家威利·斯皮尔敏特共同创作和生活,但是不同的文化背景和生活经历,致使两个人之间形成了非常复杂、微妙的关系。开始,他们各自为政,独立自主地写着风格迥异的作品。接着,他们发现自己和对方各有所长,从而试图相互帮助、友好相处。与此同时,因为不同的文化背景,他们开始相互猜疑和嫉妒。为了完成各自的小说,他们牺牲生活的乐趣,甚至以失去女友为代价。但是,两个人似乎并没有做到各取所长,反而

---

① 20世纪六七十年代,美国的政治、经济和社会发展出现了一些严重的问题,这一时期也被称为"动荡"时期。尽管大多数人的物质生活水平有了相当大的提高,但贫困仍然是一个不可忽视的重要问题。在贫困人口中,黑人的数量最多。他们纷纷表达对生存状况的不满,成为社会动荡的一个重要原因。黑人争取民主权利的运动达到高潮,从原来的非暴力群众运动发展为城市暴动,美国社会的矛盾和冲突空前激化。

朝着对方缺陷的方向发展。最后,他们都未能如愿以偿地完成作品,而是毁掉了彼此的作品和生命。马拉默德通过艺术的形式,展现了美国社会中犹太人与黑人之间既团结合作、又对立斗争的历史和现实状况,展示了他们在生存过程中发生的矛盾和冲突。

《房客》反映了现代社会不同民族文化在生存过程中遭遇的危机,表现了犹太作家和黑人作家在这种情况下的困惑、苦闷与迷惘。在极端的"以自我为中心"思想的影响下,他们相互之间持有偏见和歧视,无法保持宽容和谅解的心态,没能实现和睦相处。造成这种困窘生存状况的原因是多方面的,有社会因素的影响,但是最主要的还是他们个人方面的缘故造成的。就小说中的细节而言,马拉默德主要从以下几个方面探讨了莱瑟和威利面临的生存伦理困境。

犹太作家莱瑟与社会疏离,无法体验正常的情感,这是导致他陷入生存伦理困境的一个主要原因。马拉默德在小说一开始,便交代了莱瑟的孤苦处境。他是一位单身中年男性,租住在纽约城中一座破败的公寓楼里。他是一位小有名气的职业作家,具有一定的创作经验,已经出版了两部小说,反响都很不错。于是,他立下远大志愿,要获得诺贝尔文学奖。为了实现这个愿望,他一个人生活在即将拆迁的楼房里,不肯搬走,忙于创作第三部小说《允诺的结局》。这部小说讲述的是一位作家不能完成其作品的故事,因此是一部自我反思的小说。莱瑟非常严肃地对待创作这一职业,他努力要创作出一部惊世之作,使其世代流传下去。为了完成这部小说,他在长达九年半的时间里,埋头创作。他把自己关在屋子里,断绝了与外界的一切社交联系,甚至完全疏离了正常的社会生活。莱瑟始终不能如愿完成小说,他的精神支柱发生了动摇,内心世界失去了原有的平衡,思想也出现了混乱。小说的开篇,他坐在书桌前,不知道自己为何写不下去。他在屋子里走来走去,窗外的寒风发出呼啸声。他听到远方船只离开港口时发出的汽笛声响,心里想,"要是我能去它前往的地方,那该有多好!"①莱瑟想着自己孤独苦闷的日子,羡慕别人快乐、幸福的生活。

莱瑟附近的生活环境也表明,他处于生存的困境之中。他居住的公寓楼,以及周围临近地区的环境不断恶化:楼前的垃圾箱,每星期只被清理两次;人行道上的积雪也没有人清扫;楼梯散发出臭味,到处是灰尘、脏物、尿液、呕吐物。以前,这里住满了房客,现在却变成了流浪者、醉鬼和吸毒者经常出没的地方,让人感到空寂和恐怖。虽然他的房间还像以前一样整洁有序,但是周围的环境却变得杂乱无章、不堪入目,让人感觉不到希望。

莱瑟沉浸在创作生活中,对恶劣的生活环境熟视无睹。作为一名职业作家,他有着远大的抱负,想要创作出一部关于爱的伟大作品。他一个人在即将废弃的公寓楼里写作,甚至在冰天雪地的冬季里,在楼房停止供暖的情况下,仍然埋头于手头的工作。在马拉默德笔下,公寓楼周围的地区被描绘成一片荒凉的地带:"高大神秘的树木""浓密的蕨类灌木""剃刀一样锋利的草叶""巨大毛茸茸的蓟草"。② 在这种环境中,莱瑟就是居住在公寓楼顶层的鲁宾逊·克鲁索。③ 他在自己制造的"隔都"之中,过着几乎与世隔绝的日子,成为一名精神世界中的隐士。

莱瑟没什么朋友,似乎也不需要亲情。在现实生活中,他就如同孤儿一样:他母亲在他小时候就去世了,她死于车祸。她出

---

① Bernard Malamud, *The Tenants*, New York:Farrar, Straus and Giroux, 1988, p. 3.

② Ibid., pp. 11 – 12.

③ 鲁宾逊·克鲁索(Robinson Crusoe)是英国作家丹尼尔·笛福(Daniel Defoe, 1660—1731)的小说《鲁滨逊漂流记》(*Robinson Crusoe*,1719)中的主人公。他一个人生活在荒无人烟的小岛上。马拉默德在这里指出莱瑟过着如同鲁宾逊·克鲁索一样的生活。

去取牛奶,结果就再也没有回来;他唯一的兄弟参加朝鲜战争,在战场上牺牲了或者失踪了;他的父亲生活在芝加哥,他们已经有好几年没有见过面;他本人从来没有结过婚或者与女性同居过。莱瑟过着孤单落寞的生活,没有亲情,也没有友情和爱情。

在这种生存状态中,莱瑟过着独来独往的日子。他成了一个利己主义者,极端自私。名义上,他要创作一部关于爱的小说。实际上,他却是一个不愿给予爱的人。晚上常常有一些无家可归的人,偷偷爬上公寓楼来过夜。莱瑟对他们没有一点同情怜悯之心。一只饥饿的流浪狗用爪子挠他的房门,可怜地哀叫着,希望能得到一些食物,他却无动于衷。后来,他实在无法忍受小狗对他创作工作造成的干扰。他给了它一点点干面包,引诱它下楼,然后抓住它脖子上套着的绳圈,把它赶出大楼。他给自己的这种行为,找出冠冕堂皇的理由。他认为,要把自己的创作提高到一定的程度,就得避开这些烦人的、琐碎的、让人分心的事情。

莱瑟生活在一个陌生冷漠的世界里,他在生活的过程中只对"自我"负责。人出于"自我"的需求,想要满足自己的欲望,追求自己的利益,这是无可厚非的。但是,莱瑟却以牺牲他人的利益为代价,把自身利益的实现建立在他人的痛苦之上,并且因此阻断了与他人之间正常的社会联系。他甚至对犹太同胞,都没有同情和怜悯之心。房东犹太人莱温斯皮尔的家庭遭受了种种不幸:妻子身染重病;16岁的女儿意外怀孕;母亲患有精神疾病。他打算推倒旧的公寓楼,盖一座带有商场和公寓的新楼。这样,他就可以改变生活的现状。他恳求莱瑟要做一个宽厚的人,请求莱瑟同情他。"发发慈悲吧,莱瑟,搬出去吧,这样,我才能拆掉这座坏掉的房子,它像驼峰一样压在我的背上。"①莱瑟不但不同情他的

---

① Bernard Malamud, *The Tenants*, p. 17

遭遇,还把他当作是自己创作中最大的干扰因素。他不顾房东的催促,也不理睬房东许诺的高额补偿金。他只关注自己的创作,拒绝放弃与房东签订的租约。在读者看来,莱瑟的行为不合常理。他却为自己找了一个合理的借口,认为自己第三部小说的创作从这里开始,只有在这里才能完成。如果在创作的中途离开,他就可能会花费几个月的时间,重新集中精力去创作,而且还有可能弄丢创作素材。莱瑟认为,自己目前应该把所有的时间和精力都用在小说创作上。

具有讽刺意味的是,莱瑟对房东说,自己的小说描述的是人性与仁爱,一部像《圣经》一样经典的作品。实际上,他的所作所为缺少的就是"同情""仁慈"和"关爱"。就像房东所质疑的,"什么样的小说能让你不顾我的痛苦和不幸?"①莱瑟的小说创作以犹太同胞的痛苦为代价。他创作的目的也许是为了追寻爱的真理,但是他不考虑犹太房东家境困难、濒临破产,也不管他如何百般央求,坚守着这座面临拆迁的破旧的公寓楼就是不肯离开。他为了完成自己的小说,不肯为他人着想,也没能体谅他人的处境,结果不仅自己陷入痛苦的折磨之中,而且也使他人承受磨难。

莱瑟对莱温斯皮尔的冷酷和漠然,在他们后来的对话中更加明显地表现出来。莱温斯皮尔的女儿在没有告知父母的情况下,做了流产手术,术后大出血。他向莱瑟讲述了这件事,莱瑟听后的表现却出人意料:

> "我很难过,莱温斯皮尔。"
> "我只是觉得我能向你述说。这样的事情,不能和每个人都讲,但是我认为或许可以跟一个作家说说。"

---

① Bernard Malamud, *The Tenants*, p. 21.

　　"接受我的同情吧。"

　　"我接受，"房东说。"如果你能给予。"

　　"还有别的新鲜事吗?"过了一分钟后他说。

　　"没有。"

　　"什么也没有吗?"

　　"没有。"

　　"你还没改变对人类的态度吗?"

　　"仍然持有敬意。"

　　莱温斯皮尔沉默地离去。①

　　莱瑟认为,房东是个聪明的混蛋。他跟自己讲述女儿的不幸,其目的是为了得到他的同情。这样他会感到内疚,会答应赶快搬离公寓楼。所以,莱瑟尽量不去想这件事。他觉得自己要创作关于爱的伟大作品,关心的是整个人类。房东的苦难遭遇在他眼里,只是让其休息片刻的"新鲜事"。他甚至还指责房东,认为他耽搁自己的时间,打乱自己的创作计划。他对房东的建议充耳不闻,对他的不幸只是表示"难过"和"同情"。

　　莱瑟过于强调"自我中心主义",体验不到正常人的情感,对外在世界表现出漠然置之和冷酷无情。正如丹尼尔·沙拉汉所说,这种"自我——被完全内在授权的以及作为自身和它周围世界的创造者的自我,发现它自己是完全孤立的,和一切超越它自身的事物完全没有什么实质联系"②。在多元化的现代社会,人们生活在各种复杂的关系之中。莱瑟在与他人相处的过程中,往往持有一种居高临下、冷漠的态度。他无法积极主动地与他人交

---

　　① Bernard Malamud, *The Tenants*, pp. 40–41.

　　② 丹尼尔·沙拉汉:《个人主义的谱系》,储智勇译,长春,吉林出版集团有限责任公司,2009 年,第 130 页。

往,因此陷入生存伦理困境之中。

　　莱瑟不理解爱的意义,做事违背伦理准则,这也是导致他陷入生存伦理困境的一个主要原因。威利建议在公寓楼里举行晚会,莱瑟本来不想参加,这样会耽搁创作的进程。后来出于对女性的渴望,他接受了这个提议。他希望威利能够带来一两个女性朋友,因为自己还从来没和黑人女孩交往过。他认为这是自己性经历中的一种缺憾,所以渴望能够尝试一下黑人女性。聚会时,莱瑟的所作所为让人震惊。他对威利的朋友漂亮的黑人女孩玛丽垂涎欲滴。玛丽二十多岁,长相迷人,穿着性感,打扮美丽:她梳着丝一般的长卷发,穿着素净的白色超短裙,紫色的紧身上衣;她乳房小小的,体型苗条,双腿细长,姿态优美。不言而喻,对莱瑟来说,玛丽的容貌和举止有着巨大的诱惑力。他不顾玛丽是黑人山姆女友的事实,想要诱奸她。虽然玛丽当时拒绝了他的无理要求,但是不久之后,他的欲望就得到了满足。莱瑟应邀到玛丽家参加晚会,两人在聚会间歇期间,上演了一出鱼水相欢的丑剧。莱瑟不顾传统伦理规范的约束,持有不严肃的性观念。他只想满足自己的欲望,并不认为自己混乱的性生活有什么不妥的地方,导致与黑人之间的关系逐渐紧张起来。

　　莱瑟在处理与犹太女性艾琳的关系时,也违背伦理准则。与玛丽的关系没能让莱瑟感到满足,他甚至更加爱恋威利的女友艾琳。他对艾琳产生了更为强烈的思慕之情,并且达到走火入魔的地步。他整个晚上都梦见艾琳。他梦见她来到他的房间,他们在一起。威利沉湎于创作之中,艾琳对她与威利的感情彻底失去信心,继而对莱瑟以身相许。事实上,莱瑟对艾琳的感情远远不如艾琳对他的爱恋。艾琳理想中的恋爱生活是一种民主快乐的氛围,她可以与莱瑟同舟共济。然而,莱瑟异类的生活方式、他对感情的踌躇不定,这些都让艾琳忍无可忍。最终,她离开纽约前往旧金山,去找寻生活中的真爱。

莱瑟对艾琳并没有真正的爱恋,也从来没有打算承担对艾琳的责任。他只是想与她保持性关系,而不愿意同她谈婚论嫁。两个人一开始恋爱,他就担心自己的生活也许会因此变得复杂,会让创作工作慢下来。他认为,不能让与艾琳的恋情弄糟自己创作的心境,这件事情处理得越快越好,否则可能会很难处置。但是实际上,与艾琳的恋爱不但没有耽搁莱瑟的创作,却反而激发了他的创作灵感,他的创作发生了神奇的转变,他有了前所未有的放松感觉,对完成作品也充满了信心。马拉默德借助这一情节阐明自己的观点,那就是爱是最主要的救赎方式。① 莱瑟认识到,生活中有比创作更为重要的东西,但是他并没有将这种意识付诸实践。他不懂得生活中的真爱,没有将生活中的真爱视为人生中最为珍贵的东西。因此,他无法完成关于爱的小说。

马拉默德笔下的莱瑟,彻底地把自己置于一个主体性的封闭世界中。这个主体性的世界的缺陷在于,"它把个人装进了一个信仰体系,这个体系只能复制和确认它自身的主体性"②。在这种信仰体系的影响下,莱瑟把自己的需求视为高于一切。他将自我隔离于一切社会关系之外,走向了"以自我为中心"的极端。莱瑟为了实现自己的梦想,采用各种手段和策略来进行创作,并因此陷入困境之中。

莱瑟过于强调创作的意义,把创作等同于人生,这是他陷入生存伦理困境的又一个主要原因。正如马拉默德所说:"他生活是为了创作,他创作是为了生活。"③莱瑟认定,自己必须履行作家

---

① Steven J. Rubin, "Malamud and the Themes of Love and Sex", *Studies in American Jewish Literature*, p. 22.

② 丹尼尔·沙拉汉:《个人主义的谱系》,储智勇译,第 144 页。

③ Bernard Malamud, *The Tenants*, p. 23.

的道德职责,全身心地投入创作之中。每天清晨醒来,他就急于
开始创作。他觉得自己无法继续睡下去,不安像一匹马一样向床
下拽着他的双腿。他认为必须起床创作,否则的话自己平静不下
来。在这一点上,他没有任何选择的余地。一旦有事外出,离开
公寓,他会匆匆赶回,为的就是继续创作。他甚至晚上睡下以后,
还在酝酿第二天的工作计划。把作品放置一段时间,或者创作进
行不顺利,他就会感到心烦意乱、痛苦不堪。他把每天的创作成
果,都存放在银行的保险箱中。在他的观念中,手稿就如同贵重
的珠宝首饰一样重要。莱瑟成了为了创作而活的"工匠"。他认
为,能否写出好的小说,决定他的人生是否完美。

　　莱瑟的创作处于封闭和隔绝的状态,这也是他面临的一个主
要问题。他迷恋创作的"形式",认为"形式"就是创作的真谛所
在,"惯例""规则"和"条理"则是灵感的来源。在他的观念中,
"形式"可以扩展自己的观点,从而把创作顺利地进行下去。他把
自己想象成为一个伟大的艺术和形式的实践者,像弹奏六弦竖琴
的大卫王①,只不过音符变成了文字,赞美诗也由小说来替代。柯
勒律治②说过,"要创作出史诗般的诗歌,至少需要花上二十年的
时间"③。莱瑟相信,自己想要创作出伟大的作品,也要付出时间
和精力,因为形式能给出许多可能性,需要花费一些时间,才能确
定下来。莱瑟陶醉在"以自我为中心"的美学享受之中,无法摆脱
由此产生的困窘的生存状态。

　　莱瑟注重的这种创作方式,让他痛苦不堪。他改来改去,都

---

　　①　大卫王(King David,公元前 1011—971)是以色列的第二个王。他多才多艺,
是一个音乐家,还创作了许多诗篇。

　　②　塞缪尔·泰勒·柯勒律治(Samuel Taylor Coleridge,1772—1834)是英国著名
的湖畔诗人之一,著名评论家,浪漫主义思潮的主要代表。

　　③　Bernard Malamud, *The Tenants*, p. 23.

无法创作出完美的作品,他感到失望。有时,他在书桌前坐了几个小时,却一句话也写不出来。每个单词都向石头一样重压着他,好像这部小说要他说出自己不知道的东西,他无法满足它冷酷无情的要求。他常常陷入创作的困境之中,站在窗边,试图从街道、城市和人群中找到灵感。他的这种创作理念无异于空想,在实践中很难行得通。艰苦被动的创作过程对他很难有所帮助,他也无法找到人生的出路。

莱瑟希望通过创作关于爱的小说,自己能够学会爱与关怀。这样,他在完成作品的同时,也能完善自我。因此,对于莱瑟来说,小说的结尾就等同于人生的目的和意义。当小说中的主人公知晓爱的所在之处时,他也会理解爱的真谛。但是,沉溺于创作的生活,让莱瑟陷入"以自我为中心"的极端,他过于关注自我,强调自我的目的。他无法适应外在的现实世界,对生活中的一切快乐都无动于衷,对一切美好的事物都漠然置之。当他偶尔外出散步时,很少能发现美丽的景色。他所感受到的,只有垃圾散发的臭气和肮脏的景象。这些令人颓丧的、阴暗的画面,投射出他抑郁而黯然的内心世界。他无法摆脱心灵的困窘状况。结果是,莱瑟无论怎样呕心沥血,都不能完成这部被自己视为伟大的爱的作品,这成为困扰他的一个最大的问题。他因此焦虑不安,备受折磨。小说始终无法结尾,这意味着莱瑟始终没有找到人生的目的和意义。

莱瑟在生活中漠视自己的同胞和异族友人,渐渐远离仁爱与美好。他不关心任何人,不关注任何具体的事物。他对爱知之甚少,也不肯付出爱,就像他的名字一样。[①] 也许他的作品追求爱的真谛和意义,但是在这种伦理观的指引下,他把道德责任看作抽

---

① 莱瑟的名字英文是 Lesser。

象的、空泛的概念,他的理想注定无法实现。有关爱的小说必然无法完成,其第一个结局就是毁灭性的。① 莱瑟居住的公寓起火了,大楼剧烈地震动。他专心致志沉浸于创作之中,认为是邻居的楼房着火。楼梯上火苗呜呜作响,他却心无旁骛地继续创作。最后,大火吞噬了房子和莱瑟,他的作品也付之一炬。马拉默德以这一结局表明自己要传达的信息,"以自我为中心"的观念只能使人陷入生存伦理困境之中。

每个人都有"自我"的理念,都有满足自己需要和欲望的倾向。在莱瑟眼里,他人的存在只具有工具性的价值,他的意图就是为了自己的利益。从小说的意蕴来看,马拉默德实际上是想指明,莱瑟的伦理困境就是由于这种价值观引起的,它使得莱瑟无法与犹太同胞和黑人形成亲密和谐的关系,因而无法摆脱在生存过程中遭遇的伦理困境。

小说中的另一位主人公黑人作家威利也过于强调"自我",他也因此陷入生存危机与困境之中。威利是一位不知名的黑人作家。他同莱瑟一样,也生活在孤单和痛苦之中:他在单亲家庭中度过了不幸的童年;长大后过着穷苦的不稳定生活;他曾经进过监狱;现在一贫如洗,居住在女友艾琳租借来的房子中。与已经出版了两本小说的职业作家莱瑟相比,威利没有接受过专业的文学创作训练,只是自学成才的文学爱好者。他在狱中阅读大量的文学作品,幻想成为作家,于是尝试创作。开始时,他模仿读过的文学作品,接着记录自己的经历,后来又创作小说。出狱之后,他继续从事文学创作。

威利与莱瑟一样迷恋创作,也因为沉溺于创作而陷入困境之

---

① 这部小说采用了开放式的结局。这里提到的是小说第 23 页出现的第一个结局。小说的第 217 页和第 230 页上也都出现了结局的字样。

中。他期望通过创作,实现自己的愿望,成为黑人民族的代言人,表达他们特有的"黑人性"[①]本质。从这个意义上来看,威利是一个典型的黑人居住区中的黑人形象。[②] 在他的观念中,黑人的生存充满痛苦和磨难。正如诺曼·梅勒所说:"想要生存下去的黑人,从出生那天起就面对危险。他们有着不同寻常的经历。他们生存在囚禁中。他们知道生活就是场战斗……"[③]威利以自己熟悉的哈雷姆黑人社区和黑人的经历为原型,反映黑人生活的苦难,甚至刻画一些暴力冲突事件。他试图通过创作小说摆脱以前生存的压力。他甚至为自己起了一个笔名,其中暗含文学创作和暴力反抗的象征意义。[④] 他希望这个新名字,可以抹去自己对过去的记忆。也就是说,他希望通过文学创作和暴力反抗的方式,能够为黑人争取做人的权利,在生存过程中获得做人应有的地位。

威利尽最大努力,想要更好地为黑人创作,实现自己的创作目的。他认为,黑人文化传统同样悠久,黑人的思想和创造力同样丰富。他们也做出了流芳百世的贡献,成就了美国的繁荣和富饶。他决心通过自己的创作,唤醒黑人的民族意识,传承黑人的历史和文化。但是,威利的创作直接表现憎恶、痛恨、恐惧和愤怒

① 法国诗人艾梅·费尔南·达维德·塞泽尔(Aimé Fernand David Césaire,1913—2008)在其长诗《还乡笔记》(*Cahier d'un retour au pays natal*, 1939)中提出"黑人性"一词。后来塞内加尔的总统、诗人列奥波尔多·赛达尔·桑戈尔(Léopold Sédar Senghor, 1906—2001)指出,"黑人性"是"黑人世界的文化价值的总和,正如这些价值在黑人的作品、制度、生活中表现的那样"。"黑人性"作家主张从非洲的传统生活中汲取灵感和主题,展示黑人的光荣历史和精神力量。

② David R. Mesher, "Names and Stereotypes in Malamud's 'The Tenants'", *Studies in American Jewish Literature*, p. 67.

③ Norman Mailer, "The White Negro", in *Advertisement for Myself*, New York: Signet Books, 1960, p. 306.

④ 威利的新笔名英文为 Bill Spear。Spear 的英语意思为矛、枪,还包含有莎士比亚(William Shakespear,1564—1616)名字的一部分。

等情感,缺少形式和结构,叙述也杂乱无序。他的作品没有必要的形式来组织章节内容,存在一些显而易见的问题,例如重复过多、素材没有充分利用、各部分之间没有关联、结构比例不适当、重点不突出等等。威利固守自己的创作方式,拒绝改变。正如他对莱瑟所说:"你想知道什么是真正的艺术吗?我就是艺术。威利·斯皮尔敏特,一个黑人。我的形式就是我自己。"①威利过度关注自己的创作目的,迷恋并执着于自我的世界。他从不考虑或者完全拒绝他人的创作方法,这样,他作品的手稿就是由几章自传和几篇短篇小说组合而成。威利也陷入困境之中,无法完成自己的作品。

　　威利也像莱瑟一样,将文学创作与世俗之爱对立冲突起来。在与白人女友艾琳交往的过程中,他对艾琳没有应有的关爱。他们之间形成了陌生、冷漠的关系。艾琳一直关心照顾着威利。她认为,"威利努力要成为一名作家——实际上,他在狱中就开始创作。他的故事和小说——这是我所知道的人生中最令人感动的事情之一。我受到极大的震撼。他还得继续下去"②。她相信,只要威利坚持创作,就会成为出色的作家。在与威利交往的过程中,艾琳悉心照料威利的日常生活。她是一位通情达理、勤奋工作、忠诚于男友的女性。威利不工作,她独自一人赚钱,维持两个人的生活。她不但不抱怨,反而安慰他,让他觉得自己还有美好的前途,现在的处境也不是那么艰难。只有在威利冷落她时,她才显示出一些不满和抱怨。她对莱瑟发牢骚:"由于他(威利)对黑人民族的热爱,他不关注任何事情,他只爱他的工作。否则的话,我们现在已经结婚了。威利总是注意到他的肤色,现在更加

---

① Bernard Malamud, *The Tenants*, p. 75.
② Ibid. , p. 147.

关注。他越创作,就变得越注重黑色。"①

威利对艾琳的态度却很糟糕。他对艾琳的关爱,并没有回报以温情。他把艾琳介绍给莱瑟时,只是说她是自己的白人女友,没有介绍她的名字。他不让艾琳在公共场合牵他的手,也从来不带她去哈雷姆的黑人居住区。这些都表明他没有足够重视艾琳。后来,他认为与艾琳在一起的生活干扰他无法创作,因为艾琳四处走动,把他的思路都弄乱了,他无法集中精力去创作。于是,他搬到莱瑟居住的公寓,渐渐疏远艾琳。开始时,他还在艾琳那儿度周末,后来甚至完全搬出她的住处。他去艾琳家的次数越来越少,去的时候也只是为了洗澡,然后拿走一些零用钱。威利在与艾琳交往的过程中,已经忘掉了生活中的温暖和亲情。他离世俗之爱,离经验中的现实世界越来越远,也就无法完成作品。这也印证了马拉默德的创作主张。他认为,艺术之美与真实的世俗之爱密不可分,甚至艺术必然要依赖经验中的现实世界。②

在马拉默德笔下,莱瑟和威利被刻画成强调"以自我为中心"的人物。莱瑟坚持认为,自己的生活就是为了创作。他经常陷入冥思苦想之中,同现实的生活和社会脱离。威利的创作目的是为了给黑人民族复仇,他经常在作品中刻画世界末日一样的暴力和冲突的场景。对于莱瑟和威利来说,创作已经占据生活的全部。"威利想通过生活创造艺术,莱瑟则尽力要在艺术中发现生活。但是他们都没能获得成功。"③莱瑟虽然对表现黑人生活的文学作品大发议论,自己却无法找到合适的素材和内容,导致创作常常处于停滞的状态;威利的小说主题立意非常好,却没有适当的形

---

① Bernard Malamud, *The Tenants*, p. 119.

② Alvin B. Kernan, "'The Tenants': 'Battering the Object'", in Harold Bloom (ed.), *Bernard Malamud*, p. 204.

③ Edward A. Abramson, *Bernard Malamud Revisited*, p. 96.

式,无法恰到好处地把这些内容表达出来。当现实世界进入他们的生活,需要他们关注、投入感情时,他们往往把自己同周围的世界隔离开来,正如艾琳在小说中所指出的,他们都是具有自我意识的人物。他们都把自己封闭在各自的精神世界之中,都因此生活在困境之中。

莱瑟的创作失败了,因为他不懂得生活中的真爱,却要在小说中表达爱的主题。他陷入形式的局限中,远离真实世界,因此小说无法结尾。威利的创作也失败了,因为他不能将自己从愤怒的情感中解脱出来,也不懂得如何使用形式进行创作。他们在纽约曼哈顿一座即将拆迁的旧楼里,艰难地探索各自的创作之路,小说也因此继续了马拉默德小说中的"苦难主题"①。

马拉默德借助小说中的相关人物,表达自己对人类生存境遇的感受,对如何处理民族关系问题做出了具体的阐释。他认为在多元化的现代生活中,无论是美国犹太人还是黑人,都不能走封闭的"以自我为中心"这条道路。这条路固然可能满足自我利益,但是这种自我利益的实现是以切断正常的社会交流为代价的。在民族文化交往的过程中,个体需要打破民族文化间的局限,从自我的世界中走出去。这样,才能建立与其他民族之间正常的情感交流。莱瑟和威利应该打破"以自我为中心"理念在自己周围虚设的界限,进入互动的交往中。只有这样,他们才能摆脱对自我的迷恋,完成各自的作品,走出生存困境。

二、矛盾的消解

在《房客》中,马拉默德不是简单地阐述莱瑟和威利的生存困境,而是通过描写他们之间关系的发展变化过程,探讨美国犹太

---

① 这一主题在之前的小说中《天生的运动员》和《基辅怨》中也曾经出现。

人和黑人之间建立"兄弟情谊"、消解民族矛盾的可能性。① 科亨曾经指出,"兄弟情谊的基本含义是指一种具有共同家族、共同血统或共同国籍的人之间的关系,但逐渐地,它也被用来表示具有共同信仰和共同仁慈品行的人之间的关系"②。"人的兄弟情谊意味着人们有在全世界范围内实行仁慈的义务。……还必须把这种爱扩展至外邦人"。③ 也就是说,这种情谊可以跨越民族文化界限。马拉默德在小说中指出,不管是犹太人还是黑人,只要他们保持宽容和体谅的心态,就可以在交往中成功地建立和谐的"兄弟情谊"。他表达了希望犹太人和黑人和谐共存的意向,同时也构建了小说中最具人道主义关怀的部分。

马拉默德对犹太人与黑人关系的探讨,受到两个民族关系变化的影响。历史上,犹太人和黑人的命运就联系在一起。④ 犹太人和黑人的生活境遇极其相似:欧洲犹太人有着几千年的流浪屈辱史;黑人也遭受了几百年的凌辱和奴役。他们都痛恨白人的基督教社会。作为美国社会两个主要的少数民族群体,犹太人与黑人之间的关系一直扑朔迷离。他们之间的联系可以追溯到内战期间,之后经历了几起几落。⑤ 20 世纪五六十年代,在美国黑人争取民权的运动中,犹太人发挥了特别重要的作用。他们投身于

---

① 小说开始之前,在封面上就出现了两段引言。马拉默德通过这两段引言表明,他将在小说中探究美国犹太人和黑人之间建立美好情谊的可能性。第一段文字"他还活着、眼睛还睁着,却说我们是谋杀他的人,"暗指小说中威利对社会种族秩序的愤怒。同时,这段文字来源于希腊期喜剧作家安提芬尼斯的《四部曲》,这是莱瑟认同的西方主流文学。第二段引言"我必须把它做好,我必须找到结尾"出自于黑人爵士乐歌手贝西·史密斯,当然是威利归属的世界。

② 撒母耳·S.科亨:《犹太教——一种生活之道》,徐新、张利伟等译,第164页。

③ 同上书,第169页。

④ 这里指的是诺亚的儿子含被驱逐出家门。后来,他流浪到非洲,成为黑人的祖先。

⑤ 乔国强教授曾经详细地论述了两个民族之间关系的发展。参见乔国强《美国犹太文学》,第173~176页。

运动之中,为黑人争取权利的斗争摇鼓助威。他们不仅提供金钱资助,还积极配合和帮助黑人展开行之有效的组织活动,为民权运动的发展做出了重大的贡献。

《房客》体现了马拉默德希望美国犹太人与黑人建立"兄弟情谊"的美好愿望。他希望他们能够互补共存,和平共处。为此,他借用犹太作家和黑人作家相互帮助、相互学习、取长补短的情节,来暗指他们之间可以建立同盟关系,实现平等共生的生存模式。在相识初期,莱瑟和威利相互关照、相互赞美、相互欣赏。他们的关系甚至还引起了房东的怀疑,认为他们在搞同性恋。尽管他们对对方还存有怀疑和恐惧,但是彼此之间更多的还是兄弟般的情谊。小说中,两个人之间建立"兄弟情谊"的可能性主要表现在以下几个方面。

莱瑟体谅和理解威利,这是他们之间建立"兄弟情谊"的一个重要途径。莱瑟对威利很友好,把他当作自己孤独创作生活中的一个同伴。他帮助威利,存放他创作时使用的打字机。他提醒威利,要他小心不要被房东找到。房东发现威利的踪迹后,他帮助威利把打字机藏在自己浴室的浴缸里,还让威利躲在自己的书房中。莱瑟觉得自己有责任保护威利,因为他们是同行,都是作家。威利的家具被房东毁掉,他建议威利住在自己的房间里。他还出钱,给威利买来了一张枫木桌子,一把结实的藤条椅子,一张折叠床,一个大理石底座的带流苏的老式的落地灯。这样,威利就可以生活得更舒适。威利没有收入,莱瑟要他不用担心,因为他在银行的账户中还存有一些钱,他们可以共同使用。

莱瑟对威利的体谅和慷慨,可以从以下两个方面来理解:其一,莱瑟同情威利是一个穷苦可怜的黑人。作为一个已经很有名气的作家,他完全可以依靠之前出版作品的收入,过着衣食无忧的生活,威利却生活在贫穷和困苦之中。与威利相比,他的生活相当惬意,他有舒适温暖的房间作为安身之处,经济生活方面也有一定的保证。因此他认为,威利想要在这幢大楼里有个安身之处的要求是合理的。其二,莱瑟的行为是出于仁慈的本性和负罪感。犹太人已经融入主流社会,远离了流散和苦难的历史。但是,他们从黑人身上看到自己曾经的遭遇,把黑人现在的苦难看作是自己过去痛苦的象征。正如勒诺拉·博森所说:

> 他们(犹太人)同世界上这些可怜人(黑人)深有同感,对他们的苦难表示难过,对自己相对安逸的生活深感不安。所有这些让犹太人有了一种罪责感,导致许多犹太人与黑人之间有着紧密的联系。对于犹太人来说,黑人已经成为自己的替代者。①

正是这种情感,让莱瑟能够容忍威利的粗暴无礼。两个人曾经在一起欣赏贝西·史密斯的音乐。当时威利不舒服地扭来扭去,他对莱瑟说:"你为什么不把那张唱片扔掉、摔碎,或者吃掉? 你甚至不知道怎么领略其中的意蕴。"②听了这话之后,莱瑟没有驳斥他,而是换上了舒伯特艺术歌曲集。黑人威利指责犹太人莱瑟,认为他不懂得如何欣赏黑人的音乐,莱瑟谅解了威利。

莱瑟对威利的生活方式充满渴望,这是他们之间可以建立"兄弟情谊"的一个主要表现。莱瑟羡慕黑人的生活充满激情和活力。他认为,威利比自己更精力充沛。他被黑人吸引,把他们看作是力量和神秘的象征。他还改编了布莱克的著名诗歌

---

① Lenora E. Berson, *The Negroes and the Jews*, New York: Random House, 1971, p. 183.

② Bernard Malamud, *The Tenants*, pp. 86 – 87.

《虎》①,通过这种方式,把黑人比作森林之王。在莱瑟眼里,黑人的生活更充实、更丰富多彩、更注重世俗的享受。小说中,马拉默德把威利和他的黑人朋友们的生活描述得活力四射、灿烂绝伦。他们的衣着时髦新潮、绚烂多彩。他们或者穿着金色的衬衣、戴着红色的毡帽,或者穿着紫色的真丝衬衣、褐色的短靴。在黑人的聚会上,莱瑟听着黑人的音乐,心中感受到一种渴望,一种对生活的热望。"他们(黑人)的上空笼罩着甜美的氛围,莱瑟感到很兴奋。"②

莱瑟的精神面貌却与黑人恰恰相反。在马拉默德笔下,莱瑟被刻画成忧郁颓废、死气沉沉的样子:"常常布满血丝的困倦的灰色的双眼""显现出功利性的嘴唇""歪斜的、日益变得瘦削的鼻子"。莱瑟向往黑人的生活。他想象自己走在哈雷姆地区,体验其中的生机与活力。马拉默德在小说中写到:"他(莱瑟)看见自己一人在宽阔的黑色海洋中,向非闹市区漂流,虽然这里到处都是灵巧的小船、彩色的小鸟、形形色色的兄弟姐妹。至少,他愉快地走着,不去想创作的事情⋯⋯"③莱瑟通过威利,了解了创作之外的多彩生活。他参加威利和他朋友们的聚会,还认识了更多的女性朋友。威利的出现,使得他原来沉闷的生活氛围被打破了。他的生活不再单调、压抑,这给他带来了变化和希望。他感觉生活很美好,似乎也看到了人生的意义。

莱瑟与威利拥有共同的事业——创作,这是他们建立"兄弟情义"的一个重要手段。莱瑟与威利曾经像亲密的朋友一样,肩并肩一起坐在小厨房的地板上。他们来回轮流吸一支皱巴巴的

---

① 威廉·布莱克(William Blake, 1757—1827)是英国诗人、画家,浪漫主义文学的代表人物之一。
② Bernard Malamud, *The Tenants*, p.124.
③ Ibid., p.89.

潮湿的香烟,深入探讨文学创作中遇到的问题。在他们的想象
中,厨房成了"漂流的小岛,在夏季雨后散发出森林和花朵的气
息"①。实际上,小岛象征着文学创作领域。这里只有他们两个
人,他们相互鼓励对方,要写出最好的作品,争取获得诺贝尔文
学奖。

威利在创作上遇到困难时,常常向莱瑟发泄自己的愤懑。他
一直坚持创作"抗议小说",他自己也觉得这种创作方式在某些地
方偏离了轨道,但是他并不确切地知道,偏离出现在哪,为什么会
出现这种情况。他在遇到这类问题时,往往在莱瑟那里获得
安慰:

> 那个黑人目光仍然呆滞,拍了拍莱瑟的后背。
> "我们都迷上了艺术,老爹。你和我都真的陷入困境。"
> 他们像亲兄弟一样相互拥抱。②

在创作过程中遇到困难时,他们彼此同情,并且通过拥抱的方式
来安慰对方。他们的关系亲如兄弟。

莱瑟和威利彼此了解,相互赞美,共同构建了一个"宽容的社
会"。莱瑟被威利小说的主题深深地打动了。他认为,威利的小
说内容丰富,有好的创意。读过威利小说的手稿之后,他指出,这
是一部天才之作。他说:"威利,首先你是一名作家。你书稿中的
自传和五篇短篇小说,这两个部分都给人留下深刻的印象,令人
深深感动。"③同时,他也指出其中的不足之处,传授给威利一些文
学创作技巧。他还给了威利一本字典和一本语法手册,并且告诉

---

① Bernard Malamud, *The Tenants*, p. 48.
② Ibid., p. 54.
③ Ibid., p. 71.

他,如果他遇到任何感兴趣的东西,他们都可以讨论。这一切使得威利很感动,他甚至认为莱瑟的血液中也许有黑人的成分。威利表达了对犹太人的好感,他从心底里敬慕莱瑟的创作技巧。他从图书馆借来莱瑟已经出版的著作,仔细认真地阅读。他认为,莱瑟的第一本书太吸引人了,读过之后,他一直在自言自语。他对莱瑟说,他喜欢莱瑟创作的方式,因为作品形式完美、语言精练。他没想到这本书会这么出色,对莱瑟的创作技巧和对形式的把握表示由衷的佩服。

这一时期,两人之间的"兄弟情谊"是完美无缺的。他们一起饮酒,讨论创作中的心得。莱瑟认为,威利最新手稿的第一章写得更加出色,"形式很好""写得不错""打动人心"。他大声朗读约翰·济慈①说过的一段话,"我更加确信,优秀的创作几乎就是世界上最重要的事情"②。威利表示赞同。他们两个人都认为,创作是一件令人愉快的、伟大的事情。莱瑟和威利有着不同的喜好,但是莱瑟显然对黑人的生活方式感兴趣,同样威利也深深地被犹太文化所吸引。马拉默德通过两个人的关系,传达了这样的信息:犹太人和黑人可以很好地合作,他们可以在生活和事业中平等相处。马拉默德构建了一个宽容、和平的生存环境。

在小说即将结束的时候,马拉默德还虚构了两个异族婚礼,这也是阐明犹太人和黑人之间建立"兄弟情谊"的可能性的一个方面。在莱瑟的想象中,他和威利两人同时身处于一个非洲的黑人部落,一个充满犹太意味的地方。他和玛丽举行了婚礼,主持仪式的是当地黑人部落的酋长;此时此刻,威利则与女友艾琳结成了伉俪,为他们祝福的是犹太拉比。这场婚礼让人充满期望,

---

① 约翰·济慈(John Keats,1795—1821)是杰出的英国诗人,浪漫主义文学的主要代表人物。

② Bernard Malamud, *The Tenants*, p.105.

正如艾布拉姆森所说:"黑人和白人(犹太人)通婚,解决了民族文化间的冲突和矛盾"。①

实际上,马拉默德凭借这两个婚礼,表达了耐人寻味的寓意。他期望,犹太人和黑人之间不再有歧视和压迫。无论犹太人还是黑人,都能够放弃以往的恩怨、对对方采取容忍的态度,从而实现民族文化相容的局面。这种伦理寓意在接下来拉比的话中呈现出来。他提醒莱瑟和威利,异族通婚的婚姻生活中会存在许多困难,一起生活不是那么容易的。婚姻中除了爱情,还得生活,所以他们需要彼此信任,相互宽容,理解对方。拉比说道:"我要求你们记住婚姻是一种契约。你们要同意爱对方,并且维持婚姻长久。我要提醒你们记住亚伯拉罕和上帝的契约,还有通过他我们与上帝的契约。如果我们能够遵守与上帝的契约,那么保持彼此之间的契约也就容易了。"②也就是说,如果犹太人和黑人能够做到彼此信任和宽容,做到相亲相爱,他们就能够保持和谐的关系,维系相互之间的团结和联盟。显然,犹太人和黑人之间存在相互吸引的倾向,不同民族之间并不存在不可逾越的鸿沟。正如拉比所说:"也许有一天,上帝会让以实玛利的后裔③和以色列人生活得如同一个民族一样。"④

马拉默德从艺术的角度,象征性地刻画主人公的爱情和婚姻生活。通过拉比的叙述,借用《希伯来圣经》中的神话原型,他真实地表达了自己的希望。他期待,美国人民能够团结、和睦地相处。马拉默德曾经指出,自己创作《房客》的目的,就是为了让现

---

① Edward A. Abramson, *Bernard Malamud Revisited*, p. 98.

② Bernard Malamud, *The Tenants*, p. 216.

③ 在《圣经·旧约》中,以实玛利(Ishmael)是亚伯拉罕的妾埃及人夏甲所生的儿子。以实玛利的儿子尼拜约是阿拉伯阿德南人的祖先,所以以实玛利的后人就是阿拉伯人。

④ Bernard Malamud, *The Tenants*, p. 216.

代世界的人类社会呈现不同景象——让不同民族的人民增进彼此的了解。而且，他相信之前的作家中，只有威廉·福克纳做到了这一点。[1] 他没有将两个民族置于不公平的等级关系之中，而是让他们平等对待彼此。马拉默德把两对异族夫妇的婚礼作为小说的一种结尾，[2]这也许是他内心憧憬的结局，一种实现民族和谐共存的美好幸福的生活。

马拉默德让莱瑟和威利平等地参与到社会生活中去。他们在人格上相互尊重，达成彼此间的和谐关系。他清楚地表明，如果莱瑟和威利以宽容和谅解的态度，继续维护彼此之间的"兄弟情谊"，他们之间就有合作和结盟的可能。如果他们之间的关系这样发展下去，他们就可以和睦相处，就都能顺利地完成作品。正如斯·茨威格所说："我们的世界大得足以容纳许多真理。如果人们相互友好的话，就能和睦相处。"[3]马拉默德费尽心思，让莱瑟和威利摒弃惯常的偏见与猜疑。他们联合起来，相互学习，吸取对方的长处，弥补自己的不足。马拉默德借此指出，不同民族在相处过程中，如果对彼此保持宽容和体谅的心态，就有可能成功地建立和谐友好的"兄弟情谊"，消解矛盾，进而在相互信任中推进各自事业的进展。

但是，真实的情况并没有这么简单，不同的民族在交往过程中还存在矛盾和斗争等不和谐现象。矛盾和斗争是指两个或两个以上民族在接触过程中产生的竞争和对抗。这种矛盾和斗争主要有两种不同的表现方式：一种发生在不同国家之间；另外一种发生在同一国家的不同民族之间。不同民族的经济利益和权势地位发展不均衡，彼此之间的关系就会发生疏离，或者出现不

① Philip Davis, *Bernard Malamud: A Writer's Life*, p. 267.
② 这是小说中第二次出现结尾的字样。
③ 斯·茨威格：《异端的权利》，赵台安等译，北京三联书店，1986 年，第 168 页。

和谐的状况。为了争夺生存空间、权力和地位,他们就会发生冲突。这种冲突常常会以民族间的非暴力的文化冲突表现出来,也有可能发展为暴力革命。在文化领域中,为了取得领导权,不同民族群体不断地进行斗争、谈判和调停。某个民族群体可能会获得更多的机会,得到更直接的再现,从而掌握控制文化权力。处于无权地位的民族群体则很难再现自身,只能任由他人来控制自己。如果一个民族群体处于社会的边缘,受到压迫和排斥,他们就会采取斗争的方式,更加真实、直接地再现自身。

在现实生活中,犹太人和黑人两个民族之间的关系并不一直是和谐友好的,彼此间的歧视和偏见仍然没有彻底消除。他们之间存在显而易见的差异:犹太人代表智慧和文明,总是把自己视为上帝的选民;黑人则象征野蛮和暴力,始终在生存过程中遭受被贬低的命运。第二次世界大战之后,美国犹太人的经济和社会地位逐渐提高,他们中的大多数人跻身于中产阶级行列。犹太人向来看重对子女的教育,而且擅于经商致富。他们创造了众多的经济奇迹,大量的犹太富翁和成功人士涌现出来。因此,经过多年的努力奋斗,犹太人已经融入美国主流文化之中。1948 年以色列建国,美国犹太人看到了希望。他们认为,自己的民族可以重新振兴,增强了自尊心。

美国黑人的遭遇却与此形成鲜明的对比。现今美国黑人的境况已经得到很大的改善,但是由于受到长期实施的种族歧视政策的影响,他们的生存环境还很恶劣,职业身份和社会地位在二战前后也没有明显的改变。黑人在摆脱被奴役的状况后,认为自己又被犹太人施以经济、文化和社会地位方面的剥削和压迫,无法获得生存的尊严和成功的机遇。显然,苦难的生存现实使得美国黑人对主流社会表现出极端的不满和愤怒。他们也嫉妒和憎恨融入主流社会的美国犹太人。美国犹太人一方面对黑人持有心理方面的认同感,因为历史上相似的生存境遇时常唤醒他们的苦难记忆。另一方面,犹太人在教育、文化、科技等方面取得的成就,已经被美国主流社会认同。他们在面对黑人时,常常产生优越感,认为黑人智力低下、文化落后。黑人尚未摆脱经济上的拮据状况,他们嫉妒犹太人出色的经商才能,逐渐产生反犹主义倾向,与犹太人成为宿敌对头。① 因此,两个民族相互隔阂,彼此猜疑,相互敌视。莱瑟和威利交往的挫折就说明了这一点,他们的创作事业也因此遭受重大挫折。

马拉默德创作《房客》的目的,是要阐明不同民族如何解决彼此间的矛盾和冲突,从而建立"兄弟情谊"。从这个意义上说,他在描写莱瑟和威利的分歧和斗争时,显然是把他们当作镜子,想让读者从他们的生存遭遇中获得启示,看清问题的本质。他并不是为了描述莱瑟和威利如何在争斗中摧毁对方,而是为了说明他们怎么做,才能尽量避免矛盾和冲突,创造和谐美好的生活。

不同民族间的矛盾和冲突主要是由"他者化"现象引起的。任何一种民族文化为了维持其既定的秩序,都会人为地将另外一种文化"他者化",并且"在每一种文化中,人往往想自己与众不同,而且是最与众不同的,因为每一种文化在所有成员中维持着这种'差别'的感觉"②。《房客》中的这种"他者化"现象,体现在莱瑟和威利对彼此的偏见和歧视的态度上。威利出现之前,莱瑟就在楼梯遇见一个陌生人,一个大块头的家伙。莱瑟问他,"你找

---

① 美国文学界就两个民族之间的关系问题,也曾经进行过争论。例如,犹太《评论报》的主 编诺曼·波德霍雷茨曾经指出,犹太人虽然没有祖国,在历史上历经磨难,但是他们终究创造了古老辉煌的文明,而且犹太人的婚姻家庭生活最稳定,酗酒和犯罪现象很少出现,是少数族裔的典范。他还指责黑人不重视教育,暴力和吸毒等现象普遍存在,致使美国的社会问题更为严重。而黑人作家詹姆斯·鲍德温却认为,犹太人没有充分信任黑人。他们想进入上层社会,因此不可能认可社会地位低下的黑人。

② 勒内·吉拉尔:《替罪羊》,冯寿农译,北京,东方出版社,2002 年,第 25 页。

谁,兄弟?"那人反问道,"你叫谁兄弟?"①这种预言般的警示场景,具有一定的寓意。马拉默德借助这一情节表明,在处理民族关系时,如果不消除把对方"他者化"的倾向,不消除对彼此的偏见和歧视,就很难结成真正的"兄弟情谊"。

在人类社会的生存历程中,不同民族应该正确对待"自我"与"他者"之间的辩证关系,这样才能摆脱困窘的生存状况。莱瑟和威利在生活和工作中,却常常将"自我"凌驾于"他者"之上。马拉默德对"他者化"现象,进行了猛烈的抨击。他借莱瑟和威利,表达了对这一问题的态度:即一方面,他抨击民族关系中过于强调"自我"、无视道德规范、实施种族歧视的行为,以期对其进行纠正;同时,他也对民族关系的发展充满信心。他抨击的目的是为了拯救,为了使不同民族的人民在交往过程中能够走出生存困境。

马拉默德对"他者化"倾向进行了抨击。莱瑟把自己设置在主流文化之内。他认为,自己处于社会生活的"中心"位置,黑人威利就应该生活在"边缘"地带。他将威利隔绝到主流社会之外,人为地把生活在同一世界的人分裂成对立的双方,造成彼此间的敌意与冲突。

莱瑟的"他者化"倾向首先表现在他的思想意识之中。莱瑟一个人居住在自己创建的"孤岛"上。他生活在一个缺乏情趣的世界中,而且这是他有意识寻求的一种生活方式。他不断地采取各种手段,在自己四周建造起屏障,同周围的世界和其他人隔离开来。而且,他还把创作小说当成这种生活的一种借口。莱瑟认为,自己已经习惯成为"岛上"唯一的主人,这里已经成为他掌控的领地。他讨厌黑人作家威利的出现,不欢迎他的到来。他与威

---

① Bernard Malamud, *The Tenants*, p.4.

利打招呼,主动伸出手去握手。实际上,他的真实想法是为了让威利不打扰自己,以便尽快完成自己的小说。

莱瑟的"他者化"倾向还表现在他歧视威利的态度上。犹太人过去常常遭受歧视,被认为是劣等人种。他们因为明显的种族特征,常常在生活中处于"边缘"地带。现在,莱瑟却反过来对威利持有种族歧视的态度,这从他眼中威利的形象就可以看出来。在他看来,威利"突出的眼睛"总是"湿湿的";①"他的发式不是非洲式的,但却梳得笔直,左边有一部分好像从头皮上立起来,后边凸起部分就像突然起来的一块木地板。"②莱瑟一直认为,黑人是卑微粗俗的。他对威利的生活方式表示厌恶。他指出,威利的房间,以前居住的是一个干净有礼貌的德国绅士,现在这个房间却变得乱七八糟。卧室的墙上一片污迹,上面乱写乱画,溅上啤酒、红酒、清漆污渍,还有说不出是什么东西溅上的污点。莱瑟自以为是文明和教养的象征,贬低黑人,把他们看作是尚未文明化的野蛮人。他眼中的威利,就是庞然大物般的野蛮人,威胁自己和在这之前住在这里的房客所代表的西方文明。

莱瑟甚至潜意识地把威利当成是一种威胁,这是"他者化"倾向的一种表现。他第一次在大楼里听见威利打字的声音,还没见到威利,就觉得"好像在他一生中第一次听到这种声音,一种混有竞争性嫉妒的感觉"③。莱瑟并不是心甘情愿帮助威利摆脱困境。威利因为创作上遇到困惑而用头撞墙,这时莱瑟不但没有尽力去帮助他、安慰他,反而抱着幸灾乐祸的态度,在一边袖手旁观。莱瑟嫉妒威利的创作才能。他把威利视为自己创作工作中的一个陪衬,认为威利就是获得诺贝尔文学奖,也肯定是在自己之后。

---

① 小说第 75 页和第 87 页都出现这样的描述。
② Bernard Malamud, *The Tenants*, p.34.
③ Bernard Malamud, *The Tenants*, p.26.

　　莱瑟能够察觉出威利身上不同的气味,这是他将对方"他者化"的一种象征。莱瑟第一次去威利的房间时,就从一堆用了好长时间的、有些脏兮兮的手稿中,闻到了一种难闻的气味。后来,在他阅读威利手稿的过程中,这种气味多次出现。他对黑人持有蔑视的态度,在他的观念中,威利身上包括他使用过的物品,始终都散发出令人讨厌的气味。这种状况一直持续到他被威利小说手稿中的情节打动为止。读完威利的书稿后,莱瑟开始同情以威利为代表的黑人,把他们看作是受苦受难之人。他再次阅读书稿,虽然不断地闻,但还是没闻出什么味道来。他摒弃歧视的观念,不再将黑人"他者化",威利身上的难闻气味也就消失了。

　　莱瑟对威利冷酷无情,这也是"他者化"倾向的一个方面。尽管马拉默德本人是犹太白人,但是他并没有袒护莱瑟,而是给出了明确的价值判断标准。读者可以根据这些准则明辨是非。莱瑟从来没有把威利当成一个真正的同伴来平等地对待。威利的女友艾琳是犹太白人,他对此充满嫉妒。他一直被艾琳吸引,还为自己找借口,说这是因为他们都是犹太人,这种"亲缘关系"让他们彼此接近。第一次参加聚会时,他就试图引诱艾琳,并且不得不因此接二连三地赔礼道歉。后来,他更是发现自己坠入爱河。事实上,他这么做还有更明显的动机。他接触艾琳,就是因为她是威利的女友。他认为,抢走艾琳就可以毁掉威利,因为黑人"性心理方面最容易受到伤害"[①]。正如艾琳所指出的,莱瑟喜欢她,就是因为她是威利的犹太白人女友。尽管莱瑟一再否认,但是艾琳还是认为,他们的这种行为牵涉到民族歧视。她说自己有一种不好的感觉,觉得他们好像"在威利的屁股上踢了一脚"。

---

　　① Iska Alter, *The Good Man's Dilemma: Social Criticism in the Fiction of Bernard Malamud*, p.77.

莱瑟在这件事上丝毫不考虑威利的感受。威利得知事情的真相，非常愤怒。他斥责莱瑟，"你用诡计欺骗了我，犹太骗子，你让我深深地沉迷在创作之中，你却抢走了我的女友……你这白人垃圾，不再仇恨你是我犯的错误。从现在开始我会永远恨你"①。威利为了在创作上尽快赶上莱瑟，逐渐冷淡艾琳。莱瑟则乘人之危，夺人所爱。从这个细节可以看出，在莱瑟的观念中，威利仍然不是与他地位平等的朋友。他与威利相处时，采取歧视的态度和恶毒的手段。两个人之间的关系也因此发展为仇视对方。

莱瑟对黑人做出了卑鄙恶劣的行径，这是"他者化"倾向的一个标志。小说中黑人愿意和犹太人交往，他们没有恶意。但是，犹太人却蔑视黑人，认为他们是劣等的民族，残酷地剥削和压迫他们，甚至做出龌龊的事情。莱瑟在聚会中诱奸了黑人姑娘玛丽。他的恶劣行为曝光以后，威利的黑人朋友们恼怒地瞪着他，其中雅各②愤恨地对他说：

> "如果你认为你是个白人，你就错了，"雅各说。"你是真正的黑色的。白人是黑色的。黑人才是真正的白色。"
>
> "我想我知道你的意思。"
>
> "不，你不知道。你把我们和你自己都看错了。如果你看我的眼光是正确的，你就会把我看成是白色的，就像我把你看成黑色一样。你认为我是黑色的，因为你的内心世界看不到这个世界的真实景象。"③

威利和他的朋友一样，也憎恨并且羞辱莱瑟。在这个事件中，马

---

① Bernard Malamud, *The Tenants*, p.169.
② 小说中威利的一个黑人朋友。
③ Bernard Malamud, *The Tenants*, p.130.

拉默德所持的态度很明显,他指责莱瑟的所作所为。威利考虑到两人之间的友情,邀请莱瑟参加朋友举办的聚会,但是莱瑟却做出了丧尽天良的事情。马拉默德委婉地批判了莱瑟的行为。在被威利和他的朋友接受,与他们建立友谊之后,他的举止行径却令人鄙夷和厌恶。马拉默德通过这件事指出,有些犹太人外表美丽,内心却邪恶、卑鄙。他们打着文明的旗号,却做出猥琐的行为。马拉默德对犹太人和黑人交往过程中存在的问题,进行了客观的分析。他没有偏袒自己的同胞,也没有对黑人持有歧视的态度。他认为,犹太人必须公正、平等地对待黑人,做事凭良心、讲道德,消除"他者化"的思想倾向,这样他们之间才能建立"兄弟情谊"。

威利也持有"他者化"倾向,马拉默德对此也进行了抨击。威利也将莱瑟视为"他者",对莱瑟持有偏见,这是"他者化"倾向的一个主要方面。在他的观念中,犹太人都冷漠无情,他们是金钱、知识和技巧的象征。正如艾布拉姆森所指出的,"尽管犹太人曾经对黑人群体和事业给予长期的和强有力的支持,《房客》探讨的是 60 年代黑人的反犹主义情绪"[1]。两个人第一次见面时,莱瑟遵守传统的礼节,伸出手对威利表示友好和欢迎。但是威利非常固执,他根本就没有与莱瑟握手的意思。莱瑟感到很难堪。为了给自己找个台阶下,他想解释说,"自己小时候,曾经在南芝加哥黑人居住区的边上生活好多年。他在那还有一个朋友;他最终没说。谁会在意这一点呢?"[2]马拉默德借这一情节表明自己的观点,仅仅依靠习俗、规则和空口的应酬话,无法消除黑人对犹太人的偏见,属于不同民族的两个人也无法兄弟般地一起生活和

---

① Edward A. Abramson, *Bernard Malamud Revisited*, p. 90.
② Bernard Malamud, *The Tenants*, p. 32.

工作。

威利根本就不信任犹太人,这是"他者化"倾向的一种主要表现。他与莱瑟一起探讨文学创作,莱瑟说出自己的创意,他却拒绝透露自己小说的内容和细节。他把自己的打字机临时存放在莱瑟家里,但是却心怀戒心,不肯把自己的创作手稿让莱瑟保管。正如詹姆斯·鲍德温所指出的:"我记得在我成长的岁月中,家里家外没有一个黑人真正地信任犹太人。事实上,很少有黑人不对他们表现出蔑视。"①威利还为自己辩护,他不是讨厌犹太人。如果他确实如此,那也不是源于自己的编造,而是因为他生活在美国。威利对莱瑟持有戒备之心,他们友好关系的表面之后潜藏着矛盾和冲突。

黑人常常也能够感受到犹太白人身上的气味。玛丽在第一次聚会上,没有和莱瑟上床。她用力地把他推开,原因就在于她闻出他身上的气味。她接着解释,"不是指个人",是指他"发出犹太白人的气味"。威利在创作时总是远离艾琳。他认为,只有这样,自己才能纯粹地创作。也就是说,威利认为,他只有远离犹太白人,才能创作出纯粹的黑人文学。凭借气味,就可以识别出民族间的不同,马拉默德借这一情节指出,靠这种方法区分民族差异是多么荒唐可笑。同时,他也表明,这种观念在人的意识中根深蒂固,就像人的感觉功能一样,很难彻底根除。正如奥克肖恩所说:"马拉默德在某种程度上,将种族歧视展示得如同'皮肤病'一样,成为读者眼中和鼻子里的阻碍物。"②

看上去,莱瑟和威利的关系好像受到私生活的影响。他们因为女友等方面的问题不断发生矛盾和冲突。实际上,文化背景差

---

① James Baldwin, *Notes of a Native son*, Boston: *Beacon Press*, 1957, p.68.
② Kathleen G. Ochshorn, *The Heart's Essential Landscape*: *Bernard Malamud's Hero*, p.213.

异才是引发"他者化"现象,导致关系急剧恶化的主要原因。莱瑟把威利叫作"下流的黑鬼笨蛋",并且还说"我知道你想听到这种称呼"。威利也反驳莱瑟,说他是"犹太鬼猿猴放屁小偷"。这些话明显打击了彼此的自尊,严重地伤害了他们之间的感情。莱瑟和威利对对方存有戒备之心,甚至是敌对、仇恨的心理。正如伊斯卡·奥尔特所说,他们"就像敌对的野兽,出于维护生命的需要进行自我保护,小心翼翼地围绕在彼此周围"①。相互间的偏见和歧视,使得他们都将对方视为"他者",彼此之间的距离越拉越远。

马拉默德旗帜鲜明地反对剥削和压迫黑人的行为,认为犹太人只有放弃这种行为,才能建立起与黑人之间的"兄弟情谊"。美国黑人也是这个国家的公民,应该像其他人一样,得到美国宪法赋予的一切权利,应该拥有相应的国民待遇。然而黑人在生存过程中,往往遭遇不公正的待遇,他们在经济、文化和社会生活中仍然受到歧视、剥削和压迫。对于贫穷的黑人来说,犹太店主、房东、老板显然都是剥削、压迫他们的力量。詹姆斯·鲍德温曾经回忆说:"哈雷姆地区的犹太人,绝大多数都是小商人、房主、地产商、当铺老板;他们的运营方式与美国剥削黑人的商业传统一致,所以他们也被认为是一种压迫力量,并且引起黑人的痛恨。"②小说中,威利努力改变自己的生存处境,获取应该享有的做人的权利。他渴望得到他人的认同,在经济、文化和两性关系等方面都确立并且巩固自己的社会地位。

威利对犹太人在经济方面的控制,感到无比的愤怒。他在社会经济生活中面对残酷的压力,指出:"讨厌的犹太狗房东"不让他静下心来全身心地投入创作之中;犹太店主总是向他要高价、

① Iska Alter, *The Good Man's Dilemma: Social Criticism in the Fiction of Bernard Malamud*, p.75.
② James Baldwin, *Notes of a Native Son*, p.68.

敲他的竹杠;"鼠目寸光"的犹太出版商因为一些"狗屁理由",拒绝他的手稿,让他的作品无法问世。在他的经历中,没有一个犹太人像对待正常人一样来对待他。① 对威利来说,生存现实是压迫性的、敌对性的。他甚至感觉到,自己被抛弃到生活的"边缘地带",有一种被"边缘化"的感受。对于黑人而言,这些就是实实在在的生存境遇。他们忍受着贫穷和困苦,几乎没有任何改善生存状况的机会。他们不能决定自己的命运,处于孤立无援的境地。

　　威利在社会文化生活中,也遭受到压迫和奴役,这从他的创作经历就可以看出来。威利在创作过程中遇到一些问题,他向莱瑟请教。莱瑟极不情愿,他说:"如果你真的想要我看(你的手稿),我会看的。"威利憎恨地看了莱瑟一眼,说:"如果我不要你看,你就不看吗?"②通过这两段描述,两个人微妙的心理活动生动地表现出来:一方面,莱瑟不想给威利实质的帮助;另一方面,威利不但嫉妒莱瑟在创作中的成就,而且还痛恨他看不起自己。对威利来说,现实生活中的文化氛围成为一种挥之不去的压抑与桎梏。这种生活对他而言是一种苦差,他在这样的文化环境中也不会感到舒心和愉快。文化生活中的遭遇更加增强了威利对犹太人的仇恨,他们无法消除彼此间的分歧与矛盾。

　　威利认为,在两性关系中,自己作为男性的尊严也被剥夺。他与艾琳的关系就是理解这一问题的关键。对于威利来说,艾琳不仅仅只是女友,更是一种地位的代表,一种胜利的象征。自从奴隶制实施以来,都是白人男性将黑人女性当作性奴役的工具和经济剥削的手段。这种奴役和剥削,象征着在社会上拥有完全的威信。威利拥有一个犹太白人女友,这不仅是对犹太白人的蔑

---

　　① 艾琳曾经说过,威利在工厂干活时,要干双倍的工作,却只能得到正常工资的一半。威利自己也说过,没有一个犹太人把他当人看待——无论男女。

　　② Bernard Malamud, *The Tenants*, p.57.

视,而且也是反抗曾经的压迫者。但是,莱瑟抢走了艾琳。对于威利来说,失去艾琳是对自尊的一种伤害,他失去了以往的自信。威利对莱瑟的愤怒蕴含着更深层的含义:一方面源自历史上的反犹主义;更主要的原因则是"对丧失身份、受到排挤的一种恐惧,反映的是奴隶制的罪行及其产生的恶果"①。他对莱瑟说:"我知道,你要抢走我做人的气概。我不会像傻瓜一样,让你得逞。犹太人让我们的力量受到损害,这样你们就可以获得一切……你们这些犹太人混蛋,我们受够了你们的欺骗。"②威利的黑人朋友也认为,莱瑟伤害了威利作为男性的尊严。他们鼓动威利烧掉莱瑟小说的手稿和备份稿,建议他应该亲自把这些都烧掉,因为莱瑟不仅嘲笑他的书稿,还抢走了他的女友。从某种程度上说,莱瑟夺走了威利正常的性生活和终身的职业,他因此有一种被阉割的感觉。由于争抢艾琳而引发的矛盾和冲突,是导致威利与莱瑟关系恶化的主要原因。

在生存的过程中,威利渴望取得同等的社会地位,希望得到认可,享受"对等"的权利。"对等"意味着他"被给予了机会,……能够经验到自己是对社会有价值的存在,据其成就和能力,得到了社会的承认"③。由于现实社会的等级化和差异化,威利在经济、文化和两性关系中都被排除在主体社会之外。他身上体现出犹太人对黑人的三种剥削和压迫的形式:犹太房东使得记忆中经济上的压迫仍然烦扰着威利;犹太出版商和犹太作家让他对自己的创作能力产生怀疑,创作的信心受到强烈的打击;犹太人莱

---

① Iska Alter, *The Good Man's Dilemma: Social Criticism in the Fiction of Bernard Malamud*, p.78.

② Bernard Malamud, *The Tenants*, p.151.

③ 阿克塞尔·霍耐特:《为承认而斗争》,胡继华等译,上海世纪出版集团,2002年,第134页。

瑟抢走他的女友,让他作为男性的尊严丧失殆尽。威利很难得到社会认可,更不可能融入主流社会生活。这种等级化和差异化导致了民族间的矛盾和冲突不断激化。

在小说中,马拉默德表现威利的被"边缘化"、被歧视和被压迫,他的意图在于要引起政府的关注,对黑人问题给予更多考虑。他曾经在采访中指出:"如果美国黑人能够正常地享有部分财富,能够合法、平等地获得种种机会,能够实现做人的权利,那么美国黑人、犹太人还有其他民族之间的关系就必定会得到较大的改善和提高。"[①]马拉默德关注美国黑人的生存权利。他认为,他们应该能够像其他民族一样享受生活,获得平等地位和更好的福利,这样才能改善目前的民族关系。

在《房客》中,莱瑟与威利之间最主要的矛盾还是由创作思想和创作方式的不同引起的。犹人与黑人拥有相同的历史和生存境遇,两种民族文学也拥有相似的文学史传统和精神气质:犹太作家一般围绕"苦难——救赎"的古老隐喻展开创作;黑人作家则书写反抗奴役和压迫的寓言。同时,他们的创作风格却大相径庭:犹太作家大都从历史的视角出发,平静地反观父辈的境遇;黑人作家则更敏感、更激进,更倾向于把自己同胞遭受的歧视和压迫通过文字的方式宣泄出来。马拉默德刻画莱瑟和威利在创作上的差异,其意图在于要让人们认识到,犹太人与黑人只有虚心地相互学习,弥补缺点和不足之处,才能消除分歧与对抗,建立"兄弟情谊"。

小说中,莱瑟和威利在方方面面都形成了鲜明的对照:莱瑟人到中年,过着离群索居、孤陋寡闻的生活。他生活的目的就是

---

① A. Field & J. W. Field, "An Interview with Bernard Malamud", in Lawrence M. Lasher (ed.), *Conversation with Bernard Malamud*, Jackson: University Press of Mississippi, 1991, p.43.

为了文学创作。他的作品只注重形式、内容空洞;威利则年轻气盛,有活力、有热情。他喜欢社交活动。他的小说不讲究形式、没有章法,但是内容丰富、感情真挚。① 莱瑟和威利的创作思想和创作方式存在着各自的优势和弊端。他们展示的是两种不同文化背景中的民族特性,"犹太人代表的是形式,而黑人给人的感觉是注重经历"②。马拉默德在小说中主要呈现的是犹太作家和黑人作家之间的创作之战。也就是说,文学创作是他们之间发生矛盾和冲突的主要战场。

莱瑟有一套完整的创作规则、审美标准和道德思考。在他的观念中,艺术就是形式、规则和设计。他对威利说:"如果我们探讨艺术,就需要谈论形式,否则的话就不会有秩序,并且意义可能无法存在。"③莱瑟相信,艺术应该"类型化"。他给威利提出建议,如果威利想要成为艺术家,就不能在创作中只是反映黑人的生活。也就是说,威利必须使自己创作的形式,符合主流文化的创作观。莱瑟的专长就是不断地重写和修改小说的手稿。他认为,创作中一件美妙的事情就是不断地修改,可以更换意象和观念,让书稿比以前更完美。

莱瑟这种创作理念的弊端,也让他付出巨大的代价。他脱离生活,缺乏经历的积累。因此,他虽然不断地修改手稿,不断地进行自我反省,却始终无法写出一个完美的结局。威利搬进公寓之后,他们之间展开了遮遮掩掩的竞争。莱瑟希望能够在竞争中获

---

① 两个人甚至在创作习惯上也大相径庭。威利充满激情地、全身心地投入到创作中。他在冬季里也感觉不到寒冷,甚至都不需要取暖设备。莱瑟则与威利相反,他在房间里使用电暖气取暖,但是仍然觉得很冷。

② Ihab Hassan, "Bernard Malamud: 1976 Fictions Within Our Fictions", in Richard Astro and Jackson J. Benson (eds.), *The Fiction of Bernard Malamud*, Corvaillis: Oregon State University Press, 1977, p. 54.

③ Bernard Malamud, *The Tenants*, p. 75.

得胜利,他对威利说:"我要先获得诺贝尔文学奖,威利。我已经创作了很长时间,我明天还得工作。"①莱瑟期望能够在与威利进行的竞争中大获全胜。为此,他变得非常焦虑。他偷看威利倾倒出来的废弃的书稿,监视威利的创作进展。同时,他把自己废弃的书稿丢弃到马路对面的垃圾桶里,他认为这样威利就不能看到自己作品的内容。莱瑟与威利由于从事同样的创作事业而相互竞争,他们开始时的友好和谐的关系逐渐丧失。他们相互防范、彼此不信任,他们的关系变得隔阂冷淡,没有了原来的相互关怀。马拉默德通过细节描写,呈现了自己对两个民族文化和历史的理解与反思。他指出,不同民族文化应该相互补充,使其自身臻于完善。

威利坚持认为,自己是黑人的代言人。作为一个黑人作家,他要以黑人特有的方式刻画黑人的生存状况。他创作的目的就是展现黑人的生活、感情和文化价值观,以此来证明黑人文化的存在。威利把创作看成是与黑人民族生存息息相关的事情,他的小说有实际"内容"。他不喜欢莱瑟对形式的强调,认为那是犹太人创作的特点。但是,威利在小说中只是放置了黑人真实的生存境遇,缺乏形式、秩序和规则,所以他也无法完成自己作品。正如莱瑟对威利所说:"只把这(经历)写下来,你不可能把黑人的经历创作成文学作品。"②

显然,威利还受到了黑人民族主义的影响。他认为,只有黑人才有权利创作有关黑人的故事。他觉得,莱瑟无法理解黑人的境遇和黑人的感情,所以也不能对自己的创作指手画脚。对于莱瑟干涉自己的创作,他感到非常愤怒:

---

① Bernard Malamud, *The Tenants*, p. 49.
② Ibid. , p. 74.

这是一部关于黑人的作品,我们探讨的你根本无法理解……

……你和我的感受不一样。你无法抒写黑人,因为你不知道我们是什么样的人,也不知道我们的感情。我们的感觉反映和你们不一样……我所表达的是黑人的精神,为黑人呐喊。我们在这个该死的国家仍然是奴隶,我们不想继续被奴役。①

黑人被排除在主流社会之外,生活在"边缘地带",没有与其他民族交流的平等机会。他们在这种处境中,逐渐形成了"内向化"的生活方式。这种"内向化"反映在文学创作上,就是创作"抗议小说"。通过威利的创作经历,马拉默德似乎表明他的主张,那就是黑人作家不能只创作"抗议小说"。如果只是简单地抒写黑人的悲惨遭遇和愤怒,缺乏必要的创作技巧与艺术形式,也无法写出好的作品。②

威利在创作过程中遇到了不可逾越的困难,无法继续完成作品,不得不向莱瑟求助。莱瑟阅读了威利的手稿,他被其中的主题和情感深深地打动了。不过,他认为,威利还没有恰当地运用创作技巧。威利对小说有很好的构思,但是没有把它们构建好,最终缺少有效的表达方式。他指出,威利要写出完美的小说,必须学会控制自己的愤怒,因为"黑人文学不应该只是表达色彩或文化,愤怒也远不是抗议或者意识形态"③。换句话说,民族性不足以成为艺术创作的根基。威利对此进行了反击,他指出,莱瑟在作品的分类上就完全错了。莱瑟认为是自传的部分,是他编造

---

① Bernard Malamud, *The Tenants*, pp. 74~75.
② 乔国强:《美国犹太文学》,第416页。
③ Bernard Malamud, *The Tenants*, pp. 66~67.

出来的纯粹的虚构的小说。在他的观念中,体裁样式只是犹太人的一种强制行为,自己就是艺术,就是形式。

威利想要学习莱瑟的创作技巧,同时又对莱瑟怀有防范之心。他害怕自己的思维受到莱瑟思想的影响,担心莱瑟企图凭借文学作为手段来控制自己,改变自己的创作观。所以,他不肯轻易接受莱瑟的意见。① 莱瑟和威利因为创作而结缘,他们都想虚心地彼此学习,同时又都担心被对方超过而在潜意识中展开竞争。莱瑟希望能够在威利成名之前获得诺贝尔文学奖,而威利则想尽快超越莱瑟。在他们接触的过程中,各自代表的民族文化在并置的过程中发生矛盾和冲突,他们也在共同的创作和生活中陷入生存困境之中。

莱瑟和威利之间的竞争和嫉妒使得他们相互猜疑,产生严重的矛盾和冲突。马拉默德借此指出,不同民族在交往时,只有消除竞争和嫉妒的心理,才能建立和谐美好的民族关系,走出生存困境。美国社会的阶级划分主要以种族的形式表现出来。也就是说,犹太人不大会受到社会的歧视。他们的肤色确保了被同化的可能性,处境也不像黑人那样岌岌可危。美国黑人对主流社会和文化深恶痛绝,同时对于犹太人取得的成就感到失落、不满、嫉妒、甚至是仇恨。莱瑟作为成功的作家,他所取得的一切成就以及相对富有的生活引起了威利的忌恨;威利拥有众多情投意合的

---

① 莱瑟和威利之间的矛盾,影射了犹太作家欧文·豪(Irving Howe,1920—1993)与黑人作家拉尔夫·埃里森(Ralph Ellison,1914—1994)之间的论争。他们曾经围绕两位黑人作家理查德·莱特(Richard Wright,1908—1960)和詹姆斯·鲍德温(James Baldwin 1924—1987)的创作方式展开了激烈的文学争论。在小说中,马拉默德以犹太作家和黑人作家作为主人公是有所指代的,其寓意也是显而易见的。实际上,《房客》"明显地以现实主义创作技巧折射出当时发生在美国黑人作家和犹太作家之间的一场强硬'对话',真诚地表达了他(马拉默德)对这场'对话'的认识和希冀"。参见乔国强《美国黑人作家与犹太作家的生死对话——析伯纳德·马拉默德的〈房客〉》,《外国文学评论》2004年第1期,第25页。

黑人朋友,还有漂亮的白人女友艾琳,这也导致了莱瑟的嫉妒。正如赫什诺所说:"本质上,《房客》就是象征黑人和白人冲突的寓言"①。对此,乔国强教授曾经指出,这里的白人应该指的是犹太人,否则的话,就将矛盾的范围扩大了,矛盾的性质也会随之改变。② 马拉默德凭借莱瑟和威利之间的关系,采用巧妙的手段,暗示了历史上两个民族之间的不和与恩怨。这部小说"恰到好处地暗示了现实生活中美国黑人和犹太人之间的竞争——嫉妒关系"。③

由于与莱瑟之间的竞争,威利搬进公寓之后,逐渐放弃自己原来比较轻松的创作方式,越来越沉浸在创作之中。他每天用于创作的时间越来越长,无法去看艾琳。他开始变得焦虑不安,甚至额头上都开始出现了皱纹。每天,他不想做任何事情,只想坐在那创作,这种状况让他自己越来越担忧。莱瑟对他手稿的批评,伤害了他创作的自信。他失去了自己创作的特点,没有了独特的风格,再也无法继续创作关于黑人和"黑人性"的作品。正如他指责莱瑟时所说:"我挖掘的是与你不同的内容,莱瑟。我不关心什么鬼形式。你伤害了我内心的创作自信。因为你的缘故,我再也不能像过去那样创作。"④威利创作的第二部小说的手稿,虽然开头几页给人留下了非常深刻的印象,但是整个这一章,尽管他反复改动,还是很自然地成为失败之作。

威利正在努力找寻黑人的文化,以便形成对黑人民族的认同。莱瑟对他创作方式的批评,对黑人文化的扭曲,引发他的愤怒和憎恨。威利将莱瑟视为敌对的竞争对手,再加上莱瑟抢走他

① Sheldon J. Hershinow, *Bernard Malamud*, p. 92.
② 乔国强:《美国犹太文学》,第 413 页。
③ 同上书,第 418 页。
④ Bernard Malamud, *The Tenants*, p. 224.

的女友,导致他与莱瑟彻底反目。作为反击的策略,他在暴怒之下拿走并且烧毁了莱瑟的手稿和备份稿,以此来还击莱瑟对他的侮辱和欺压。莱瑟期望能够在创作中完成自己对爱的追寻,实现自我完善。威利毁掉他的书稿,就在精神上彻底扼杀了他的自我,他努力维护的文化价值观也被完全击溃。此后,他们之间的争斗也更加公开化、明朗化。莱瑟和威利对对方持有偏见,彼此缺少理解。竞争和嫉妒使得他们只看重自己和各自的作品,对其他一切都采取漠然的态度。因此,他们的关系不断恶化。

莱瑟重新创作小说。这一次,他更加努力,花费在创作上的时间更长。同时,也像威利一样渐渐远离艾琳,最终艾琳离他而去。威利也回来继续创作。他们互不往来,但却痴迷于阅读在垃圾箱中找到的对方废弃的手稿,以此来了解彼此的创作进展。他们的创作变得越来越糟糕。威利过分依赖主题和内容。他的手稿中充斥着仇恨,主人公展示出失落、恐惧和愤怒的情绪,抑制不住的怒火让他们诉诸暴力反抗,甚至屠杀的方式。[①] 结果,他的作品变得越来越混乱,越来越支离破碎,最后只剩下了两个单词,大写的"黑人"和"黑人性"。莱瑟的创作技巧也逐渐枯萎。他原本是喜欢用文字表达的人,现在一旦使用词语,甚至想到词语,他都感到厌恶。为了报复威利毁掉他的手稿,他手持斧头捣毁了威利的打字机。"虽然莱瑟紧张得颤抖,但他还是觉得特别如释重负……一时间他认为,也许从今以后他的创作会进展顺利。"[②]莱瑟和威利最初的愿望是无可厚非的,他们都想取得成功,体验美妙的感觉。然而,相互间的竞争和嫉妒使得他们采取了错误的途

---

① 例如,威利在《美国第一次大屠杀》的书稿中,虚构了一次大屠杀的情节。黑人游击军包围并且封锁了纽约的第一百二十七大街,残酷地杀害许多无辜的犹太白人。

② Bernard Malamud, *The Tenants*, pp. 227~228.

径,毁掉了美好的初衷。他们对彼此没有理解和宽容的态度,过分强调"自我",所以都无法写出完美的作品,最后只能导致同归于尽的暴力结局。

莱瑟和威利之间的矛盾和冲突不断加剧,展开了你死我活的生死搏斗。小说的最后,在黑漆漆的夜晚,他们在公寓楼周围的灌木丛中见面。虽然看不见彼此,但是都感受到对方极度地痛苦。他们用最恶毒的语言相互辱骂,"仇恨黑人的犹太吸血鬼","反犹的猿猴"。在这种情况下,暴力冲突也是无法避免的。他们攻击彼此的薄弱之处,"莱瑟感到他那把有缺口的斧头,深深砍入对方的头颅,同时,呻吟中的黑人也用剃须刀一般尖利的利刃,砍下对方的下体"。[①] 残忍的复仇手段也体现了他们相互间的偏见:莱瑟在潜意识中认为黑人智力低下、没有智慧,留着脑袋也是虚有其表;威利则无意识地认定犹太人性能力低下,性器官留着也派不上用场。莱瑟和威利互相残杀,导致了共同毁灭的结局。

小说在房东"发发慈悲"的呼喊声中结束了。关于小说的结尾,美国文学评论界大致有两种不同的看法:其一以艾米莉·米勒·巴迪克为代表。她认为,"小说的结尾暗含在小说中",表达了黑人和犹太人应该结盟的思想;其二是辛西娅·奥兹克的观点。她指出,"小说的结局就是小说的结尾",表达了黑人与犹太人水火不容的主题。[②] 伊斯卡·奥尔特也持有相似的观点。她认为,小说探讨的是兄弟情的消亡、希望的破灭和文明的最终毁灭。小说将民族文化冲突演变成为人类的灾难。[③] 乔国强教授则认

---

① Bernard Malamud, *The Tenants*, p. 230.

② Miller Emily Budick, *Blacks and Jews in Literary Conversation*, Cambridge University Press, 1998, pp. 11 – 13.

③ Iska Alter, *The Good Man's Dilemma: Social Criticism in the Fiction of Bernard Malamud*, p. 73.

为，"小说的结尾外还暗含一个结尾"，那就是房东喊出的重复了
一百一十三次的"发发慈悲吧"。这一段话表明马拉默德对两个
民族关系的态度，他"没有简单地开出是让他们团结合作或者分
裂对抗的药方，而是祈求他们看在上帝的份上，彼此理解与宽容
吧"①。在马拉默德看来，第一种结尾过于理想化，不可能实现。
第二种结尾让他的心灵感受到了强烈的痛苦，他不想看到这种两
败俱伤的结局。那么避免这种结局的唯一方式就是祈求犹太人和
黑人彼此仁慈，多一些理解、宽容和体谅。这是一种更明智的选择。

　　莱瑟和威利之间的争执是由文化背景的差异引起的。作为
著名的美国犹太作家，马拉默德一直对犹太人与黑人之间的矛盾
冲突比较关注。他没有简单地支持任何一方，也没有直接给出解
决的方法，而是以作家特有的敏锐的观察力和丰富的想象力刻画
了两种民族文化传统和民族特性的差异。马拉默德试图找到消
解民族矛盾的办法，他希望小说能够引发读者的思考：对抗和冲
突是不可取的、没有任何意义；暴力杀戮也只是破坏性的、解决不
了问题；以恶报恶更是不可行，复仇只能导致毁灭。犹太作家莱
瑟和黑人作家威利需要互相学习：莱瑟需要威利对待生活的态
度，那种真实的生活经历；威利则需要莱瑟对形式和技巧的理解
和运用。这样他们才能够消除分歧与矛盾，互助合作，完成自己
的作品。在某种程度上，《房客》回应了民族间伦理关系由对立转
向和解的可能性。

　　小说的结尾，莱瑟和威利成为一个主体中不可分割的两个部
分，缺少任何一方都不完整。离开大楼之后，他们又在本能的驱
动下返回来。威利虽然感到很痛苦，但是只有在这里，他才能够
进行创作；莱瑟也需要威利与他一起在苦难中共同奋争。马拉默

---

①　乔教授还指出，不能把小说的故事结局和小说本身的结尾混在一起。参见乔
国强《美国犹太文学》，第420页。

德把他们塑造成一对相辅相成的人物。他们仿佛是对方的影子，是对方的"第二自我"。① 这种组合显示了莱瑟和威利之间的相似性，也表明了不同之处。他们相对独立、相互映衬、相得益彰，从而更加凸显每个人的独特含义。马拉默德借此指出，犹太人和黑人需要在交往中弥补彼此的不足之处。他曾经在访谈中说道："两个同样经历过迫害的民族生活在一起，却对对方带有敌意，这是件令人遗憾的事情。我们希望他们最终能够认可彼此的历史，能够重归于好。"②马拉默德期望美国犹太人和黑人能够彼此容纳，一起面对共同的命运。③ 从这个意义上说，《房客》不是悲剧，它想象出一些选择的余地，是抵抗极端思想的预言警示。④

马拉默德提出了犹太人和黑人在生存过程中的理想模式：黑人积极主动与犹太人交往，成为主流社会的一员，同时保留自己独立的民族身份；犹太人不把黑人看成粗鲁的野蛮人。他们享有平等的地位，在相互尊重的基础上，就可以实现和平相处，达成民族和解。正如艾伦·布鲁姆所说："我们必须尊重其他文化的完整，用我们的标准判断其他文化是傲慢的种族中心主义，我们的标准本身只是我们文化的产物……显然西方文明是非整全的，需要其他文明来补充。"⑤不同民族文化可以拥有不同的生活方式、不同的文化模式，保留各自文化的独特性。同时，也要深刻地理解对方文化的内涵，平等地生活在一起，相互映衬，相互彰显。这

① Sheldon J. Hershinow, *Bernard Malamud*, p. 142.

② Philip Davis, *Bernard Malamud: A Writer's Life*, p. 269.

③ 小说中有许多情节都可以证实马拉默德的这种主张。例如，威利和艾琳同居时，艾琳的房间里挂了一幅黑肤色耶稣的画像；威利作品中的黑人主人公赫伯特也曾经看见，自己母亲的墓地旁边站了一个白肤色的耶稣等等。

④ Mark Shechner, "Jewish Writers", in Daniel Hoffman (ed.), *Harvard Guide to Contemporary American Writing*, p. 22.

⑤ 艾伦·布鲁姆：《巨人与侏儒》，张辉等译，北京，华夏出版社，2007 年，第364~373 页。

样,才能共同构建一个和谐的生存世界。

马拉默德反思了如何解决现代世界民族间矛盾和冲突的问题。在各民族为争取自身权利开始激烈斗争的年代,他客观地指出不同民族存在的偏执和弊端,提醒他们不要让各自的文化和历史蒙蔽判断力,掩盖事实的真相,而要公正地看待自己和他人,善待自己,也要厚待他人。这不仅仅是犹太人或者黑人所面对的问题,而且是整个人类所面临的生存问题,即"作为生活在美国、生活在地球上的房客,如何才能共同生存下去? 这是20世纪人类面临的紧迫问题"[1]。"发发慈悲"包括对其他民族的关心,是对"自我"的否定。通过这一结尾,马拉默德清楚地表明自己的立场,那就是不同民族文化要相互理解和宽容,尊重彼此不同的传统,这样才能相依生存,和谐发展,走出生存的困境。

第二节 《上帝的恩赐》中的
生存伦理困境与救赎

马拉默德创作的绝大部分小说,关注的都是个体的命运,故事的情节常常围绕主人公在生活中的困境和救赎的过程展开。如果说《房客》表明马拉默德在创作中强调的重点不再是个体的命运,而是民族的生存问题,那么他在出版的最后一部长篇小说《上帝的恩赐》(1982)中,则探讨了现代社会人类生存历程中出现的生态危机,他注重的是人类与生存环境的关系以及人类面临的严峻的生存形势。

《上帝的恩赐》是马拉默德出版的最后一部长篇小说。作为一部带有总结色彩的小说,其寓意最丰富、也最复杂。这部小说

---

① Sheldon J. Hershinow, *Bernard Malamud*, p.100.

出版后,引起了评论家们褒贬不一的评价。克劳德·弗雷德里克斯认为,《上帝的恩赐》算得上是马拉默德的代表作。但是,他同时也指出,小说最后一章的描写几乎有些邪恶,让人感到失望。他说:"这个世界仿佛有了第三次机遇(笔者认为,第一次机遇指的是上帝创造了人类;第二次机遇指的是诺亚与其家人在方舟上躲避上帝制造的洪水灾难,人类因而幸存下来;科恩在热核战争和洪水中幸存下来,应该算是第三次机遇),但最终却是彻底的、悲惨的、完全的失败结局,而且好像更邪恶、更不负责任。"① 艾伦·莱尔查克称赞小说对日常生活的描绘。但是,他质疑马拉默德让黑猩猩开口讲话的做法。他指出,"《上帝的恩赐》力图成为道德荒原的一声呼喊,一声对上帝(创造)的野兽和人的呼喊,或许这种追求超出文学领域之外……重写《圣经》不是一件轻松容易的事情"②。约翰·厄普代克敬佩马拉默德在《上帝的恩赐》中所做的尝试。然而,他同时也持有矛盾的看法。他认为,小说塑造了一些独特的猿猴,读者几乎只凭嗅觉就可以区分他们,这让人感到很难理解。③ 凯瑟琳·奥克肖恩进行了概括性的评述,她指出,"虽然大多数评论家都认为,《上帝的恩赐》和马拉默德的其他小说有相似之处。但是,他们好像都无法理解其中浓郁的寓言和说教色彩"④。

小说由"洪水""科恩岛""校树""丛林中的处女""先知的声音"和"上帝的仁慈"六个部分组成。⑤ 马拉默德在小说中向我们

---

① Philip Davis, *Bernard Malamud: A Writer's Life*, p.331.

② Alan Lelchuk, "Review of God's Grace", *New York Times Book Review*, 29 Aug. 1982, p.15.

③ John Updike, "Review of God's Grace", New York, 8 Nov. 1982, p.167.

④ Kathleen G. Ochshorn, *The Heart's Essential Landscape: Bernard Malamud's Hero*, p.282.

⑤ 有评论家指出,这六个部分与《圣经·旧约》中上帝用了六天的时间创造世界相对应。

讲述了一个科幻小说中最常见的故事。一场热核战争爆发,人类相互残杀。几分钟之内,地球上所有的生物就都遭到了毁灭。这是上帝的决定,因为人类的种种恶行,例如暴力、腐败、对上帝的亵渎、兽性和罪恶等等,他下定决心实施惩罚。古生物学家三十多岁的犹太人加尔文·科恩正在海底的潜水艇中进行科学考察和实验。得知战争爆发的消息,他的同事扔下科恩不管,纷纷各自逃生,结果没有一个人能够幸免。科恩所在的潜水艇绝缘性能良好,他因此躲过了热核战争,以及之后发生的大火和洪水。

小说接下来的情节,却远比科幻故事更能引起读者的兴趣。除了科恩,幸存下来的还有他的同事邦德博士养育的一只黑猩猩。他们一起从潜水艇中出来,乘坐"利百加Q"①号科学考察船,历经漫长的海上漂流,来到了一个小荒岛。他们与躲过这场灾难的另外八只黑猩猩、一只大猩猩、六七只狒狒以及一只白猿在这个长满水果的热带岛屿上生存下来。科恩凭借自己的适应能力,带领这些动物在岛上开始了全新的生活。更令科恩惊叹的是,岛上的黑猩猩还掌握了语言技巧。他开始向这些黑猩猩传授人类文明知识,并且制定伦理规范,想要他们②形成道德观念来制约其行为。可是,这种状态并没有持续很长时间。由于科恩对黑猩猩实施的压抑和控制,他们很快就起来反抗。岛上的生活被搅得支离破碎,最终科恩也被他们送上了祭坛。

这部小说不只是简单地描写科恩与动物之间的恩怨。应该说,这是一部批判社会现实的小说,具有深刻的寓意。马拉默德在小说中探讨了人类在生存环境中的角色定位等问题,指出狭隘

---

① 这艘船具有一定的象征意义。《圣经·旧约》中的利百加是以撒的妻子,以扫和雅各布的母亲。

② 马拉默德在小说中使用"he"来指代黑猩猩布兹。笔者在写作时,也沿用这一用法。用"他"以及"他们"来指代布兹这些动物。

的"人类中心主义"思想是导致生存危机的根源。马拉默德试图
通过小说,唤起人类的生态意识,期盼人类与生存环境能够友好
相处、和谐发展。正如罗伯特·奥尔特所说,《上帝的恩赐》是"慷
慨激昂的呼吁,面对人类巨大的、残忍的破坏力,要求人们以仁慈
和怜悯对待所有生物,因此其中的寓意是无可非议的"①。

一、生态危机的警示

马拉默德在《上帝的恩赐》中用大量的笔墨,展现了他对人类
生存过程中遭遇的迫在眉睫的生态问题的关注。在他看来,导致
生存环境遭到不可逆转的毁坏的主要原因是对科学技术的滥用,
其中最严重的就是核技术。马拉默德生活的时代,两次世界大战
的乌云刚刚散去,冷战的大幕就缓缓拉开。美国和苏联这两个超
级大国刚从共同对抗纳粹的威胁中解脱出来,就展开全方位的竞
赛,试图通过自己的影响力控制整个世界。为了在军事上称霸,
这两个国家以及他们各自的盟友展开了一场核军备竞赛。如果
双方发生直接作战冲突,那就意味着核战争的全面爆发,地球将
承受毁灭性的灾难,其产生的严重后果不堪设想。

马拉默德创作《上帝的恩赐》时,正值冷战发展的一个高潮时
期。他看到了核武器发展和竞争,可能给人类带来的灾难性后
果。他在接受采访时,曾经谈起过这部小说的创作意图。美国在
第二次世界大战结束前,向日本国土投掷了原子弹,他对此感到
深深的不安和恐惧。他说:"我像许多人一样,现在也感到危险的
存在——它让人感到非常恐惧。我觉得作家有责任发出警示,因

---

① Robert Alter, "A Theological Fantasy", in Joel Salzberg (ed.), *Critical Essays on Bernard Malamud*, p.68.

为沉默不能增进理解或者唤起慈悲。"[1]作为作家,马拉默德具有强烈的社会责任感和使命感。他认为,应该在作品中传达一些信息,因此创作了这部更像是《圣经》的寓言小说。马拉默德凭借小说向人类发出警告:核战争对生存环境的破坏是毁灭性的,最终将会导致人类的灭亡,所以这是一部"预言人类未来的振聋发聩的启示录式的小说"[2]。

无限制的开发和扩展核武器以及核污染对人类的生存造成巨大的威胁,马拉默德在小说中表达了自己的担忧。他通过描述热核战争后的灾难性场景,[3]揭示这种战争给人类和生存环境带来的无法弥补的创伤和损害:自然环境被蚕食、生存环境遭到破坏、交战双方同归于尽、人类的生存受到威胁、物种灭绝。马拉默德在小说中,开门见山地刻画了热核战争爆发后的阴沉、恐怖的场景。

> 波涛汹涌的大海溢满泡沫
> 阴沉的天空闪着红光
> 环绕地球的风中漂浮着灰烬和尘埃
> 大海倾斜,月光之下,被炙烤的大地淹没在海水中
> 下着黑色的油雨
> 没有一个人[4]

在这种背景下,科恩乘坐科学考察船,升出海面。此时,他发现在

---

① Helen Benedict, "Bernard Malamud: Morals and Surprises", *The Antioch Review*, p. 28.

② 乔国强:《美国犹太文学》,第429页。

③ 这场战争爆发在两个虚构的民族 Djanks 和 Druzhkies 之间。

④ Bernard Malamud, *God's Grace*, New York: Farrar, Straus and Giroux, 1982, p. 3.

自己的周围,天空布满灰烬,映射着火焰的光辉;海水里充溢着鱼类的残渣;海面上漂浮着动物的尸体。此情此景让科恩感到从未有过的恐惧和悲伤。他对人类所做的一切感到痛心,为人类和所有逝去的生物致哀。他不禁感伤自己还能活多久,因为他知道广岛原子弹爆炸后,有些人生存下来,有些人很快就去世了。马拉默德利用科恩的视角,向读者指出热核战争造成的严重后果:地球上美丽的自然景色已经被毁掉,生活在这个星球上的物种遭到了灭绝,生存环境受到了毁灭性的打击。

热核战争摧毁生存环境、人类灭亡之后,科恩作为唯一幸存下来的人类,陷入困窘的生存状态之中。从这一方面来看,他承袭了马拉默德之前所有小说主人公的特点。①

马拉默德通过描写周围的凄凉景色,衬托出科恩此时此刻的生存困境。科恩看见一道彩虹出现在肮脏的天空中,之后逐渐变得暗淡下来。它的中间有一个楔形部分,好像是被三角形的嘴巴咬了一下,呈现一个五颜六色的缺口,看起来好像断裂开来一样。《圣经·旧约》中彩虹之约让人期待新生活的到来,但是这道彩虹却让科恩看不到生活下去的希望。② 科恩好像听到小鸟在天空飞过,拍动翅膀,发出呼呼的响声。他抬起头来,向天空望去,看见的却只是一片被撕裂的蓝天,根本没有任何鸟类的踪迹。这些景

---

① 在热核战争爆发前,科恩也生活在困境之中。他的妻子在一场交通事故中丧生,去世时还怀有身孕。科恩的悲剧命运甚至可以追溯到出生之前。他的祖父是一位犹太拉比,在一次大屠杀中被杀害。

② 根据《圣经·旧约》的记载,上帝曾经对人说:"我与你们立约,凡有血肉的,不再被洪水灭绝,也不再有洪水毁坏地了。上帝说:'我与你们并你们这里的各样活物所立的永约是有记号的。我把虹放在云彩中,这就可作我与地立约的记号了。我使云彩盖地的时候,必有虹现在云彩中,我便记念我与你们和各样有血肉的活物所立的约,水就再不泛滥毁坏一切有血肉的物了。虹必现在云彩中,我看见,就要纪念我与地上各样有血肉的活物所立的永约。'"参见《圣经》和合本(中英文对照本),《圣经·创世纪》(9:11 –17),第13页。但是,小说中出现的这道彩虹的完整性却遭到了破坏。

象让科恩感到更加悲伤,读者也感受到他孤寂和悲凉的心境。

马拉默德通过大海的意象,进一步阐释科恩的生存困境。读者面前展示出这样一幅画面:浩瀚无垠的大海一眼望不到岸,科恩和布兹在科学考察船上,漫无目的的航行。无边无际的大海不仅烘托出科恩此刻孤独和苦闷的心情,而且把他孤立无援的生存状态生动真实地表现出来。正如科恩自己所说:"如果他们就这样在广阔的大海上继续航行,永远都无法到达陆地,那该怎么办呢?"①科恩开始担心船上食物和饮用水的问题。罐装的食物,只剩下五瓶沙丁鱼,十二瓶蔬菜烤豆,三瓶金枪鱼,再加上两瓶切成半的糖水桃子,其余的都吃光了。最令他感到害怕的是,饮用水渐渐没有了。桶里面只剩下几加仑,他一次只舀出一小勺。他担心,也许一个星期之内,水的供应就会完全耗尽。科恩开始质疑,也许他不应该把布兹留在船上。也许,他应该把他推下船,他应该保存自己。科恩在无边无涯的大海里航行,看不到陆地,没有前行的方向和目标,也感受不到生存下去的希望。

除了大海之外,马拉默德还利用暴风雨这种极端的自然天气,说明科恩的生存困境。暴风雨也是一个重要意象,它象征着一种摧毁性的力量,一种人类社会无法理解和阐释的神秘力量。科恩正在考虑,自己是否应该采取孤注一掷的手段,是否应该不去帮助布兹。这时,天空渐渐阴沉下来。

> ……狂风呼啸,几分钟之内,黑色阴霾的天空就下起了瓢泼大雨。遭受严重损毁的科学考察船随着波涛汹涌的海浪上下翻滚……
> 一阵呼啸的狂风肆虐而来。科恩把脸色吓得煞白的黑

---

① Bernard Malamud, *God's Grace*, pp. 22 – 23.

猩猩,紧紧地系在破碎的桅杆上。他们随着"利百加 Q"号,在怒吼的巨浪中陡然沉到大海的凹处,之后又升到空中。他们紧闭双眼,关注着暴风雨的动向。全身湿透的小黑猩猩呕吐着、呜咽着、啜泣着。

科恩全身颤抖,他害怕他们会被冲进波涛起伏的大海……①

马拉默德刻画了科恩和布兹在暴风雨中的孤独和无助。暴风雨象征自然界无以言明、无法抗拒的毁灭性力量。它具有剧烈的爆发力和长久的持续力,凭借令人窒息的狂风和暴雨摧毁一切,以此来清剿人类犯下的罪恶。这场暴风雨仿佛是大自然愤怒的抗议,因为生存环境遭到人类的破坏而发泄怒气。马拉默德借此表明自己对生态危机的警示。他认为,人类不能主宰,更不能随意毁坏生存环境,否则的话很难实现人与生存环境的彼此相容、和谐相处。生存环境是人类生存和价值的根源所在,所以人类必须尊重、爱护生存环境。人类的行为应该有益于保护生存环境的完整、稳定和美好。

科恩承受了核辐射造成的身体上的痛苦和折磨,这是他处于生存困境之中的一种表现。他与布兹在小岛上登陆。一两个星期之后,核辐射带来的严重后果就开始在他们身上显现出来。科恩呕吐、恶心、头痛、眼睛痛,发烧、打冷战;他身上汗水淋漓,散发出臭味;他大量掉头发,躺在地上的一件旧大衣上,头发就从头上掉下来;褐色的短胡须掉没了;胸部和裸露部分的汗毛没有了,身体每一部分的毛发都没有了。科恩猜想,这是大量的核辐射产生的危害。

---

① Bernard Malamud, *God's Grace*, pp. 23-24.

　　科恩不仅遭受到了身体上的打击,还长期承受精神上的痛苦,这也标志着他处于生存困境之中。科恩一个人孤零零地生活在一个孤岛上。这个小岛可能位于印度洋某处,也许是古老非洲的东南沿岸。整个世界都被摧毁了,人类全部都灭亡了,他只能对着一本电话簿上的一百多个人名做着祈祷。这一情节虽然有些荒唐,但是这种细节描写却完完全全展示了科恩孤独困苦、无依无靠的生存状态。他的困境显然超出了约伯和鲁滨逊·克鲁索,因为约伯至少还生活在人类社会,克鲁索也还有人类同伴的陪伴,而科恩的周围只有一些动物。正如奥克肖恩所说:也许"只有雅柯夫承受的苦难,以及苦难的无望程度可以与科恩相提并论"①。正是因为经历了孤独和痛苦,科恩才下定决心,要建立一个新的世界。他像马拉默德的许多主人公一样,迁移到一个全新的地方,在这里开始寻求新的生活。

　　自然界的凄凉景象也衬托出科恩困窘的生存状态。自然界本应该是植物生长繁盛、动物充满生机与活力的地方,但是热核战争和洪水无情地侵蚀了一切,世界呈现一片荒凉的景象。正如马拉默德所说:"热带雨林中没有鸟儿歌唱、没有昆虫鸣叫;没有蛇类贴在地面滑行;飞蛾、蝙蝠和蜥蜴也都没能幸免于难。"②科恩不禁感慨生命的脆弱。由于人类毁灭性的破坏行为,生态自然中的一切动物都几乎销声匿迹。马拉默德借此呼吁人们应该珍惜生命、珍爱生存环境。人类不仅仅是自然环境的一个组成部分,而且也不可能脱离自然环境独立存在,所以在生存过程中必须遵循生存伦理法则。这样,人类才能做到与生存环境和谐共存。

　　在《上帝的恩赐》中,马拉默德通过描写科恩在生存过程中遭

---

　　① Kathleen G. Ochshorn, *The Heart's Essential Landscape*: *Bernard Malamud's Hero*, p. 286.

　　② Bernard Malamud, *God's Grace*, p. 31.

遇的困境,展示了现代文明给人类带来的灾难,表达了自己对世界毁灭的无可奈何。但是,他创作这篇寓言小说最主要的目的是为了给世人提出警示,促使人们重新认识人类现在所处的生存状态,使得他们能够关注生态自然,珍惜生存环境。马拉默德显然把科恩的境遇当作一种例证,让人们从科恩的经历中获得启示,看清生存伦理问题的本质。这样,小说也具有更加深刻的启示性。同时,马拉默德也刻画了一个远离文明世界的自然原始的热带雨林小岛,以及其中生存环境的构建过程。热核战争过后,小岛上的山水景色、草木植被依旧生机盎然。科恩同岛上的动物也在生活中相互帮助,彼此之间关爱备至。在马拉默德眼里,生存环境中的这些生命体象征着顽强的生命力,代表着复苏和重生的希望。马拉默德凭借科恩对生活的向往和渴望,指出还存在走出生存伦理困境、构建和谐生存环境的可能。

马拉默德对小岛自然环境的描述,表明存在构建和谐生存环境的可能。在小说的第二部分,他用大量的篇幅描述丛林、花草、溪流和水域。在他的笔下,小岛上山光明媚,水色秀丽,从整体上展示出一幅美丽律动的景象。

> ……在(小岛的)西部,草木繁茂,如同一堵墙在水雾中向北部延伸;朝向东部(的地方)长着开花树木的稀疏林地和草木丛生的野地延伸到小岛的南部沿岸,两旁长满了各种各样的野生棕榈树。
>
> 悬崖看起来像是海岸的堡垒,左边马尾一般浓密的瀑布喷泻而下,在接近岩石地面的地方形成了积满泡沫的水池。水池的水向外溢出,流向一片向下倾斜的草原,远处山上覆盖着热带雨林,一直向北伸展,科恩和布兹在那儿的一个珊

瑚礁登上陆地。①

　　小岛的自然景色令人赏心悦目、心旷神怡。随着科恩与布兹穿越小岛,在小岛上漫游,读者也看到了一幅生动优美的自然风景画。这里的自然散发着原始气息,具有自身的美感和存在价值。美丽的自然环境不只是故事情节的背景,或者是科恩和幸存下来的动物在岛上活动的场景,而是与他们的生存密切相关的一种生命共同体。这个共同体提供了生存环境,容纳生物在这里停留、栖息。自然环境在科恩的生存中发挥了重要的作用,他在自然美景的熏染下,身心愉悦,产生了自由惬意、清静恬淡的心境。正如罗伯特·奥尔特所说:与马拉默德其他小说中"监狱"一般的场景相比,②小岛"宜人的自然景色给人一种广阔的、天堂一般的感觉"③。这种感觉激发了科恩对生态自然的敬畏之情,也让他看到了继续生存下去的希望。

　　小岛上顽强生存的草木植被,也标志着构建和谐生存环境的可能。在马拉默德的笔下,地球遭受了致命的重创,但是这个小岛上的树木花草却幸存下来。

　　　　广袤的赤道热带雨林,覆盖着彼此交错的枝叶,装饰着长满苔藓的圆形藤蔓,阳光很少能够透过……
　　　　部分林地开满鲜花。科恩看到朱红色的、白色的、黄色的花簇。人类和野兽都已经离世了,但是鲜花(仍然散发香

---

① Bernard Malamud, *God's Grace*, p. 32.
② 例如《店员》中的小杂货店,《基辅怨》中的牢房,《房客》中的公寓等等。
③ Robert Alter, "A Theological Fantasy", in Joel Salzberg (ed.), *Critical Essays on Bernard Malamud*, p.66.

气),上帝喜爱它们的芳香和色彩。①

在这里,各种各样的果树、奇异炫丽的花朵,没有自然授粉却依然生长繁盛。它们散发着沁人心脾的芬芳,呈现出绚丽多姿的色彩,既展现了美丽和谐的景象,也增添了生命的灵动,使岛上的生态景观更加丰富。科恩被它们深深地打动了,他眼中的自然环境不仅具有诗意,还富有灵性,甚至可以达到同其进行交流的精神境界。百花争妍的草丛,广阔的丛林,寂静的田地,生活在其中的科恩怡然自得。他与自然完美地融合在一起:仰望蓝天白云,脚踩高山大地,沐浴在自然界的花草树木之中,过着人与自然和谐相处的生活。人类文明已经不复存在,这些植被树木却仍然生机勃勃。它们客观地存在着,实现着各自的生命计划。无论是在科恩还是在读者心中,都油然而生一种尊重生命、敬重生态自然的情感。

马拉默德通过对小岛自然环境的生动描写,展示了自己的生存伦理观点。小岛的自然环境不仅仅是一种物质形态,而且还是一种灵性之物,具有生命体的意识,有其存在的目的、价值和意义。马拉默德对自然环境的刻画蕴含着深刻的伦理意义。他指出,人类之间的矛盾和冲突不仅破坏了祥和的生活,其导致的现代战争还使得生存环境遭到了空前的毁坏,致使生态系统失衡、甚至人类彻底毁灭。人类只有维护彼此之间的和谐关系,才可能在美好的生存环境中、在平衡的生态系统中继续生存下去,并且为子孙后人留下生存发展的空间。

科恩在小岛欢快、恬静的生存环境中,过着井井有条、安逸和谐的生活,这是构建和谐生存环境的一个方面。小岛迷人的景

---

① Bernard Malamud, *God's Grace*, p. 42.

色,与核战争毁掉的自然景象形成了鲜明的对比。在这洋溢着生机与活力的情境中,仿佛有一种神秘的无形力量,浸润着科恩的心灵。从登上小岛的那一刻起,他就与过去的生活彻底断绝联系,着手建立自己的居住所:

> 他开始努力劳动,打扫干净前面一个小一些的山洞,用铁铲铲除一堆堆的黑泥;扯掉一抱抱的缠在一起的干枯的藤蔓;运送出一桶桶的岩石和湿沙。科恩看到两个石头壁架,一个在山洞的后面,通往较大的山洞;另一个是几乎圆形的砂岩桌子,它从左边的墙伸展过来,可以作为一个用途多样的操作平台。他打算在上面做饭,或者装配、修理自己需要的物品;他也可以在上面烧煮。
>
> ……他用一周的时间建造了一个靠墙的架子,十英尺高、十二英尺宽、两英尺深,他可以在上面存放物品。
>
> ……他还做了一个粗糙的小桌子和一张结实的床,科恩好像认定好歹会有一个将来。[①]

在科恩的观念中,这个小岛也许就是天堂,这里会有一个全新的未来。他的心中充满激情和希望,要创建新的生活,而且"他对新生活的追寻是马拉默德其他作品中主人公无法超越的"[②]。实际上,这种对新生活的寻求就是一种重新构建生存环境的尝试。

科恩意识到,想要在小岛上生存下去,必须与其生存环境达成默契,在保持生存环境平衡、稳定、和谐的前提下,建立一套与小岛的自然环境协调一致的生活安排。为了解决食物问题,他制

---

① Bernard Malamud, *God's Grace*, pp. 32 – 33.

② Kathleen G. Ochshorn, *The Heart's Essential Landscape: Bernard Malamud's Hero*, p. 290.

作了一张果树地图,并且标注说明结果实的时间和方式。采摘椰子之后,他用羊角锤敲开椰子,挤出椰奶,放在一个罐子里保存,作为清凉的饮料和美味的调味剂。然后,他用锤子把椰子捣成美味的浆水,添加香草或者巧克力,品尝起来就是美味的糖果。香蕉成熟时,他和布兹就吃树上的香蕉。他还把香蕉放进一个大桶里发酵,制成美味的啤酒,布兹非常喜欢喝。科恩还用无花果、西番莲、橙子等加上椰子和木薯做成美味的沙拉。没有什么东西可以吃时,他们就打开沙丁鱼或者金枪鱼罐头。科恩有时还煮大米,把船上剩下来的面粉烤成面包。科恩还开发了一小片水稻田,把溪流截断用来灌溉。他在山洞里培育水稻秧苗,之后播种到稻田里,四个月左右的时间就收获了水稻。他希望布兹和乔治①能够把水果储藏起来,这样找不到食物吃的时候,他们还能维持生存。科恩在这里劳动耕作,过着自给自足的丛林生活,并且把岛上的生活安排得井然有序。

科恩在与动物交往的过程中,将他们纳入伦理关怀的范围之内,这是构建和谐生存环境的一个途径。以布兹和乔治为代表的动物个体,从更高层面呈现了生命体存在的价值和意义。科恩承认,他们拥有同人一样的伦理地位,给予他们一样的伦理关怀。科恩与布兹初次见面时,布兹就给他留下了深刻的印象。在他眼里,布兹是非常聪慧的动物。他懂得使用手势语,他们之间可以交流。正如科恩所说:"他(布兹)好像在发表口若悬河的演说,他拥有自己的权利,就随他去吧。"②科恩意识到,布兹除了拥有和自己相同的生命本源之外,还有许多共同之处。在他眼中,布兹是一个机灵的小男孩,长着一张富于表情的、充满深情的脸。他把

---

① 小说中大猩猩的名字。
② Bernard Malamud, *God's Grace*, p.16.

布兹看作是一个完整的、与自己平等的存在。科恩充分肯定布兹和自己的相似之处,所以能够以平等的心态对待布兹。随着对彼此了解的深入,他打消了布兹对自己的恐惧和害怕。经历了短时间的对峙之后,他们终于可以相互信赖,成为朋友。科恩很快喜欢上了这只黑猩猩,他用"聪明""调皮"等字眼来形容这位困境中的同伴。他使用手势语言与布兹进行沟通,从而为自己寂寞的生活增添了不少快乐。

在马拉默德笔下,科恩为人类如何与生存环境中的动物相处树立了榜样。首先,科恩毫不保留地帮助布兹。布兹处在饥渴之中,他给布兹提供充足的食物和饮用水,并且帮助他摆脱灾难带来的恐惧。布兹通人性。他非常喜欢科恩,这不只是因为科恩是地球上唯一幸存的人类,更重要的原因在于他凭借直觉就能感受到科恩对自己的喜爱,并且本能地接近科恩。其次,科恩在与布兹的交流中,表现出很大的积极性。在科学考察船上时,他领着布兹一起玩捉迷藏的游戏。他抓住布兹那长长的、瘦瘦的手臂在阳光明媚的、船体倾斜的甲板上转圈。在小岛上,他让布兹帮助自己干农活,还教会布兹使用工具,打开罐头的盖子,用刀削水果皮,正确地使用锤子等等。最后,科恩把布兹当成渴望知识的朋友,耐心地引导他学习人类的语言和文化。布兹竟然会讲英语,科恩倍感意外。他鼓励布兹开口讲话,并且愿意为布兹提供他所需要的帮助,这为他们的进一步沟通提供了方便。他们的关系也更加亲密,用胳膊搂着对方,亲切地亲吻彼此。科恩与布兹一起承受岛上生活的艰难与困苦,正如马拉默德所说:他们之间"如果不是父亲和儿子的关系,就更像是兄弟关系"[①]。他们相互依赖,处于平等的地位。

---

① Bernard Malamud, *God's Grace*, p. 26.

黑猩猩布兹可以开口讲话,马拉默德设计这样的情节,并非只是为了激起读者的兴趣,他还借此指出,布兹和科恩一样,具有相同的生存价值和意义,以此表达对生命体的敬畏之情。这时的科恩认为,布兹同自己一样具有独立的地位,应该享有同样的生存和发展的需求与权利。他把布兹当作真正的朋友,言行之中表现出对布兹的关爱:当外面下雨或者布兹感到特别冷的时候,他借斗篷给布兹,让布兹住进山洞。他们之间亲密无间的感情展现了"马拉默德看待动物本性的独特观点"[①],这种观点认为"人和动物之间并不存在着难以逾越的鸿沟,他们完全可以生活在一个大家庭中"[②]。通过科恩,马拉默德把人类与动物平等共处的思想表现得淋漓尽致。

科恩与大猩猩乔治[③]的关系,更加体现了构建和谐生存环境的可能性。乔治拥有与人类一样的情感,能够理解科恩的心境。他具有感受痛苦和快乐的能力,甚至展示出道德的迹象,因此,更加体现了生命体的价值和意义。乔治曾经救助过科恩。科恩因为遭受到核辐射,陷入昏迷状态。就在他孤苦无助、几乎丧命之时,乔治给予他必要的帮助。他送来了食物和饮水,还把科恩拖出山洞,沐浴阳光,科恩才得以活下来。科恩更加感受到生命的珍贵,鼓足勇气生活下去。

马拉默德多次描写乔治能够理解人类的情感。科恩用父亲遗留下来的留声机,播放赞美诗。这时,乔治就被吸引过来,在洞外侧耳倾听。他还喜欢听科恩讲述的故事,尤其是关于他父亲的

---

① Kathleen G. Ochshorn, *The Heart's Essential Landscape:Bernard Malamud's Hero*, p.291.

② 李培超:《自然的伦理尊严》,南昌,江西人民出版社,2001 年,第89 页。

③ 科恩用自己岳父的名字给大猩猩取名。他的岳父是一个有修养的牙医,他的一个很好的人,经常不收任何费用给人修补牙齿。科恩后来告诉布兹,他给大猩猩取了这个名字,也是因为乔治·华盛顿的缘故。

故事。马拉默德写到:"大猩猩听着,好像他能够理解每个单词……他被科恩父亲的仁慈感动了。"①乔治听到这些故事,明显地被其中的情节所打动。科恩讲到以色列人逃到红海,埃及人的战车在后面紧紧追赶,乔治好像痛苦得都要哭出来一样。他甚至试图与留声机一起唱赞美诗。在马拉默德看来,乔治比其他的动物更接近人类。正如里奇曼所说:"他可能更深邃,——至少可以将他和其他黑猩猩区分开来——大猩猩可以哭泣,而黑猩猩则不能。"②在科恩眼里,乔治是一位"绅士",他保持自己的人格与尊严。

在《上帝的恩赐》中,马拉默德表达了生存共同体的观念。这种观念认为,除了人类之外,生存环境中还应该包括植物和动物等生命体,而且这些生命体都有其存在的合理性和内在的价值。在马拉默德笔下,小岛的生存环境是一个和谐的共同体,生活在其中的一切生命体都是平等的成员和公民。马拉默德对小岛自然环境的描写,使读者深刻地感受这些生命体在生存伦理上的意义和价值。他们体现了生命的美丽与灵性,如果没有他们,小岛不会有这么多的色彩、声音和灵动,科恩的世界也不会这么丰富多彩。马拉默德在述说小岛生存体系构建的过程中,充分地展现了科恩与动物之间的彼此关爱。例如,科恩对动物的健康关怀备至。他扮演了医生的角色,利用采集的草药,缓解了布兹眼睛的疼痛,还为以扫③治愈了腐蚀的牙齿。马拉默德借此指出,生存环境中的成员都有其生存的意义,人类不应该忽视对他们的伦理关怀。

马拉默德让科恩遵循生存伦理法则,实现了与小岛生存环境的和谐共生。科恩与小岛上的山水景色、植物、动物之间就存在

---

① Bernard Malamud, *God's Grace*, p. 79.
② Sidney Richman, "Malamud's Quarrel with God", in Joel Salzberg (ed.), *Critical Essays on Bernard Malamud*, p. 219.
③ 小说中一只黑猩猩的名字。

着互助合作的生存模式。在生活中,他把自己看作是生存环境的看护者,而不是生存环境的主人。他认识到自己仅仅是小岛生存环境的一个组成部分,只是生物队伍中的一个成员。他知道,自己的命运是由整个生存环境来主宰和控制的。所以,他建立了与生存环境的互动关系,达成了与生存环境的和谐与默契。

马拉默德在《上帝的恩赐》中,考虑的不仅是人类自身的社会存在,他更关注生存环境中自然存在的价值和意义以及人类与生存环境的关系。正如里奇曼所说:他(马拉默德)在小说中"以寓言的方式,将伦理的概念扩展开来,把人类和动物都包括进来"①。应该说,这部小说把伦理关怀扩展到了生态界,表达了敬畏生命,提倡人类与生存环境和谐共存的生存伦理思想。

二、生存伦理的构建

在《上帝的恩赐》中,科恩开始能够以平等、仁爱的心态对待生存环境中的动物。但是,在后来的相处中,他强调自己的优越性,忽略动物的感受,流露出"人类中心主义"的思想。

"人类中心主义"思想是"一种把人置于一切生物中心的世界观:把人作为一切价值的来源,价值观念是人创造的,只有人能够把价值赋予自然的其他部分。人类中心主义就是人类沙文主义,人是生物的君主,一切事物的尺度"②。在"人类中心主义"哲学

---

① Sidney Richman, "Malamud's Quarrel with God", in Joel Salzberg (ed.), *Critical Essays on Bernard Malamud*, p. 204.

② 章海容:《生态伦理与生态美学》,上海:复旦大学出版社 2005 年版,第 106 页。亚里士多德也曾经说:"植物的存在是为了给动物提供食物,而动物的存在是为了给人提供食物——家畜为我们所有并提供食物,而野生动物在大多数情况下(即使并非全部)为我们提供食物和其他方便,诸如衣服和各种工具。由于大自然不可能毫无用处地创造任何事物,因此所有的动物肯定都是大自然为了人类而创造的。"这种观念认为,人类比生态环境中的植物和其他生物都高等、优越得多,从而为"人类中心主义"思想提供了绝好的借口。参见亚里士多德《政治学》,转引自霍尔姆斯·洛尔斯顿《环境伦理学》,杨通进译,北京,中国社会科学出版社,2000 年,第 45 页。

思想的影响下,文学作品中出现了人类企图战胜自然环境,以及利用自然环境为人类服务等主题。与此同时,也有许多作家表达了对"人类中心主义"思想的批判。他们认为,伦理关怀的范围应该扩展,应该包括生存环境中一切有生命的对象。生存环境中的一切生物都是平等的,他们同样具有生命价值。生命体之间应该保持平等的、亲密的关系,这样才能保证并且促进人类的生存、延续和发展。

马拉默德在小说中借助科恩的行为,表达了自己对"人类中心主义"思想的态度。科恩在得知小岛上的黑猩猩能够使用人类的语言之后,他的心态逐渐发生了变化。他着手驯化这些黑猩猩,想要他们更有礼貌、更有教养。他打算把他们组织起来,建成一个小小的王国。但是,在这一过程中,科恩自始至终都缺乏对黑猩猩的理解。他潜意识地认为自己不仅是生存环境的一分子,而且还处于生存环境的中心,是主宰者。因此,他认为自己是高尚的,而布兹那些动物都是低贱的。他无视他们的生存权,力图对他们的行为进行纠正和操控,期望决定他们的命运。科恩试图确立自己的中心和主体地位,没有公正、平等地对待小岛上的动物,没有真正地把他们当作自己的同伴。小岛上正常的生存秩序被扰乱了,开始时的美好生活被毁掉了。科恩的这种做法为日后矛盾的爆发埋下了种子,也让读者更加深刻地理解了导致悲剧发生的伦理因素。

马拉默德创作《上帝的恩赐》的目的之一,就是谴责"人类中心主义"思想对生存环境的摧残,从这个意义上说,这是一部关于社会问题的作品。同时,马拉默德也关注科恩在生存困境中的救赎问题。他批判科恩无视生存伦理规范的行为,目的是期望他能够纠正自己的所作所为。他希望,人类能够从科恩的经历中吸取教训,看清问题的本质,从而获得启迪。马拉默德表明,自己抨击的意图是为了救赎,为了说明如何才能构建和谐的生存伦理关系。他对人类和文明的发展仍然充满信心。

马拉默德对科恩的控制欲进行了抨击。他认为,想要构建和谐的生存伦理关系,必须根除"人类中心主义"的思想,摒弃控制的欲望。科恩是一个"以自我为中心"的科学家,企图对周围生存环境中的生命体实施控制。在他眼中,生存环境中的一切只是人类操控的对象,是一种物质存在,毫无生气可言。他把小岛看成自己的"领地",为了对小岛和岛上的"居民"进行控制,他极力维护自己的命名权力。岛上黑猩猩的数量不断增加,他虽然考虑将小岛命名为"黑猩猩岛",但最终还是选择了"科恩岛"这个名称。他甚至在小岛中间的海滩上树立起一个指示牌,在上面刻上了"科恩岛"三个字,来标明本地的名称。

科恩认为,只有自己才拥有特权,给小岛和岛上的一切命名,这也是他控制欲的一种表现。小岛上又来了五只黑猩猩,布兹迫不及待地给他们起了名字。科恩遇到这类事情时,总是表现得很开明。他表示起名字是一种语言的自由,对布兹说:"如果你只是起一些名字,如果你能事先告知我,我并不反对。"①但实际上,科恩心里很生气,而且从此之后,他再也没有给布兹任何起名字的机会。小岛上又出现三只黑猩猩,他急着在布兹之前给他们起名。他分别根据自己的一个远房姑姑、两个几乎被他忘了的大学同学的名字给他们命名。与布兹选择的名字相比,科恩所起的名字显得微不足道。然而,他固执地维护自己的命名权,认为自己应该承担"亚当的责任",但是他忘记了"自己是地球上最后一个人,而不是第一个人"。②

---

① Bernard Malamud, *God's Grace*, p. 103.
② Jeffrey Helterman, *Understanding Bernard Malamud*, p. 110.

科恩的控制欲还体现在他和布兹的关系上。科恩对布兹充满关爱,把布兹看作是兄弟、是儿子,如同父亲一般地照顾布兹。当他得知布兹能够讲话时,甚至建议布兹叫他"爸爸"。但是,他们之间的关系是不平等的,缺乏相互间的交流。科恩无法容忍邦德博士给布兹所起的含有基督教含义的名字,所以还在科学考察船上的时候,他就拿出那本用旧的《摩西五经》,随意翻动着皱巴巴的书页,然后就想出了"布兹"这个名字。他认为这是一个有价值的名字,要比博士起的名字更合适。从字面上看,这两个名字的意义大相径庭。布兹原来的名字戈特罗伯①,在德语中常用的意思是"赞美上帝""感激上帝"。他现在的名字"布兹",在《圣经·旧约》中是亚伯拉罕的兄弟拿鹤后代的名字。这是一个并不重要的人,而且这个名字在希伯来语中有"羞辱""嘲笑""耻辱"之意。布兹并不赞同这个名字,并且一再提出抗议。在小说的结尾,他说的最后一句话,就是要求改回原来的名字。他说:"我不是布兹,我的名字是戈特罗伯。"②科恩试图取代邦德博士在布兹心中的父亲和导师的角色,打算送给布兹一顶犹太人的圆顶小帽。他甚至还希望,布兹会让自己给他举行一个成人礼,因为布兹已经相当于人类 13 岁的年纪。布兹在语言学习方面有天赋,他进步很快,但是科恩却看不到他的成绩,始终把他看作还没有长大的小黑猩猩。科恩拒绝承认布兹的智慧,也从来没有认真考虑他的想法和观点。

马拉默德旗帜鲜明地反对科恩利用语言对黑猩猩进行控制的企图。科恩希望凭借语言,可以对小岛上的动物进行改造,从而维护自己的中心和主体地位。在他的观念中,语言不仅仅是交

---

① 他原来名字的英语是 Gottlob。
② Bernard Malamud, *God's Grace*, p. 215.

流的工具,发挥着传递知识、交流经验等显而易见的功能。他还把语言等同于存在,正如他本人所说,他听见自己的声音,就知道自己的存在。他更强调语言的神圣性,愿意承认语言是上帝创造的。他指出词语开创了世界,"上帝就是《托拉》。他是由词语组成的"①。他甚至把语言看成是文明与进步的象征,认为可以通过语言对岛上的形势施加影响。布兹没有开口讲话之前,科恩就给他读故事听。"我对他讲话,也许有一天他会回应,这样他就存在于我的存在之中。他就能够明白我的意思"。② 他认为通过言语,可以教育一个不会说话、不能阅读的人,从而达到对他施加影响、实现控制和支配的目的。后来,科恩发现布兹能够讲话,而且布兹还告诉他,所有的动物都能做到这一点。他决定利用语言对动物施加影响,既然自己和黑猩猩之间存在一种共同的语言,他就应该教育他们,达到某种很好的程度。语言已经使人类变得更美好——更机智、更敏感、更有原则、更有教养,那么通过语言,他也可以把这些黑猩猩都组织起来,教导他们,让他们尽快发展到人类的阶段。

科恩与黑猩猩之间无法实现真正的交流。有时,他的话语让黑猩猩感到很厌烦。正如马拉默德所描述的:"他们会摇动树枝,会向科恩扔坚果","或高声喊叫或小声嘟哝"。③ 科恩面临的困境是有深刻的思想根源的。他希望这些黑猩猩能够学会人类的语言和文明,但是他从来没想过要去了解他们,同他们交流、分享彼此观点。实际上,生存环境中所有的生命体都有生命意志。他们没有高低贵贱之分,都是无法替代的。正如史怀泽所说:"伦理不仅仅与人,而且与动物也有关系,动物和我们一样渴求幸福,承

---

① Bernard Malamud, *God's Grace*, p. 92.
② Ibid. , p. 55.
③ Ibid. , p. 129.

受痛苦和畏惧死亡。"①科恩理所当然地认定其他生命体应该为己所用,忽略了这些生命体的存在价值和意义。

科恩没有能够通过语言,让黑猩猩真正接受自己的传授,反而是布兹成功地实现了对黑猩猩的教育。布兹凭借彼此间相互交流的方式,教会了他们讲英语。这说明语言不仅是人类社会真正的根基所在,而且还是现实社会结构中的一种"道德力量。"②也就是说,使用语言是一种信仰行为,只要黑猩猩们相信布兹,相信自己,彼此信任,他们就可以学会语言、进行交流,消除彼此之间的障碍。

科恩不愿意放弃自己驾驭和主宰的权力。他的一切行为都是为了满足自己的欲望和需求,强调自己对他者的奴役和驱使。他没有重视布兹取得的成就,没有注意到布兹对语言的掌握程度,甚至达到了可以纠正自己语法错误的地步;他也从来没有从黑猩猩的角度来考虑问题,不相信他们是有智慧的生物;他将岛上的生物分为优劣等级,不顾反对,以自己的方式对他们进行改造,目的只是为了满足自己进行控制和操作的欲望。科恩的所作所为证实了这句话,"人类是大地母亲的最强有力和最不可思议的孩子"③。科恩拥有强大的力量,因为他在小岛上十分困难的情况下,开创了新的生活局面;他不可思议,因为他做出了愚蠢的举措,毫不留情地践踏其他生命体的权利和利益。在处理与黑猩猩的关系时,科恩始终认为自己居于核心地位,是岛上唯一的价值创造者,也是唯一有资格的立法者和控制者。他无法做到与动物

---

① 阿尔贝特·史怀泽:《敬畏生命》,陈泽环译,上海社会科学院出版社,1992年,第88页。

② Sidney Richman, "Malamud's Quarrel with God", in Joel Salzberg (ed.), *Critical Essays on Bernard Malamud*, p.210.

③ 阿诺德·汤因比:《人类与大地母亲》,徐波译,上海人民出版社,2001年,第15页。

真正进行交流和沟通。

马拉默德还指责科恩试图将犹太教信仰置于布兹信仰的基督教之上。在逾越节的祝酒词中,科恩宣称岛上居民有信仰的自由。但是实际上,他却只承认犹太教,认定这是岛上唯一的信仰,而且岛上仅有的经文圣典就是一本"破旧的《摩西五经》"。科恩想象一个全新的开始,把自己视为犹太教的先驱。正如他自己所说:"如果这个小小的共同体能够遵规守纪、发展壮大、坚持长久,也许有一天会诞生一个黑猩猩亚伯拉罕父——与上帝签订契约。"[1]他指出,人类社会已经毁灭,如果黑猩猩能够信仰犹太教,也许就能够完成进化的过程,最终演化成人类。[2]

科恩向黑猩猩传授犹太教,而对布兹坚信的基督教毫无理解可言。布兹为了感谢科恩的救命之恩,送给他一个十字架。他却认为小岛上只有一种宗教就足够了,想要把十字架扔进大海。他给布兹讲述《圣经·旧约》中的故事,布兹在倾听的过程中在胸前划着十字,不断地提到耶稣基督。布兹指出,也许耶稣发明了语言。他甚至声称,耶稣向黑猩猩讲道。科恩觉得,如果他们之中一个是基督徒,另一个是犹太教徒,存在两种宗教,"科恩岛"就不再是天堂了。科恩组织逾越节晚宴,布兹不停地划着十字,表示抗议,其他的黑猩猩也效仿。他警告布兹,"你可以过一会儿再做,那不是这个仪式的一部分,那是另外一种方式"[3]。后来,他干脆就装作没看见,对黑猩猩的抗议也无动于衷。科恩打算把犹太教强加在黑猩猩身上,想把他们变成更好的犹太人,这种努力在理论上听起来很好,但是在实践上却行不通。

---

[1] Bernard Malamud, *God's Grace*, p. 128.

[2] 但是,科恩并不是一个虔诚的犹太教徒。他把父亲给自己起的犹太名字"西摩尔"改为"加尔文",这个名字与新教的改革者同名。他本人的犹太性已经一点点消逝。

[3] Bernard Malamud, *God's Grace*, p. 113.

科恩与布兹对《圣经·旧约》中"以撒被缚"事件①有着不同的理解,也表明他们在信仰上存在分歧。在与布兹的对话中,科恩指出,这个故事"也许是抗议和反对将人类进行献祭,那就是我所说的让人类更人性化——如果你能理解我的意思"②。他阐述自己的观点,即应该用动物代替人来献祭,这样更人性化。他解释以撒后来的结局,认为以撒被天使带到伊甸园,在那里休息,父亲使他身上遭受的伤口逐渐愈合。他指出以撒获得了救赎,这证明"人类渴望让死者重生。考虑到死亡的本质——死亡一旦到来,会持续多长时间——谁能指责我们虚构了救赎?"③这种观点引起布兹的不安。作为黑猩猩,他对科恩的说法自然不会感到舒服。他反驳科恩,指出不能把谋杀动物的行为说成是文明的。他认为,用公羊代替以撒,用动物献祭来取代人类献祭并不是更人性的做法。而且以撒确实被献祭了,亚伯拉罕"割破了小儿子的喉咙"。科恩注重人类个体生命的重要性,忽略了动物个体生命的价值,没有认识到"只有当人认为所有生命,包括人的生命和一切生物的生命都是同样神圣的时候,他才是伦理的"④,他也因此与布兹产生了严重的分歧。

生存环境中的一切成员之间应该保持一种平等的关系,但是"人类中心主义"思想使得科恩把自己当作是岛上生活的主宰与核心,是小岛的"绝对主人",就像"高高在上的君王"一样。布兹他们虽然也是有生命的,但是应该服务于自己的需要和感受。在科恩看来,作为物种,人类要优于黑猩猩,自己倡导的犹太教也远远比布兹代表的基督教更重要、更有意义。实际上,两种宗教本

---

① 小说中的第72~75页和124页,布兹都请求科恩述讲"以撒被缚"的故事。
② Bernard Malamud, *God's Grace*, p. 73.
③ Ibid. , p. 75.
④ 阿尔贝特·史怀泽:《敬畏生命》,陈泽环译,第9页。

身没有价值大小的区别,都有其存在的目的和意义。客观存在物的重要性不能因为人的主观喜好而改变,其具有的价值也应该与人的意图相剥离。如果只是因为是他者的信仰而认为其没有作用,忽略其重要意义,这显然是与伦理规则相违背。科恩彻底地否定了布兹这些生命体的信仰自由,因而在传授犹太教过程中,对他们表现出的不同意见视而不见。他把自己与黑猩猩的关系看成是改造与被改造的关系,只想把他们按照自己喜欢的方式加以训练。科恩将自己的信仰凌驾于他者之上,他的做法是对生存环境中其他生命体的藐视和否定,从而引发了黑猩猩们的暴力反抗。

马拉默德对科恩企图按照人类文明社会的方式,来驯化黑猩猩的做法进行了批判。随着更多的黑猩猩在小岛上出现,科恩的心中充满新生活的激情。他渴望一个更光明、更美好的未来。在他的想法中,人类的本性优于动物,是最完美的,所以他打算向岛上的动物传授人类文明。科恩开始实施荒唐的计划,他遵循人类社会的生活方式去教导动物,想要使他们的生活更高级,更人性化。他根据自己的进化论知识,相信黑猩猩可以像人类一样,更好地理解人类社会的规则,进化成为更有道德的生物。[①]

科恩自认为有领导才能,可以组建一个有效的社会共同体。他建立"校树",一周用六天时间,向黑猩猩们传授文明知识,让他们明辨是非善恶。[②] 他强调,为了建立一个有章程的、真正讲道德的国家,他们需要共同承担一定的责任和义务。他指出,这个共同体内所有的成员都是友善的,平均分配食物,而且都需要去工作,这样才能保证有足够的食物。他试图向黑猩猩灌输社会性的

---

① 在科恩的观念中,教导黑猩猩就意味着要让他们人性化。科恩打算根据人类的方式塑造黑猩猩塑,但是他忽略了正是更文明的人类毁灭了这个世界。

② 科恩认为,第七天应该休息,这样就显示了自己对上帝的尊重。

意义,在他们中间宣扬人性,通过对他们进行洗脑,来消除他们的自然本性。开始时,除了布兹和以扫偶尔抱怨嘟囔几句,黑猩猩们似乎接纳了他传授的信息,他们甚至没有了动物本来的习气。科恩流露出驯服动物的洋洋自得,认为只有自己才是小岛的真正的主人。在科恩面前,这些动物没有自我的主体性,他们所做的只能是听话而已。

在科恩的观念中,文明的目的就是压抑、改变本性,变得更理想,从而实现更高的目标。他向黑猩猩解释,核灾难和人类毁灭的原因是由于人类的不理智行为,由于"某种化学方面的原因,失控的基因导致了一种不良的意识"[1]。他指出,如果人类能够用理智来控制和压抑自己的野蛮本能,就不会发生大屠杀事件。因此,一定的约束是必须的,而且只能通过教化来实现。实际上,战争的爆发并不是因为人类的野蛮本性。正如马尔库塞所说:"集中营、大屠杀、世界大战和原子弹这些东西都不是野蛮状态的倒退,而是现代科学技术和统治成就的必然结果。"[2]同样,科恩也认为性道德是必要的,但是他却忽略了这样一个事实,那就是作为动物,黑猩猩的性行为主要受到季节轮回等自然因素的控制。

科恩认为,凭借自己的教导,黑猩猩可以越过生物进化的自然规律,将自身低贱的本性剔除出去,具有人的理性。这样,他就可以创造出有理性的黑猩猩,让他们符合人类社会伦理价值的判断标准。但是他忽视了一点,压制应该有一定的限度,"应该有一定的空间,这样本能冲动才能以社会接受的方式释放出来"[3]。在他的压制下,黑猩猩不断控制、压抑自己的本性,逐渐失去自然天

[1] Bernard Malamud, *God's Grace*, p.133.
[2] 赫伯特·马尔库塞:《现代文明与人的困境——马尔库塞文集》,李小兵等译,上海三联书店,1989年,第19页。
[3] Edward A. Abramson, *Bernard Malamud Revisited*, p.121.

性。科恩把岛上的动物当作愚笨蒙昧的牲畜,对他们没有一点仁
爱,就像他自己提到的,"爱不是一种普遍的现象。人们只是谈论
爱,但是真正的爱只有手指那么深"①。黑猩猩无法得到公正、平
等的待遇,他们很快就起来反对科恩。例如,以扫就提出质疑,不
用劳动就有水果作为食物,为什么还要烦恼? 为什么压抑本性去
取悦一个人类? 他公开鼓动黑猩猩不去劳动,而且还认为不应该
否定性冲动的本能。科恩沉浸于讲授之中,全然没有顾忌自己的
行为是否符合生存伦理法则。

科恩为了驯化岛上的黑猩猩,还仿照"摩西十诫",制订了"七
诫"。在这些戒律上,他与动物之间也存在分歧。"七诫"中的第
二条最直接表明了这一观点。他写到:"上帝不是爱。上帝就是
上帝。记住他。"②科恩认为,上帝看起来没有爱心,也不仁慈。在
小说的开始,他就曾经诘问、责难上帝。他指责上帝违背同人类
签订的契约,在核灾难之后再次洪水泛滥,屠杀生灵。他说:"第
一次大毁灭后,你曾保证不会再有洪水了。'永远不会再有洪水
毁灭地球',那是你和诺亚以及所有活着的生物的约定。然而,你
再次洪水泛滥。在烈火中没有被烧死的人都在苦涩的洪水中被
淹死了,洪水又一次淹没了大地。"③科恩对上帝的态度没有热爱,
更多的是敬畏。布兹就指出,科恩的错误就在于他没有传授
"爱"。最后,他取代了科恩,开始领导另外八只黑猩猩。他更改
了科恩的戒律,改为"上帝就是爱"。

科恩本人不喜欢这些黑猩猩,对他们的生存状况也丝毫不感
兴趣。在他眼里,他们虽然接受了自己的教导,但仍然是动物,永
远处于比自己低下的位置。他对黑猩猩一直持有偏见,认为他们

---

① Bernard Malamud, *God's Grace*, p. 133.
② Bernard Malamud, *God's Grace*, p. 171.
③ Ibid., p. 4.

看起来好像刚刚从监狱中被释放出来。他甚至惧怕他们，认为他们将更多的原始暴力的因素带到了岛上。他在洞口建造墙壁、安放了一个滚动的装置，来防御他们可能带来的危险。当以扫和另外两只黑猩猩屠杀狒狒时，他认为他们的行为没有一点人性，毫不迟疑地把他们从自己组建的共同体中驱逐出去。在"人类中心主义"理念的影响下，科恩在对待动物时，采取厚此薄彼的态度，缺少对其主体意识的考虑。他声称自己对权力不感兴趣，不想拥有任何个人利益，但是他却把自己视为小岛的"保护者"，他所说的"一些合理的指导"，意味着黑猩猩只能按照他的范式来行事。科恩和动物之间失去了原有的关怀和喜爱，"没有尽到对彼此的义务和责任——没能建立兄弟情谊；失去了美好的世界，甚至生命"①。

　　马拉默德抨击科恩总是以自己的利益为重、忽略其他生命体价值和需求的做法。科恩从来都不重视黑猩猩的本性，尤其在涉及自己利益的时候。② 小说中会说话的黑猩猩的出场，给文学评论界带来不小的冲击。科恩与黑猩猩玛丽之间的性爱关系更是掀起了轩然大波。与马拉默德其他小说中的主人公一样，科恩也生活在困境之中。作为地球上唯一幸存的人类，他生活在孤独和寂寞之中，只能从黑猩猩那里寻找安慰。玛丽是岛上唯一的雌猩猩，科恩与她一起阅读《罗密欧与朱丽叶》，给她讲述自由与尊严的含义。玛丽逐渐被人性化，脱离动物的本性，有了爱与性的概念。正如她对科恩所说："你想让我们学会你的语言，现在我学会了，我与过去不一样了。如果我没有学会如何去说、去理解人类

　　① Edward A. Abramson, "Bernard Malamud and the Jews: An Ambiguous Relationship", *The Yearbook of English Studies*, p. 147.
　　② 在小说开篇，上帝曾经向科恩指出，他让人类自由，但人类滥用了自由，结果毁灭了自己。科恩将自由与权力凌驾于伦理责任与义务之上，最终也必将毁灭自己。

的语言,我就会把自己呈现给岛上的每一个雄性。"①玛丽认为,只有科恩能够理解浪漫之爱。因此,她虽然处于发情期,但是却拒绝其他的雄猩猩,不愿随意与他们交配。她的行为让黑猩猩感到困惑和愤怒:布兹无法理解玛丽压抑自己本能冲动的行为,认为"她简直疯了";以扫则指出,是科恩的教导让她有了自尊心。性方面的压抑更加激起黑猩猩对科恩的嫉妒和仇恨。

科恩承认,玛丽确实唤醒了他的欲望。当他们一起在海边散步时,他就觉得她长得很像人类、很迷人。他喜欢她温和的褐色眼神、丝绸般的黑头发。他们陷入爱河之中,公开在岛上牵手散步,接吻示爱。布兹向科恩提出抗议,指出玛丽与科恩不是一类物种,她属于他们的族类。科恩却为自己诡辩,他说道:"岛上只有一类——有感知能力的、有智慧的生物。"②也就是说,他认为玛丽是一个有智慧的生物,不再是兽类。他拒不承认自己有跟布兹一样的本能冲动,竭力证实自己行为的合理性。他甚至完全不顾《圣经·利未记》和《圣经·申命记》中的戒律规定,③决定接受玛丽作为他的新娘。科恩是一个古生物学家,大多数时间都在研究生物进化的过程。他有着极大野心,意图与玛丽生下一个孩子,创造一个全新的物种。他高傲地认为自己具有智慧,是小岛上的"万物之灵",自己的基因会直接推动生物进化的过程。他与玛丽的基因完美地结合起来,可以创造出一个集人类和黑猩猩的优点于一体的物种。他甚至认为,自己这么做是为了"保存人类和后人的将来"。在科恩的理念中,自己是最合适的人选,可以担负起承递生物命脉的责任。

科恩的欲望和野心蒙蔽了他的价值观,其所作所为呈现出一

---

① Bernard Malamud, *God's Grace*, p.152.
② Bernard Malamud, *God's Grace*, p.157.
③ 这些教义明确规定,禁止人类与动物发生性行为。

种令人困惑的悖谬。他自称自己与父亲有着密切的关联，父亲的性情、行为和信仰对自己产生了重大的影响。事实上，他却违背了父亲遵循的做事标准与原则。他的一切活动都以满足自己的享受和需求为目的，不肯放弃自己的主宰和驾驭的地位。他企图利用自己和玛丽的基因改造物种，实际上，他的努力并没有取得真正的成功。他和玛丽的女儿继承了人类的一些特点，她有着与人类一样的明亮眼睛，但是她并没有改变动物的习性。她躺在科恩怀里听父亲讲故事时，却吃掉了科恩给她做的玩具娃娃的头。科恩的所作所为显示他的理智并不健全。

　　科恩对黑猩猩持有偏见，从不考虑他们的智慧和精神追求等等意识。"一个具有感受能力的存在物，至少拥有一种利益：体验愉快和避免痛苦。"[1]黑猩猩具有感受能力，他们就应该有利益需求，以及追求快乐和幸福的权利。科恩的行为表明，他没有考虑动物的感受和需求。他虽然喜欢玛丽，用船上的帆布为她做了一件裙子当作婚纱，但是他从来没把玛丽当成平等的同伴来看待。玛丽坚定地承认对科恩的爱，但是科恩对此给出的仅仅是一些模棱两可的答复。他不顾玛丽的感受，竭力主张给女儿起一个犹太人的名字，并且给玛丽改了一个犹太人常用的名字，他觉得这样跟她们在一起才会感到更舒服。他甚至考虑和玛丽举行一个犹太教的婚礼。正如海尔特曼所说：科恩"过分地夸耀自己的物种、宗教、文化和智慧，以理性为基础制定一系列的规则，成为立法者，但是却从来没有尊重其他生命体的意见和看法"[2]。他的所作所为不符合生存伦理规则。

　　科恩把自己的地位提高到小岛上其他一切生命体之上，唯我

---

① 何怀宏主编：《生态伦理——精神资源与哲学基础》，石家庄，河北大学出版社，2002年，第382页。

② Jeffrey Helterman, *Understanding Bernard Malamud*, p. 108.

独尊、随心所欲、为所欲为。他做事违背伦理原则、愚妄荒谬。他的这种行为不仅不会给自己带来幸福的生活和家庭的安全感,最后还会受到惩罚,因为"任何一种不受伦理限制的力量都是具有破坏性的,其结果必定是造成一种难以挽回的毁灭性力量"①。科恩无限制地压制小岛上黑猩猩的本能和冲动,他们无处释放,最终回归动物的自然本性。正如以扫所说:"只有我们的犹太教师随时可以发生性行为,对象却恰好是与我们关系更近的同类;我们剩下这些人却什么都没有","你(科恩)夺走了我的未婚妻,迫使她怀上了你的孩子。我要敲碎你头上的每一根犹太骨头"。②

科恩与黑猩猩之间的矛盾与冲突终于全面爆发了。黑猩猩开始不遵守"戒律",采取暴力和挑衅的方式。他们屠杀狒狒的孩子、科恩和玛丽的孩子、最后还把科恩送上了祭坛。他们的身体特征和生活习性也恢复成原来的样子:失去了语言功能,不愿意再受衣服的束缚,开始赤身裸体。随着黑猩猩恢复本性,科恩试图创造的小岛生存共同体也覆灭了。从本质上说,他的做法是错误的,正如利奥波德所说:"当一个事物有助于保护生物共同体的和谐、稳定和美丽的时候,它就是正确的;当它走向反面时,就是错误的。"③科恩试图挑衅、篡改生存环境中动物繁殖进化的进程,他的行为违背自然进化的规律,扰乱生存共同体的和谐与稳定。这种做法不可能获得成功,最终只能以失败告终。

科恩认为,相对黑猩猩而言,自己处于优越的位置。他的这

---

① 姬振海主编:《生态文明论》,北京,人民出版社,2007年,第92页。
② Bernard Malamud, *God's Grace*, p.194, p.201.
③ 奥尔多·利奥波德:《沙乡年鉴》,侯文蕙译,长春,吉林人民出版社,1997年,第213页。

种优越感缺乏理论基础,他的"人类中心主义"思想也毫无道理可言。① 正如他本人在解释生物进化论、讲述类人猿与现代人类的进化过程时所指出的:

> ……黑猩猩和地球上曾经的人类之间存在亲密的联系,也许比达尔文猜想的还要密切。他们有共同的祖先,也许就是生活在两千多万年前的拉马人猿……
>
> 黑猩猩和人类在身体上的相似之处呈现在血液和大脑中,也表现在外表和行为举止上……几乎一样的基因……所有这些表明,五百万年前,我们在分子钟上拥有相同的祖先,这非常令人赞叹。②

科恩的这番话讲出了进化论的核心要点,那就是黑猩猩与人类的进化过程是相同的,是由同一生命本源历经上百万年的进化演变而来的。因此,人类只是生存环境的一个成员,而不是征服者或者主宰者。人类"既不是生活在宇宙的中心,也不是在生物学上与其他生物无关。从进化的角度看,我们与其他所有动物,甚至在心理、社会或文化上都没有什么本质的不同,而且,我们也不是处在进化的'终点'"③。

科恩应该看到自身之外其他生命体的价值和意义。他与黑猩猩都是小岛生存环境中的成员,应该重视他们的需求和目标,平等地对待他们,这样才符合生存伦理的要求。但是,科恩的"人

---

① 小说中一只白猿抢走了科恩的面具,带在自己的脸上,马拉默德借此说明,科恩只是带着面具的白猿而已,他与岛上的动物没有区别。如果科恩能够理解这一点,他就会更公正地对待这些动物。

② Bernard Malamud, *God's Grace*, pp. 162 – 163.

③ 章海容:《生态伦理与生态美学》,第 106 页。

类中心主义"思想无限膨胀。他把自己看成小岛的主人,支配其他生命体的生活,把追求自身的利益,满足自己的欲望视为比一切都重要。他偏离了生存伦理规则的约束,给黑猩猩带来痛苦。同时,他也动摇了自己所谓的"中心"地位,引起动物的愤怒和怨恨,给自己带来了劫难。马拉默德借科恩的遭遇阐明,人类社会的发展进步,应该遵循生存环境的伦理法则和发展规律。违背生存伦理法则、无视生存伦理责任、篡改生存发展规律,必将给包括人类自身在内的整个生存环境带来毁灭性的后果。

科恩力图在小岛上重建人类文明,最终却是毁灭的结果,与自己的初衷形成天壤之别。他的命运是"人类中心主义"理念的悲剧,更是"征服者"的悲剧。正如利奥波德所说:

> 在人类历史上,我们已经知道,征服者最终都将祸及自身。为什么如此? 这是因为,在征服者这个角色中包含着这样一种意思:他就是权威,即只有这位征服者才能知道,是什么在使这个共同体运转,以及在这个共同体的生活中,什么东西和什么人是有价值的,什么东西和什么人是没有价值的。结果呢,他总是什么也不知道,所以这也是为什么他的征服最终只是招致本身的失败。①

科恩的悲剧提出警示,人类只有努力维护生存环境的和谐发展,才能延续自身的存在,因为"人不是存在的主宰,人是存在的牧人"。② 人类只有承担起生存伦理责任,表现出对一切生命体的伦理关怀,才能摆脱生存伦理困境,构建和谐的生存伦理系统。

---

① 奥尔多·利奥波德:《沙乡年鉴》,侯文蕙译,第 194 页。
② 徐刚:《拯救大地》,北京,中国文联出版社,2000 年,第 133 页。

在《上帝的恩赐》中,马拉默德融现实主义和象征主义于一体,把伦理的观念扩展到生存环境,展现了现代文明中人类的生存困境问题。马拉默德认为,生存环境中的一切生命体都有着各自不同的本性,都平等地享有权利,遵循各不相同的伦理价值。"人类是地球生物圈内进化阶梯上提升得最高的生物,但这只能意味着人类对于维护自然在整体上的完善、完美担当着更多的责任。"[①]也就是说,人类作为地球上最具有理性的生物,应该承认生存环境中所有生命体存在的价值和意义,承担起对整个生存环境的伦理责任。科恩执迷于自己的社会责任之中,将自己的意志强加在动物身上,全然无视应该承担的生存伦理责任,必将陷入生存伦理的困境之中。

马拉默德借助科恩在生存伦理秩序中对自己身份和位置的探求,表达了对人类命运和前途的关注,也为人类社会与生存环境的和谐发展指明了出路。我们应该"摆脱自己的偏见,抛弃我们对其他生命的疏远性,与我们周围的生命休戚与共,那么我们就是道德的。只有这样,我们才是真正的人;只有这样,我们才会有一种特殊的、不会死去的、不断地发展的和方向明确的德性"[②]。人类不能仅仅只为自己着想,自身的生存和发展不能以牺牲其他生命体的利益为代价。人类应该平等地对待一切生命体,尊重一切生命体的本性,尊重一切生命体的情感和意志,承认一切生命体都具有生存的价值和意义。人与人之间需要沟通和理解,人与生存环境中的一切生命体之间同样需要沟通和理解,这样才能消除误解,才能尊重彼此的习性。人类应该与生存环境保持一种"亲和"关系,只有这样才能实现与生存环境的和谐发展。

---

① 鲁枢元:《生态文艺学》,西安,陕西人民教育出版社,2000年,第387页。
② 阿尔贝特·史怀泽:《敬畏生命》,陈泽环译,第88页。

　　《上帝的恩赐》是一部关于人类命运的启示录,引发读者深入思考自我、社会以及生存环境的价值和意义,蕴含着深刻的生存伦理思想。热核战争造成毁灭性的灾难,之后的洪水完全摧毁人类和所有生物,小说也因此被认为是马拉默德最悲观的作品。但是,马拉默德本人在访谈中曾指出,"对小说的一种误读……就是认为小说以悲剧结尾。有些评论者没有意识到大猩猩乔治为加尔文·科恩祈祷时唱的赞美诗,那确实就是(表明)乐观的一个原因。祈祷本身就是上帝恩赐的一种表现手段"①。后来,他又说:"我不想创作悲剧的作品,我不想让我的最后一部作品成为悲剧"②。小说最后定格在乔治为科恩祈祷时所唱的赞美诗,马拉默德在此表明,"虽然小说中的人类不存在了,但是人性的品质仍然保持着"③。乔治会让自己的仁爱充盈世间、润泽万物。希望还在,生活仍然继续,这让读者对人类的生存前景充满无限期望。

---

① Edward A. Abramson, *Bernard Malamud Revisited*, p.127.
② Philip Davis, *Bernard Malamud: A Writer's Life*, p.324.
③ David R. Mesher, "Gorilla in the Myth: Malamud's God's Grace", in Evelyn Avery (ed.), *The Magic World of Bernard Malamud*, pp.111–112.

第五章 结 论

在众多研究者眼中,马拉默德常常被认为是美国犹太文学的主要代表作家之一。因此,从"犹太性"角度来解读他作品的研究占有很大比重,他也由此被贴上了"最具犹太性作家"的标签。笔者在反复研读马拉默德对自己创作的论述时发现,他更多关注的是人们如何摆脱生活中的困境,寻求美好未来的问题。他曾经提到,对于作家来说,"我们最重要的自然素材就是'人'……我的前提就是我们不能毁掉彼此,我们要继续生活下去,寻求一种更好的生活。我们也许不会变得更好,但是至少我们会探寻更美好的人生……我支持人文主义,反对虚无主义"①。他在接受国家图书奖的讲话中也说到:

> 在我看来,作家最重要的任务就是再现人类的形象,就像我们每个人在他隐秘内心中的那样,就像历史和文学一直显示的那样。作家在展现的同时,必须为人们想象一个更好的世界……他会采取最好的方式,保持自由以及自己最高尚的价值观。②

---

① Joseph Wershba, "Not Horror but Sadness", *New York Post*, 14 September 1958, M2.

② Bernard Malamud, "The Writer's Task", in John Fischer and Robert B. Silvers (eds.), *Writing in America*, New Brunswick, N. J.: Rutgers University Press, 1960, p. 173.

马拉默德强调,文学创作的目的、作家创作的目标就是让人们思考人的生活究竟意味着什么。他提醒人们,要过一种负责任的、高尚的生活。

当然,马拉默德知道寻求这种生活有一定的难度。他发现,现今社会的状况令人担忧。"频繁爆发的战争令生命变得廉价;人们被集权主义毒害,暗自相信人性已经泯灭;受到物质社会价值观的欺骗,没有了自尊……或者因为人类创造出了灭绝的方式,不再珍视自己,每天生活在恐惧之中……"①处于这种境遇中,人们在处理各种关系问题时,常常面临尴尬、痛苦的境地。世界局势动荡不安,美国国内的形势风云变幻,作为犹太裔作家,马拉默德看到的和经历的都要多于平常人,他对人类伦理困境的感受也更深刻。马拉默德深受犹太文化传统中乐观主义和美国人文主义文化传统中人道主义思想的影响,他的作品洋溢着对个体、社会和人类的信仰。他相信人类能够走出困境,过上美好生活,这一信念在其几乎所有的作品中都有所体现。因此,笔者选定了对马拉默德小说中的伦理思想进行研究,并且把研究的重点放置在如何摆脱伦理困境、获得救赎的过程上。纵观马拉默德的作品,我们可以从以下三个方面来概括他对伦理思想问题的探讨。

第一个方面,以 1952 年出版的长篇小说《天生的运动员》和 1961 年出版的长篇小说《新生活》为主,马拉默德关注美国现代社会生活中的人际伦理。在《天生的运动员》中,个人主义的价值观对传统的伦理准则造成了极大的冲击。在这种价值观的影响下,小说里的人物所做的一切都只为实现个人梦想、满足个人欲

---

① Bernard Malamud, "The Writer's Task", in John Fischer and Robert B. Silvers (eds.), *Writing in America*, New Brunswick, N. J. : Rutgers University Press, 1960, p. 173.

望。他们相互间充满了陌生感和疏远感,因而陷入了伦理困惑和精神危机之中。不过,马拉默德在认识到这种伦理困境的同时,没有放弃寻求救赎的可能。小说的主人公在爱与责任的承担中,抛弃了对名利和物质财富的追求,抑制自己的欲望,建立与他人的良好关系。这也正是他走出人际伦理困境,实现救赎的过程。

在《新生活》中,实用主义价值观对人文主义理想的发展造成了巨大的阻碍。在实用主义者的观念占主导地位的情况下,小说主人公在工作中无法处理好与领导和同事之间的关系,在与女性交往的过程中,也总是处于困境和危机之中。借助主人公与周围人之间疏远的关系,马拉默德指出这种价值观使得人们在交往时失去了直接对话和信任的基础,造成与他人之间关系的冷漠,加大彼此间的陌生感和疏远感。马拉默德在揭示这种价值观本质的同时,指出还存在寻找出路,走出困境的可能。小说的主人公最终认识到了爱的重要性,承担起责任的重担。马拉默德借这种转变指出,只有在爱与责任的引领下,才能摆脱实用主义的影响,建立与他人之间的良好关系,实现精神救赎。

第二个方面,以1957年出版的长篇小说《店员》和1966年出版的长篇小说《基辅怨》为代表,马拉默德在创作中解读犹太伦理。在《店员》中,马拉默德强调了犹太伦理传统对生活在困境之中人们的救赎作用。小说的人物总是遭受痛苦和失败的挫折,梦想也都先后破灭,似乎始终无法从困境中摆脱出来。在苦难的生活经历中,犹太伦理思想发挥了救赎的作用。他们最终彻底醒悟,放弃了对物质财富和舒适生活的追求,取而代之的是以顽强的毅力去面对遭遇的苦难,用坚定的犹太伦理信念去对待生活。他们对他人具有无私的爱、承担起责任,从而实现了道德上的成长。马拉默德以此说明,犹太人应该在苦难的境遇中坚守犹太伦理传统,从中寻求摆脱困境,实现救赎的途径。同时,更为重要的是要以坚定的犹太伦理信念去救赎非犹太人。

在《基辅怨》这部小说中,马拉默德也刻画了一个生活在苦难中的犹太人形象,再现了反犹主义给犹太人带来的痛苦和折磨。同时,他也探讨了犹太人在这种生活境遇中所处的伦理困境,即在异域的文化环境中,一方面想要抛弃犹太身份、融入主流社会,另一方面在潜意识中还受到犹太伦理思想的影响。小说的主人公最终回归犹太伦理传统,与反犹主义进行斗争。通过描写犹太人的不同生活状态,马拉默德指出犹太人应该承认犹太人的历史和存在,承担对犹太民族的责任,这样才能摆脱生活中遭遇的困境,实现救赎。

第三个方面生存伦理小说,以 1971 年出版的长篇小说《房客》和 1982 年出版的长篇小说《上帝的恩赐》为主,马拉默德聚焦了现代社会人类生存过程中面临的民族关系和生态危机等问题。在《房客》这部小说中,马拉默德塑造了犹太白人作家和黑人作家的人物形象,探讨了不同民族在共同生存过程中遇到的关系问题。在马拉默德笔下,两位主人公之间的关系呈现两种完全不同的模式:一种是相互关照、相互欣赏,存在建立"兄弟情谊"的可能性;一种是背景文化的差别和分歧致使他们之间爆发了严重的矛盾,甚至因为创作思想和创作方式的不同,导致冲突不断加剧,最终在搏斗中相互残杀。马拉默德并没有对民族关系的发展持有悲观的态度,他通过小说的结尾指出,只要保持相互宽容和体谅的态度,不同民族就能够做到互补共存,就有可能实现民族和解,实现人类社会的和谐生存与发展。

在最后出版的长篇小说《上帝的恩赐》中,马拉默德阐释了现代社会生存境遇中的生态危机问题。马拉默德在小说中虚构了一个热带小岛,在地球的生存环境遭到热核战争破坏、人类又一次被洪水毁灭之后,再现了重新构建生存伦理的过程。展现在小岛上的人类与生存环境的关系存在两种状态:其一,通过将生存环境中的植被和动物纳入伦理关怀的范围之内,确立生存环境中一切成员之间平等互助的关系,实现人类与生存环境的和谐共存;其二,在"人类中心主义"思想的作用下,人类试图通过控制生存环境中的其他生命体,确立其中心和主体地位,甚至妄图改变生物进化的过程。通过描写主人公与动物之间错综复杂的关系,马拉默德指出人类应该承担生存伦理责任,遵循生存伦理法则,这样才能确保生存环境的和谐发展。

纵观马拉默德对伦理思想探讨的这三个方面可以发现,马拉默德的小说创作贯穿着一根清晰的以伦理为主线的思想脉络。在发表于不同年代的小说中,马拉默德对伦理关注的侧重点有所不同。他对伦理问题的认识包含三个方面的内容:一是关注社会生活和职业发展中的人际交往困境;二是探讨犹太人在生活中以及反犹主义背景下遭受的磨难和迫害;三是解读人类社会生存发展中遭遇的民族关系危机和生态危机。马拉默德对伦理思想的阐释经历了一个由浅入深、层层递进的发展变化过程,展现了他对个体与他者、个体与集体、民族之间以及人类与生存环境之间伦理问题的思考。

马拉默德在小说中流露出对人类所处困境的忧思。但是,展现人类面临的困境并不是他的创作目的。他描写主人公遭遇的痛苦和折磨,其意图不仅仅是为了让人们认识到世界上还存在苦难和压迫,并借此抨击无视伦理规范的行为。同时,他更加强调困境中的救赎。也就是说,他没有让小说中的主人公在困境中毁灭,而是通过他们来探讨走出困境、恢复人性、实现再生的途径。因此,马拉默德的小说不仅展现社会生活中的苦难,而且更加关注实现救赎的方式。它们考察的是人类遭遇的伦理困境以及获得救赎过程中各种关系的变化,蕴含着深刻的伦理内涵。

马拉默德的小说给读者悲剧感,但是他的小说并不悲观。马拉默德认为,作家的创作目的应该是道德上的,文学作品应该指引人们走向正确的方向。他主张,人要过一种道德的和人道主义的生活,无论处于怎样的困境之中都必须努力坚持下去,实现救赎。马拉默德的主人公都在寻求解决"人应该怎样生活"的问题。他们也许不完美,在某些方面还有缺陷,在社会生活中也常常陷入心理和情感的困境。但是,马拉默德并没有让他们坠入绝望的深渊,即使出现大屠杀、民族间发生矛盾和冲突、甚至人类面临毁灭等恐怖场景,他似乎仍然相信应该让自己的主人公持有坚定的信仰,对未来充满信心。马拉默德在小说中表达了对生活、对人类的信仰。从这个意义上说,他的作品超越了民族和时空的界限,具有普遍的价值和意义。

综上所述,本书在文本细读的基础上,对马拉默德六部小说中的伦理思想进行考察,为国内马拉默德研究提供一个新的视角。同时,本书在三个方面展开对伦理思想的探讨,这样就可以在多个层面上解读马拉默德小说中的伦理问题,拓展研究的范畴。而且本书通过对三个方面伦理思想的探究,论证伦理困境和救赎是马拉默德小说伦理思想的联结点,指出马拉默德描写主人公遭遇的痛苦和磨难,其意图是探讨走出困境、实现救赎的途径。

本书试图全面地把握马拉默德这样一位思想深奥的作家,力图为进一步研究马拉默德的生平、作品以及美国犹太作家、作品提供更多的资料和信息。由于笔者知识水平有限,本书尚存在不足之处,在阐释和论证的过程中有不完美的地方,有些问题还需要深入探讨,相信这些在以后的研究中能够得到补充和完善。

参 考 文 献

中文书目

阿尔伯特·爱因斯坦:《爱因斯坦文集》(第3卷),许良英等编译,北京,商务印书馆,1994年。

利奥·拜克:《犹太教的本质》,傅永军等译,济南,山东大学出版社,2002年。

丹尼尔·贝尔:《〈资本主义文化矛盾〉:领域的断裂》,赵一凡译,汪民安、陈永国、张云鹏主编:《现代性基本读本》(下),开封,河南大学出版社,2005年。

尼古拉·别尔嘉耶夫:《别尔嘉耶夫集》,汪建钊编选,上海远东出版社,2004年。

查理·伯特曼:《犹太人》,冯玮译,上海三联书店,1992年。

马丁·布伯:《论犹太教》,刘杰等译,济南,山东大学出版社,2002年。

艾伦·布鲁姆:《巨人与侏儒》,张辉等译,北京,华夏出版社,2007年。

斯·茨威格:《异端的权利》,赵台安等译,北京三联书店,1986年。

崔道怡、朱伟等编:《"冰山"理论:对话与潜对话》,北京,工人出版社,1987年。

克劳斯·费舍尔:《德国反犹史》,钱坤译,南京,江苏人民出版社,2007年。

埃里希·弗罗姆:《占有还是生存——一个新社会的精神基础》,关山译,上海,生活·读书·新知三联书店,1988年。

西格蒙德·弗洛伊德:《摩西与一神教》,李展开译,北京三联书店,1989年。

傅勇:《伯纳德·马拉默德——一位独特的美国犹太作家》,北京,外语教学与研究出版社,2010年。

——《马拉默德与美国神话》,载《外国语文》,2011年第6期。

——《寻求自我意识——论马拉默德小说中的女性形象》,载《当代外国文学》,2007年第2期。

——《移民的境遇——马拉默德小说中的种族抒写》,载《当代外国文学》,2009年第2期。

——《在父辈的世界里——对马拉默德小说中"父与子"母题的文化解读》,载《当代外国文学》,2008年第2期。

古谢伊诺夫、伊尔利特茨:《西方伦理学简史》,刘献洲等译,北京,中国人民大学出版社,1992年。

顾晓鸣:《犹太——充满"悖论"的文化》,杭州,浙江人民出版社,1990年。

欧文·豪:《父辈的世界》,王海良,赵立行译,上海,三联书店,1995年。

何怀宏主编:《生态伦理——精神资源与哲学基础》,石家庄,河北大学出版社,2002年。

贺雄飞:《信仰与危机——犹太思想与中国问题》,北京,华龄出版社,2010年。

洪汉鼎编:《斯宾诺莎读本》,北京,中央编译出版社,

2007 年。

阿克塞尔·霍耐特:《为承认而斗争》,胡继华等译,上海世纪出版集团,2002 年。

勒内·吉拉尔:《替罪羊》,冯寿农译,北京,东方出版社,2002 年。

姬振海主编:《生态文明论》,北京,人民出版社,2007 年。

敬南菲:《出路,还是幻象:从〈应许之地〉、〈店员〉、〈美国牧歌〉看犹太人的美国梦寻》,上海外国语大学博士学位论文,2010 年。

摩迪凯·开普兰:《犹太教:一种文明》,黄福武,张立改译,济南,山东大学出版社,2002 年。

亚伯拉罕·科恩:《大众塔木德》,盖逊译,济南,山东大学出版社,1998 年。

塞缪尔·S. 科亨:《犹太教——一种生活之道》,徐新、张利伟等译,成都,四川人民出版社,2009 年。

埃马纽埃尔·勒维纳斯:《塔木德四讲》,关宝艳译,北京,商务印书馆,2002 年。

奥尔多·利奥波德:《沙乡年鉴》,侯文蕙译,长春,吉林人民出版社,1997 年。

李培超:《自然的伦理尊严》,南昌,江西人民出版社,2001 年。

李萍:《东方伦理思想简史》,北京,中国人民大学出版社,1998 年。

刘洪一:《父与子:文化母题与文学子题——论美国犹太文学的一种主题模式》,载《外国文学评论》,1992 年第 3 期。

——《走向文化诗学——美国犹太小说研究》,北京大学出版社,2002 年。

刘小枫:《沉重的肉身——现代性伦理的叙事纬语》,北京,华夏出版社,2004年。

鲁枢元:《生态文艺学》,西安,陕西人民教育出版社,2000年。

詹姆士·罗伯逊:《美国神话美国现实》,贾秀东等译,北京,中国社会科学出版社,1990年。

霍尔姆斯·罗尔斯顿:《哲学走向荒野》,刘耳、叶平译,长春,吉林人民出版社,2000年。

赫伯特·马尔库塞:《现代文明与人的困境——马尔库塞文集》,李小兵等译,上海三联书店,1989年。

雅各·瑞德·马库斯:《美国犹太人,1585—1990:一部历史》,杨波、宋立宏、徐娅囡译,上海人民出版社,2004年。

伯纳德·马拉默德:《店员》,杨仁敬、刘海平、王希苏译,南京,江苏人民出版社,1980年。

——《基辅怨》,杨仁敬译,南京,江苏人民出版社,1984年。

倪冰:《论〈伙计〉的情节模式》,载《外国文学研究》,2002年第1期。

聂珍钊:《文学伦理学批评:文学批评方法新探索》,载《外国文学研究》,2004年第5期。

欧阳基:《马拉默德作品简析》,载《美国当代小说家论》,钱满素编,中国社会科学出版社,1987年。

朴玉:《于流散中书写身份认同》,吉林大学博士学位论文,2008年。

乔国强:《论伯纳德·马拉默德与当代美国犹太文学运动》,载《天津外国语学院学报》,1999年第3期。

——《美国黑人作家与犹太作家的生死对话——析伯纳德·马拉默德的〈房客〉》,载《外国文学评论》,2004年第1期。

——《美国犹太文学》,北京,商务印书馆,2008 年。

——《美国犹太小说中的两种基本人物类型》,载《英美文学研究论丛》,2007 年第 1 期。

——《"文学伦理学批评"之管见》,载《外国文学研究》,2005 年第 1 期。

——《一部寓言犹太民族历史的启示录——论马拉默德的长篇小说〈上帝的恩赐〉》,载《当代外国文学》,2007 年第 2 期。

罗伯特·M. 塞尔茨:《犹太的思想》,赵立行、冯玮译,上海三联书店,1994 年。

丹尼尔·沙拉汉:《个人主义的谱系》,储智勇译,长春,吉林出版集团有限责任公司,2009 年。

申劲松:《从马拉默德短篇小说〈湖畔淑女〉看"大屠杀"与犹太身份的构建》,载《国外文学》,2010 年第 2 期。

《圣经》和合本(中英文对照本),南京,中国基督教三自爱国运动委员会,2008 年。

阿尔贝特·史怀泽:《敬畏生命》,陈泽环译,上海社会科学院出版社,1992 年。

斯宾诺莎:《伦理学》,贺麟译,北京,商务印书馆,1997 年。

孙向晨:《面对他者——莱维纳斯哲学思想研究》,上海三联书店,2008 年。

阿诺德·汤因比:《人类与大地母亲》,徐波译,上海人民出版社,2001 年。

万俊人、唐文明主编:《20 世纪西方伦理学经典——伦理学前沿:道德与社会》(iv),中国人民大学出版社,2005 年。

王江松:《悲剧人性与悲剧人生》,北京,中国社会科学出版社,1994 年。

王宁:《流散文学与文化身份认同》,载《社会科学》,2006 年第 11 期。

——《文化研究的历史与现状：西方与中国》，载《文化研究》（第 1 辑），天津社会科学院出版社，2000 年。

王萍、王卫平：《"美国梦"释译》，载《武汉理工大学学报》，2001 年第 2 期。

王小锡：《道德，伦理，应该及其相互关系》，载《江海学刊》，2002 年第 2 期。

魏啸飞：《〈伙计〉中的"相遇"哲学》，载《外国文学》，2002 年第 5 期。

——《美国犹太小说中的犹太精神》，中国社会科学院博士学位论文，2001 年。

格奥尔格·西美尔：《货币哲学》，陈戎女、耿开君、文聘元泽，北京，华夏出版社 2007 年。

——《金钱、性别、现代生活风格》，顾仁明译，上海，学林出版社，2000 年。

徐刚：《拯救大地》，北京，中国文联出版社，2000 年。

徐新：《反犹主义解析》，上海三联书店，1996 年。

亚里士多德：《政治学》，转引自霍尔姆斯·洛尔斯顿《环境伦理学》，杨通进译，北京，中国社会科学出版社，2000 年。

杨广宇：《试论马拉默德的小说〈信〉》，载《外国文学研究》，1998 年第 5 期。

《詹姆斯文选》，万俊人、陈亚军等编译，北京，社会科学文献出版社，2007 年。

章海容：《生态伦理与生态美学》，上海，复旦大学出版社，2005 年。

曾艳钰：《论马拉默德小说创作中的自然主义倾向》，载《外国文学研究》，2003 年第 4 期。

周海金:《论犹太人的苦难观》,载《犹太研究》(第 7 辑),傅有德主编,山东大学出版社,2009 年。

周南翼:《犹太小说中的父亲形象》,载《外国文学研究》,2000年第 3 期。

——《追寻一个新的理想国:索尔·贝娄、伯纳德·马拉默德与辛西娅·奥芝克小说研究》,厦门大学博士学位论文,2001 年。

邹智勇:《论当代美国犹太文学的犹太性及其形而上性》,载《外国文学研究》,2001 年第 4 期。

——《马拉默德笔下的受难形象》,载《武汉理工大学学报》,2001 年第 1 期。

英文书目

Abramson, Edward A. *Bernard Malamud Revisited.* New York: Twayne Publishers, 1993.

—— "Bernard Malamud and the Jews: An Ambiguous Relationship." *The Yearbook of English Studies*, Vol. 24, 1994.

Alter, Iska. *The Good Man's Dilemma: Social Criticism in the Fiction of Bernard Malamud.* New York: AMS Press, Inc., 1981.

Alter, Robert. "Malamud as a Jewish Writer." *Commentary*, Vol. 42 No. 3, September 1966.

Astro, Richard and Benson, Jackson J. (eds.). *The Fiction of Bernard Malamud.* Corvaillis: Oregon State University Press, 1977.

Avery, Evelyn (ed.). *The Magic Worlds of Bernard Malamud.* Albany: State University of New York Press, 2001.

Balakian, Nona and Simmons, Charles (eds.). *The Creative Present: Notes on Contemporary American Fiction*, New York: Doubleday & Co., 1963.

Baldwin, James. "The Harlem Ghetto." *Commentary* Vol. 34 No. 4, March 1984.

—— *Notes of a Native son*. Boston: Beacon Press, 1957.

Baumbach, Jonathan. "The Economy of Love." *The Kenyon Review*, Vol. 25 No. 3, Summer 1963.

Benedict, Helen. "Bernard Malamud: Morals and Surprises." The Antioch Review, Vol. 41 No. 1, Winter 1983.

Bernard Malamud in Memoriam: Studies in Jewish American Literature, Vol. 7 No. 2, Fall 1988. Ohio: The Kent State University Press.

Berson, Lenora E. *The Negroes and the Jews*. New York: Random House, 1971.

Bloom, Harold (ed.). *Bernard Malamud*. New York: Chelsea House, 1986.

Boss, Judith A. *Ethic for Life*. New York: McGraw – Hill Companies, Inc., 2004.

Brown, Michael. "Metaphor for Holocaust and Holocaust for Metaphor: 'The Assistant' and 'The Fixer' of Bernard Malamud Reexamined." *Judaism*, Vol. 29 No. 4, Fall 1980.

Budick, Miller Emily. *Blacks and Jews in Literary Conversation*. Cambridge University Press, 1998.

Burrows, David. *Private Dealings: Eight American Writers*. Stockholm: Almqvist & Wiksell, 1969.

Cheuse, Alan and Delbanco, Nicholas (eds.). *Talking Horse: Bernard Malamud on Life and Work*. New York: Columbia University Press, 1996.

Codde, Philippe. *The Jewish American Novel*. Indiana: Purdue

University Press, 2007.

Davis, Philip. *Bernard Malamud: A writer's Life.* New York: Oxford University Press, 2007.

Field, Leslie A. & Field, J. W. (eds.). *Bernard Malamud and the Critics.* New York: New York University Press, 1970.

Fischer, John and Silvers, Robert B. (eds.). *Writing in America.* New Brunswick, N. J. : Rutgers University Press, 1960.

Frankel, Haskel. "Bernard Malamud." *Saturday Review*, Vol. 49 No. 10, September 1966.

Gretta, George. "Baseball and the American Dream." *Massachusetts Review*, No. 16, 1975.

Harap, Louis. *In the Mainstream: The Jewish Presence in Twentieth – Century American Literature 1950s – 1980s.* New York: Greenwood Press, 1987.

Helterman, Jeffrey and Layman, Richard (eds.). Dictionary of Literary Biography: *Americna Novelits Since World War II.* Detroit: Gale Reasearch Company, 1978.

—— *Understanding Bernard Malamud.* Columbia, S. C. : University of South Carolina Press, 1985.

Hershinow, Sheldon J. *Bernard Malamud.* New York: Frederick Ungar Publishing Co. , 1980.

Hicks, Granville. "One Man Who Stands for Six Million." *Saturday Review*, Vol. 49 No. 10, Septermber 1966.

Howe, Irving. *World of Our Fathers.* New York: Harcout Brace Jovanovich, 1976.

Hoffman, Daniel (ed.). Harvard Guide to Contemporary American Writing. Cambridge, Mass: The Belknap Press of Harvard

Univ. , 1979.

Klein, Marcus. *After Alienation: American Novels in Mid – Century*. Cleveland, 1964.

——(ed.). *The Novel Since World War II*. Greenwich: Fawcett Publications, Inc. , 1969.

Kosofsky, Rita Nathalie. *Bernard Malamud: A Descriptive Bibliography*. New York: Greenwood Press, 1991.

Kremer, S. Lillian. *Witness Through the Imagination: Jewish American Holocaust Literature*. Detroit: Wayne State University Press, 1989.

Kudler, Harvey. *Bernard Malamud's Natural and Other Oedipal Analogs in Baseball Fiction*. New York: St. John's University, 1976.

Lasher, Lawrence M. (ed.), *Conversation with Bernard Malamud*. Jackson: University Press of Mississippi, 1991.

Lask, Thomas. "*Malamud's Lives.*" New York Times Book Review, 21 January 1979.

Lelchuk, Alan. "*Review of God's Grace.*" New York Times Book Review, 29 Aug. 1982.

Mailer, Norman. *Advertisement for Myself*. New York: Signet Books, 1960.

Malamud, Bernard. *A New Life*. New York: Farrar, Straus and Giroux, 1988.

—— *God's Grace*. New York: Farrar, Straus and Giroux, 1982.

—— *The Fixer*. Middlesex: Penguin Books, 1977.

—— *The Natural*. New York: The Noonday Press, 1991.

—— *The Tenants*. New York: Farrar, Straus and Giroux, 1988.

Malin, Irving (ed.). *Contemporary American Jewish Literature*: *Critical Essays*, Bloomington: Indiana University Press, 1973.

Ochshorn, Kathleen G.. *The Heart's Essential Landscape*: *Bernard Malamud's Hero*. New York: Peter Lang. Publishing, Inc. , 1990.

Podhoretz, Norman. "My Negro Problem – and Ours." *Commentary* Vol. 35 No. 2, February 1963.

Pradhan, S. V. "Spinoza and Malamud's The Fixer." *Indian Journal of American Studies* No. 5, 1976.

Richman, Sidney. *Bernard Malamud*. Boston: Twayne Publishers, 1966.

Roth, Philip. Reading Myself and Others. New York: Farrar, Straus and Girousx, Inc. , 1975.

Rubin, Steven J. "Malamud and the Themes of Love and Sex." *Studies in American Jewish Literature* Vol. 4 No. 1, Spring 1978.

Salzberg, Joel. *Bernard Malamud*: *A Reference Guide*. Boston: G. K. Hall, 1985.

—— *Critical Essays on Bernard Malamud*. Boston : G. K. Hall, 1987.

Samuels, Charles. *In Malamud Holding*. Library of Congress, I 16. 2, 1966.

Sarnaed, Jonathan D. *The American Jewish Experience*. New York: Holmes and Meier, 1986.

Shenker, Israel. "For Malamud It's Story." *New York Times Book Review*, Vol. 76 No. 3 October, 1971.

Singer, I. B. *Creator and Disturbers*: *Reminiscences by Jewish Intellectuals of New York*. New York: Columbia University

Press, 1982.

Solotaroff, Robert. *Bernard Malamud: A Study of the Short Fiction*. Boston: G. K. Hall, 1989.

Stern, Daniel. "The Art of Fiction: Bernard Malamud." *Paris Review* No. 61, Spring, 1975.

Studies in AmericanJewish Literature. Vol. 4 No. 1, Spring 1978.

Swados, Harvey. "Baseball a la Wagner." *The American Mercury* Vol. 75 No. 346, October 1952.

Tanner, Tony. "Bernard Malamud and the New Life. *Critical Quarterly*, 10 Summer 1968.

Thiroux, Jacques P. *Ethics: Theory and Practice*. Beijing: Peking University Press, 2005.

Updike, John. "Review of God's Grace." *New York*, 8 Nov. 1982:167 – 170.

Wegelin, Christof. "The America Schlemiel Abroad: Malamud's Italian Stories and the End of American Innocence." *Twentieth Century Literature*, 19 April, 1973.

Wershba, Joseph. "Not Horror but Sadness." *New York Post*, 14 September 1958.

附录 伯纳德·马拉默德年表

(Appendix: Chronology of Bernard Malamud)

(Based on Philip Davis' Bernard Malamud: *A Writer's Life and Joel Salzberg's Bernard Malamud*: A Reference Guide.)

1914 Malamud is born in Brooklyn, New York on April 26 to Max Malamud and Bertha Fidelman.

1920 Attends elementary school, Cortelyou Road, Brooklyn.

1928 – 32 Attends Erasmus Hall High School. Wins Richard Young essay prize for "Life——from behind a Counter" in 1932.

1929 Death in mental hospital of mother, Bertha, who had been admitted to King's County Hospital in 1927.

1932 – 6 Attends City College in Manhattan; receives BA in 1936.

1937 – 8 Attends Columbia University on government loan; gains MA in 1942.

1938 – 9 Unemployed; odd jobs; tutors German – Jewish refugees in English; temporary teaching position

1940 Clerk, U. S. Census Bureau, Washington, D. C. Begins to writer while at his work desk and publishes sketches of real life in Washington Post.

1940 – 8　Teaches at Erasmus Hall High School; teaches evening classes; writes short stories.

1942　Begins to write novel *The light Sleeper*, completed in 1948, but rejected by publishers and burnt by Malamud in 1951.

1943　Short stories published.

1945　Marries Ann de Chiara in November.

1947　Son, Paul Francis Malamud, born.

1949 – 61　Moves to Corvallis, Oregon, to teach at Oregon State College.

1950　Short stories published in major periodicals.

1952　First novel, *The Natural*, published. Begun writing early 1950.

1953 – 4　Short stories published.

1956 – 7　Gains *Partisan Review* and Rockefeller Foundation fellowship in fiction; takes family to live and write in Rome; visits Austria and France.

1957　Second novel, *The Assistant* appeared. Begun in 1954 and completed in 1956.

1958　Short stories published. Receives both Rosenthal Award and Daroff Memorial Fiction Award for *The Assistant.*

1959　Wins National Book Award for The Magic Barrel. Allowed to teach literature, as well as creative writing, at Oregon State.

1961　Teaches creative writing at summer school at Harvard. Moves to Bennington College, Vermont. Third novel , *A New Life* published. Begin in 1957.

1963　More short stories published and collected in *Idiots First*. Elected to American Institute of Arts and Letters. Travels in

England and Italy.

1965   Travels in Spain, France and Soviet Union.

1966   Fourth novel, The Fixer, published. Begun in 1963. Visiting lecturer at Harvard.

1967   Wins both National Book Award and Pulitzer Prize for *The Fixer*. Elected member of American Academy of Arts and Sciences.

1968   Visits Israel in March.

1969   Fifth novel, *Pictures of Fidelman : An Exhibition*, published. O. Henry Prize for short story "Man in the Drawer".

1971   Sixth novel, *The Tenants*, published. Begun in 1969.

1973   Third volume of short stories *Rembrandt's Hat* appeared.

1976   Receives the Jewish Heritage Award.

1978   Visits Hungary.

1979   Seventh novel, *Dubin's Lives*, published. Begun in 1973. Serves as President of PEN American center, 1979 – 81.

1980   Receives the Governor's Award from the Vermont Council on the Arts.

1981   Brandeis Creative Arts Award.

1982   Eighth novel, *God's Grace*, published. Begun in 1980. Suffers stroke during heart surgery at Stanford in March.

1983   The Stories of Bernard Malamud published. Wins Gold Medal for fiction from American Academy and Institute for Arts and Sciences.

1986   Dies of heart attack on 18 March.

1989   Unfinished novel *The People* published. Begun in 1984.

1997   The *Complete Stories* published.

后　记

本书是在本人的博士论文的基础上修改、润色而成。在博士论文撰写期间以及本书成稿过程中，本人得到了许多老师和朋友的指导、帮助与支持，在此深表谢意。

首先，我衷心感谢我的导师乔国强教授。我在上海外国语大学攻读博士学位的三年中，在学业上得到了他细致入微的指导。乔教授鼓励创新，常常与我平等交谈，对我起到了极大的鼓舞作用。乔教授深厚的思想底蕴、敏锐的问题意识以及执着的学术情怀使我受益匪浅。乔教授不仅传授给我知识，而且还教给我研究方法，这是我可以终身享用的宝贵财富。本书从立论、研究方法到研究思路上都得益于乔教授的悉心指导。

其次，我要感谢攻读博士学位期间给我们授课的上海外国语大学的其他教授，他们是李维屏教授、张定铨教授、虞建华教授、史志康教授。他们的博学多识、睿智聪慧给予我深刻的影响，而他们对我学业的指点也使我受益终身。

再次，我要感谢博士论文答辩委员会的评委，他们是同济大学的李杨教授、华东师范大学的彭青龙教授、上海外国语大学的李维屏教授、张定铨教授和吴其尧教授。他们学术功底扎实、治学眼光敏锐，为论文的整体布局和部分修改提出许多建设性的意见，使我深受启发。

在博士论文的资料搜集和撰写的过程中，我还有幸得到高莉敏博士、许梅花博士、孙然颖博士、张剑锋博士等其他同窗好友的帮助、鼓励和支持,在此对他们表示真诚的谢意!

黑龙江人民出版社的责任编辑杨子萱女士为本书的出版给予了很大的帮助,本人在此表示深深的谢意!

最后,我要感谢我的家人对我的理解和支持,没有他们对我的学习、生活等方面的默默奉献,我就不可能勤奋工作、潜心钻研,也就没有这本书。

李莉莉

2015 年 12 月